두 마리 티티새의 날갯짓

김현정 지음

두 마리 티티새의 날갯짓

1판 1쇄 발행 2025년 3월 7일

지은이 김현정

교정 신선미   편집 이새희
마케팅 • 지원 김혜지

펴낸곳 (주)하움출판사   펴낸이 문현광

이메일 haum1000@naver.com   홈페이지 haum.kr
블로그 blog.naver.com/haum1000   인스타 @haum1007

ISBN 979-11-94276-91-3(03810)

목 차

시골집

: 유년 시절

당장의 끼니를 해결하기에 급급하고, 살아 내는 것이 유일한 인생의 목표였다. 내가 태어난 70년대에는 누구나 다 그랬다. 우리 가족뿐만 아니라 집안 전체가 다 못살아서 손 벌릴 데도 없었단다. 그런 박한 시대에 태어났으니 유복하게 사는 건 당연히 바라지도 않았지만, 그 시절을 떠올려 보면 나는 유독 출생부터 환영받지 못했던 것 같다. 으레 생일은 '축하'하는 것인데, 아무도 달갑지 않아 했던 나의 인생은 아마 시작부터 무언가 어긋나 있었던 게 아닐까 싶다.

요즘보다 결혼하고 애 낳는 나이가 이른 시절이었다지만, 아버지는 성인이 되기도 전에 사고를 쳤다. 나와 언니는 아버지가 딱 스무 살이 되던 해에 세상 밖으로 내뱉어졌다. 결혼식도 올리기 전에 태어난 것부터가 청천벽력 같은데, 더군다나 계집애를 둘씩이나 낳았으니 환영해 줄 어른인들 있었을까.

"이놈아. 어쩌자고 하나도 아니고 둘씩이나 애를 만들어 왔어? 혼자서 어떻게 키우려구?"

제 배 아파 낳은 새끼들이니 어머니는 우리 쌍둥이 자매에게 사랑을 담뿍 주지 않았을까 하는 생각을 해 본다. 추측에서 그치는 건, 나와 언니가 돌을 채 넘기기도 전에 돌아가셨기 때문이다. 큰고모가 말하길 결핵으로 죽었다고 한다. 약만 꼬박꼬박 먹었어도 나았을 병인데. 그놈의 가난이 뭐라고 병원 문턱도 못 밟아 보고 돌아가신 거다. 그래서 생판 모르는 남 또는 위인을 보듯, 어머니의 얼굴은 사진으로만 볼 수 있었다.

지금에서야 생각해 보면 원망스럽다. 어머니가 병원을 갔더라면. 그래서 나와 언니가 클 때까지 좀 더 살아 있었더라면 인생이 그렇게까지 꼬이

지도 않았을 테니까.

"우리 먹을 밥두 없다. 생때같은 자식 둘 데리구 어딜 들어오려구?"
"애들이 무슨 죄가 있어. 애미두 잃구 애비 혼자 건사한다는데 뾰족한 수가 있어?"

모두가 찢어지게 가난하던 시절이었으니 시골 친할머니 집에 보내지는 과정에서 잡음이 아주 없지는 않았을 터였다. 어머니가 돌아가신 이후로 나와 언니는 할머니의 손에서 크기 시작했다. 할아버지는 전쟁에 참여했다가 치명상을 입은 채였고, 내 기억 속의 할아버지는 늘 하루가 멀다고 시름시름 앓던 모습뿐이다. 그래도 국가 유공자라고 밀가루랑 쌀을 내어주어 마냥 배를 곯지는 않았다. 김씨 일가에서 먹고살라고 할머니에게 점방을 내어주어 근근이 돈도 벌 수 있었다.

할머니는 길 가던 남자들이 한 번쯤은 꼭 돌아볼 정도로 미인이었고, 과부가 된 할머니에게 접근하는 남자가 없을 리 없었다. 개중에서 박 씨 할아버지는 유독 끈덕지게 따라다니며 온갖 사탕발림으로 할머니를 꼬드겼다.

"나랑 살자. 삼 남매 다 데리고 와. 다 책임질 수 있어. 그 정도 깜냥은 돼. 삼 남매 학교도 다 보내 주고, 사람 사는 것처럼 살게 해 줄게. 사나이로서 도저히 여자 혼자서 이 각박한 세상 사는 꼴을 지켜볼 수가 있어야 말이지. 나 믿고 와."

그 누구에게라도 기대고 싶었을 할머니는 박 씨 할아버지의 말을 믿고 야반도주를 했다. 딸 하나에 아들 둘. 그러니까 큰고모, 아버지, 작은아버지를 데리고 박 씨 할아버지 집으로 들어갔다. 하지만 큰고모의 말을 빌리

자면 박 씨 할아버지가 가진 거라곤 불알 두 쪽뿐이었다. 게다가 본처까지
도 집안을 떡하니 지키고 있더란다.

　결혼이라는 목적을 달성한 박 씨 할아버지는 할머니와의 약속을 보기
좋게 어겼다. 삼 남매를 학교에 보내지 않는 것은 당연했으며, 죽어라 구박
까지 했다. 내보내면 알아서 잘 먹고 살 테니 갖다 버리라고. 할머니의 입
장에서야 사기 결혼이었지, 본처의 눈에는 할머니가 그저 불청객처럼 느
껴졌을 거다. 박 씨 할아버지의 집에서 할머니와 삼 남매는 이방인이었다.

　지켜야 하지만, 한편으로는 의지하고 살 유일한 존재들이었으니 삼 남
매를 향한 할머니의 애착은 날로 강해졌다. 할머니가 자식들을 내보내지
않고 뻗대자 박 씨 할아버지는 아버지와 작은아버지를 다른 집에 머슴으
로 보내서 쌀을 타 오게 시켰다. 물론 그 쌀은 할머니와 삼 남매에게 돌아
오지 않았다. 저들 배 불리기만 바빴지.

　삼 남매는 각각 터울이 많이 졌다. 장녀인 큰고모는 숙녀 태가 나는 나
이였고, 짐승만도 못한 박 씨 할아버지는 그런 큰고모를 겁탈하려고 호시
탐탐 기회를 노렸다. 몇 번이고 박 씨 할아버지의 손에 당할 뻔한 큰고모
는 살기 위해 집을 나갔다. 여러 해가 지나도록 죽어라 고생한 끝에 큰고
모는 다시 박 씨 할아버지네로 돌아갔다. 하지만 도저히 믿기지 않는, 믿고
싶지 않은 광경이 펼쳐져 있었다. 할머니는 박 씨 할아버지의 아이를 셋이
나 낳고, 넷째를 임신하고 있었다.

　"계속 여기서 살 거야?"
　"모르겠어, 누나. 나 이제 엄마가 미워. 미워 죽겠어. 우리 삼 남매 팔자
다 꼬아 놓고, 이게 뭐야."

"나도 어떻게 해야 좋을지 모르겠다. 눈앞이 깜깜해."

그때부터 내 아버지는 할머니를 싫어했다. 갈 거면 자식들 두고 혼자 갈 것이지 왜 삼 남매까지 박 씨 할아버지네 집으로 데리고 가서 함께 고생을 시키냐는 거다. 그냥 원래 살던 집에 뒀으면 김씨 문중의 돌봄을 받으며 무탈하게 컸을 텐데, 남의 집 머슴 노릇까지 해야 하는 삶이 너무나도 고달팠단다. 아버지와 작은아버지의 나이 터울도 커서, 함께 머슴으로 일하러 갔을 때 작은아버지까지 돌봐야 해서 적잖은 부담을 지고 살았을 터였다.

알고 보면 한적한 시골 마을의 사정이 더 복잡하고 소란할 때가 있다. 박 씨 할아버지의 가정사가 그랬다. 할머니가 시집을 와 자식 넷을 낳기 전에 자식 둘이 있었다고 했다. 하나는 다른 곳으로 보내고, 다른 한 명은 죽어서 없었던 거다. 어떤 일이 있었는지는 정확히 알 수 없지만, 내가 여태 살아온 인생만큼이나 적잖이 다사다난했을 거라는 짐작이 간다.

박 씨 할아버지와 할머니의 사이에서 나온 자식은 차례로 영배, 영두, 영관, 영순이었다. 박 씨들만 사는 집성촌에서는 이름 대신 별명으로 아이들의 이름을 불렀다. 다들 돌림자 '영' 대신 '꼴'을 넣어 꼴배, 꼴두, 꼴관, 꼴순이라고 불렀다. 꼴순이는 꼴순은 꼴순보다 꼴뚜기로 불리는 일이 더 잦았다. 왜 하고많은 글자들 중에 '꼴'로 갈아 끼웠는지는 아직도 잘 모른다. 아마 꼴 보기 싫었던 마음이 나와 별반 다르지 않았나 싶기도 하다.

"야 꼴배! 꼴뚜기 데리고 어디 가냐? 어물전 가서 네 여동생 팔고 올 거냐?"
"우하하하!"

까마득하게 어린 내가 보기에도 박 씨 할아버지네 자식들은 마을에서

업신여김을 당했다. 이유는 가난해서였다. 얼마나 가난했냐면, 바깥에서 대소변이 마려워도 참고 참다가 집에 와서 봐야 했다. 밭에 줄 거름이 없으니까. 그 정도로 찢어지게 가난한 집에 무슨 별 볼 일이 있었겠는가.

큰고모는 두 동생을 데리고 살 집을 마련하기 위해 잠자는 시간 빼곤 숨만 쉬고 돈만 벌면서 살았다. 몇 년 뒤, 아이를 넷씩이나 낳으며 박 씨 할아버지의 첩 노릇을 하는 할머니를 두고 큰고모는 두 남동생을 데리고 인천으로 올라갔다. 지옥 같았던 박 씨 할아버지네를 벗어나면 숨통이 트일 줄알았지만, 그때부터는 생계 걱정이 목을 졸랐다.

"뭐가 됐든, 불러 주는 데 있으면 무조건 하겠다고 해. 이제 우리는 우리가 먹여 살리는 거야. 할 수 있겠지?"

"내가… 할 수 있을까?"

"누나두 하잖아. 어딜 가든 다 닥치면 하게 되어 있고, 적응하게 되어있어."

"알았어. 해 볼게."

큰고모는 요즘 말로 세신사라고 하는 목욕탕 때밀이를, 아버지는 쌀가게 배달원을 했다. 작은아버지는 그때까지도 어린 나이였던지라 아버지를 따라다니며 소일거리를 도왔다. 아버지가 어머니를 만난 것도, 나와 언니가 태어난 것도 그 무렵이었다. 아이처럼 부모가 주는 사랑을 받고 아이답게 자라는 과정을 거쳐야 하는데, 아버지는 그때부터 일을 했으니 정신적 성숙이 이뤄질 새가 없었을 거다. 갑갑스럽기만 했던 그간의 삶을 해소하고픈 마음도 있었을 테고.

그렇게 갑작스레 태어난 나와 언니는 다시 박 씨 할아버지네 시골로 보내쳤다. 차라리 어머니 팔자를 닮아서 일찍이 죽어 버렸다면 속이 편했을까. 애석하게도 아버지의 요란스러운 팔자를 닮았는지, 박 씨 할아버지 집에서 온갖 구박을 들으며 고생을 했다. 유년 시절을 통째로 들어내서 버리고 싶을 정도로 고통스러운 기억들뿐이지만, 아버지의 손에 이끌려 서울로 올라가는 것보단 차라리 박 씨 할아버지 집에 있는 게 나았다.

이사

:유년 시절

나한테는 안정을 찾을 보금자리가 없었다. 어릴 적에 가장 오래 기거한 곳은 박 씨 할아버지 집이었지만, 막내 고모인 꼴뚜기의 괴롭힘에 매일을 시달렸다. 꼴뚜기가 아무리 고모라고 해 봤자 고작 다섯 살 차이고, 피차 철부지였다. 그런데 꼴뚜기는 나에게 그렇게 고모 노릇을 못 해서 안달이었다. 서울에 일하러 올라간 아버지가 한 번씩 나와 언니를 데리고 서울로 올라가면, 다 큰 어른도 감당하기 힘든 괴롭힘이 이어졌다. 꼴뚜기는 할머니가 안 계시는 틈을 타서 나와 언니를 때렸다. 할머니가 학교 가서 먹으라고 싸 준 도시락을 몰래 빼앗아 먹고, 인천에 있는 아버지가 나랑 언니 입으라고 시골집으로 옷가지를 보내 주면 내가 팔을 꿰어 보기도 전에 먼저 가져가서 입고 그랬다. 그 모든 것이 당연하게 이루어졌다.

꾸역꾸역 한 해씩 넘겨 가며 살고 있는데, 다섯 살 무렵에 아버지가 내려왔다. 부모가 한창 품에 끼고 살 나이였지만, 쭉 떨어져 살았기 때문에 나도 언니도 아버지를 대하는 게 서먹할 수밖에 없었다. 아버지는 나의 반쪽과도 같았던 언니를 두고 나에게만 말했다.

"아빠 사는 데로 가자. 엄마가 생겼어."
"엄마?"

엄마라니. 내가 기억도 못 하는 어릴 적에 돌아가셨다는 걸 알고 있었다. 그래서 엄마가 '생겼다'는 말이 낯설고 혼란스럽기만 했다. 아버지의 손에 이끌려 올라간 인천에서 나는 두 번째 엄마와 만날 수 있었다.

"네가 정란이니? 반갑다."

한 선술집 안이었다. 행주로 테이블을 닦던 두 번째 엄마는 나에게 퍽

살갑게 인사를 건넸다. 어머니와 사별한 아버지가 새로 만나게 된 여자를 엄마라고 부르기. 왜 그래야 하는지 알 수는 없었지만, 엄마라고 부르라니 별다른 저항 없이 그 여자를 엄마라고 했다. 아버지는 내가 쌍둥이라는 걸 두 번째 엄마에게 일찌감치 말해 놓은 상태였고, 동생인 나를 먼저 데리고 올라왔다.

아버지가 사랑하는 여자였고 자식인 나까지 데려왔으니 가족 구성원은 아버지와 새엄마와 나였지만, 아버지는 일을 나가면 며칠씩 안 들어왔기 때문에 나하고 두 번째 엄마하고 단둘이 집에 있는 날이 많았다. 집은 선술집 안에 딸린 작은 방이었기 때문에, 두 번째 엄마가 일을 나가도 거의 함께 있는 거나 마찬가지였다.

"정란아, 수저통에 숟가락이랑 젓가락 좀 꽂아. 바닥에 떨어트리면 안 돼."

다시 말하지만 당시 내 나이는 다섯 살이었다. 고사리손으로 일을 도우면 얼마나 돕는다고, 새엄마는 나에게 일을 시켰다. 나는 시킨다고 또 했다. 내가 들 수 있는 작은 접시는 직접 날라서 손님에게 갖다주었고, 손님이 가고 나면 빈 테이블에 남은 접시들을 갈무리해서 쟁반에 옮겨 담았다. 선술집을 오가는 아저씨들에게 껌 같은 간식을 받기도 했다.

술 잘 먹는 엄마. 내 기억 속 새엄마의 모습은 코가 비뚤어지도록 술을 마시는 모습이 대부분이다. 선술집 주인 아니랄까 봐 두 번째 엄마는 매일매일 술을 마셨다. 돌봐야 할 아이가 있음에도 새엄마는 대중없이 목구멍 안으로 술을 들이부었고, 나를 제 앞에 앉혀 놓고 주절주절 이야기를 늘어놓았다. 내용은 정확히 알 수 없었지만, 뉘앙스가 푸념 같았다. 새엄마의 푸념은 새벽이 지나, 날 밝을 때까지 끝을 모르고 이어졌다.

"안 일어나, 너!"

눈앞에 번개가 번쩍하는 기분이었다. 새엄마의 끝없는 이야기에 다섯 살배기 어린애는 차마 자고 싶다는 말도 못 했고, 참다 참다 앉은 채로 꾸벅꾸벅 졸고 있었다. 새엄마는 그런 나의 뺨을 호되게 내리쳤다. 정신이 번쩍 들었지만, 여전히 내가 뭘 잘못했는지는 몰랐다.

"잘못했어요. 잘못했어요, 엄마."
"너 누가 자라고 했어? 누가 자라고 했냐고!"
"다시는 안 그럴게요. 잘못했어요……."

그런데도 일단 무릎 꿇고 손금이 다 닳을 것처럼 빌고 또 빌었다. 맞았으니까. 또 맞기 무서우니까. 수면욕은 인간의 기본 욕구 중 하나라서 잠이 오는 게 당연한데도, 나는 졸 때마다 새엄마에게 뺨을 얻어맞았다. 아버지야 어차피 며칠에 한 번씩 들어왔으니 새엄마가 나의 학대 사실을 숨기는 건 수월했다. 아버지가 집에 올 때만 나한테 잘해 주면 되니까.

"정란아. 뭐 먹고 싶어? 아빠랑 엄마랑 셋이서 같이 먹으러 가자."

아버지가 집에 온 날에나 밥을 양껏 먹을 수 있었다. 아버지가 집에 온 날이면 숨통이 트이기도 했지만, 먹을 수 있을 만큼 최대한을 꾸역꾸역 집어먹어야 했기 때문에 치열하기도 했다. 그리고 아버지가 다시 일하러 나가면, 새엄마는 꼭 나 보는 앞에서 밥을 먹었다. 내 몫은 없었다.

아직도 눈을 감으면 그때의 밥 냄새가 나는 듯하다. 밥 한 덩이, 갖가지 나물, 계란프라이. 그 윤기 나는 것들을 양은냄비 안에 담은 다음 연탄불에 올려서 썩썩 비빈 밥의 꼬순내가. 어린 나이에 그게 그렇게 먹고 싶었다. 어쩔 수 없이 입안에 고이는 군침을 꼴깍 넘기는데도, 새엄마는 한 숟갈을 주는 법이 없었다. 그럴 때면 새엄마는 웃으면서 약 올리듯 말했다.

"먹고 싶어? 먹고 싶지?"
"네. 배고파요."
"먹고 싶음 느이 아부지 왔을 때 달라고 그래."

인천 선술집에서의 생활은 그리 길지 않았다. 그곳을 빠져나올 수 있었던 결정적 계기는 새엄마가 만들어 주었다.

"너 자기만 해봐. 내가 어떻게 혼내는지 궁금하면 자 보든가."
"아니에요. 안 잘 거예요."

새엄마의 매질이 두려웠던 나는, 그날도 졸지 않으려고 허리를 꼿꼿하게 세우고 뻑뻑한 눈에 힘을 준 채 새엄마의 얘기를 듣는 척했다. 하지만 어른들에게도 무거운 눈꺼풀이 아이에겐들 가벼울 리 없었다. 결국 한계를 이겨 내지 못한 눈꺼풀이 점점 감겼고, 시야가 흐려졌다. 정신을 차렸을 때 나는 누워 있었다.

"정란아. 아이고, 이게 무슨 일이야. 괜찮아? 괜찮은 거야?"

눈을 떴을 때 제일 먼저 보이는 건 아버지였다. 극한의 수면 부족에 시달리다 보니 잠깐 정신 잃은 것도 잔 거라고 정신이 조금은 또렷해져 있었다. 아버지의 시선을 따라 고개를 내려보면, 무릎에 붕대가 둘둘 감겨 있었다. 새어 나온 피가 붕대를 벌겋게 적신 채였다. 새엄마가 내 무릎에 과도를 꽂은 것이다. 이유는 역시 제 얘기를 들어주지 않고 잠을 잔다는 거였고.

병원에는 가지 않았다. 봉합수술을 하지 않은 무릎은 새살이 빨갛게 올라왔고, 불룩한 흉터로 남았다. 나에게 무신경했던 아버지도 이건 아니다 싶으셨겠지. 아버지는 나를 다시 박 씨 할아버지 집으로 보냈다. 그제야 나는 새엄마의 샌드백 노릇을 그만둘 수 있었다. 내 입으로 말하긴 서글프지만, 나는 새엄마의 샌드백이었다. 나를 때리고 굶기면서 스트레스를 해소했으니까. 제 음부를 만지라고 했던 것까지 분명히 기억한다. 아버지는 수십 년이 지난 지금까지도 그 사실을 모른다.

박 씨 할아버지네로 다시 내려온 이후로는 더 이상 생명의 위협을 느끼지 않아도 됐다. 그 대신 꼴뚜기의 괴롭힘을 견뎌야 했다. 뭐든 상대적이라 버틸 만할 줄 알았지만, 괴롭힘을 당하는 것에는 좀처럼 면역이 생기지 않았다.

특히 할머니가 1년에 두 번, 큰고모에게 생활비를 얻으러 서울에 가고 나면 강도는 최고조에 이르렀다. 예전에 아버지가 그랬던 것처럼, 나는 아이답게 크지 못한 채 속이 썩어 갔다. 의지할 데라곤 나와 닮은 쌍둥이 언니뿐이었다. 큰고모는 꼴뚜기가 나와 언니를 괴롭혔던 건 질투심 때문이었던 것 같다고 했다. 그도 그럴 것이 꼴뚜기의 위로 세 명의 오빠가 있었는데, 이 오빠들은 우리 쌍둥이 자매를 예뻐했다. 온전히 저에게로 향해야 하는 사랑을 나눠 가지는 것 같은 마음에 분노가 일었겠지.

그런 꼴뚜기가 꼴사나웠던 오빠들은 꼴뚜기가 우리 자매를 괴롭힐 때마다 개 패듯이 팼다. 그 무렵엔 박 씨 할아버지가 돌아가셔서 편들어 줄 사람도 하나 없었다. 꼴뚜기를 정신 차리게 할 오빠들의 폭력은 날이 갈수록 억세졌지만, 꼴뚜기는 그럴수록 나와 언니에 대한 적개심만 키워 갔다. 오빠들이 가한 폭력은 꼴뚜기에게 악만 더 심어 줄 뿐이었다. 그리고 더 악독하게 나와 언니를 괴롭혔다. 지긋지긋한 악순환이었다.

"아부지 오셨어요?"
"가자. 희란이도 짐 챙겨."
"왜요? 왜 짐을 챙겨요…?"
"빨리. 두 번 말하게 하지 말고 얼른 나와."

아버지가 내려온 건 내가 국민학교에 들어갈 무렵이었다. 언니와 나는 아버지의 손에 이끌려 서울행 버스를 탔다. 열 살도 못 채워 본 어린애의 머릿속이 복잡해졌다. 또 나를 칼로 다치게 하는 엄마와 같이 살게 되면 어떡하나 싶기도 했고, 그래도 박 씨 할아버지 집보다는 좀 더 살 만한 곳이지 않을까 하는 기대감도 생겼다.

아버지가 나와 언니를 데리고 간 서울 집에는 또 다른 새엄마가 있었다. 그때 그 인천 선술집의 주정뱅이 여자도 새엄마라고 불렀으니 이 사람도 내겐 새엄마였다. 두 번째 엄마처럼 아버지가 보는 앞에서만 나와 언니에게 잘해 줬고 없을 땐 손찌검을 하는 사람이었다.

"동생한테 인사해. 이름은 광필이. 이제 너네들이랑 같이 살 거야. 너무 딱해가지고 고아원에서 데리고 왔으니까 동생 잘 챙겨주고 잘 지내야 돼."

지금 생각해 보면 광필이는 세 번째 엄마의 친아들이었던 것 같다. 세 번째 엄마라는 말보다 '광필이 엄마'라고 부르는 게 맞겠다. 국민학교 다니는 코찔찔이의 눈에도 다 보였다. 나와 언니는 광필이의 반의반만큼도 사랑받지 못했다.

"우리 광필이 밥 먹어. 엄마가 광필이 좋아하는 거 했어. 광필이 계란프라이 좋아하잖아. 밥에다가 프라이랑 간장이랑 참기름 넣고 비볐어. 어여와서 먹어."

같은 밥상머리에 앉아 있었지만 반찬은 천양지차였다. 광필이가 그 귀한 프라이를 먹는 동안 나와 언니는 김치랑 밥만 먹었다. 하지만 광필이를 부러운 눈으로 쳐다볼 엄두조차 내지 못했다. 그건 광필이 엄마가 인천의 새엄마보다도 더 악랄한 사람이었기 때문이다.

"네년들 때문에 내 인생이 망했어. 왜 내 인생에 나타나서 훼방이야? 네깟 것들이 뭔데 왜 그놈 씨로 주렁주렁 딸려 와서 나를 귀찮게 해?"
"엄마 잘못했어요. 살려 주세요."
"잘못했으면 맞아야지. 죽을 때까지 혼나 봐야지. 뚝 안 그쳐? 시끄럽게 쨍알거리지 좀 말라니까!"

인천에서 겪었던 것보다 더 끔찍한 학대를 당했다. 정신을 잃을 정도로 맞았다. 잘못한 것도 없으면서 또 싹싹 빌었다. 그래도 광필이 엄마의 분노를 잠재울 수는 없었다. 그래도 광필이 엄마가 화를 내면 무조건 울면서 빌었다. 이렇게 하면 나를 안 때리지 않을까 하는 마음보다, 비는 것 말고는 할 수 있는 일이 없었기 때문이었다.

"죽어. 죽어! 너네들이 살아서 뭐 해? 너네 때문에 내 인생이 얼마나 어떻게 꼬였는지 알기나 해? 전생에 무슨 죄를 지으면 이런 것들이 딸려 와?"

광필이 엄마가 휘두르는 폭력은 또 다른 차원의 공포를 선사했다. 내가 죽을까 봐 두렵기도 했지만, 언니가 죽어 버릴까 봐 겁이 났다. 언니의 머리끄덩이를 붙잡아 벽에다 있는 힘껏 내던졌다. 한 번으로도 타격감이 셌을 텐데, 눈이 허옇게 돌아간 광필이 엄마는 몇 번이고 언니의 머리를 벽에다 가차 없이 부딪었다. 언니가 정신을 잃을 때까지.

학교를 빠지는 날이 늘어났다. 이틀에 한 번씩 맞았고, 다음 날이면 끙끙 앓느라 집 밖으로 나갈 엄두를 못 냈기 때문에 결석일수가 많아질 수밖에 없었던 것이다.

"당신 왔어요?"
"어. 저녁은 먹었어? 쌍둥이들은?"
"피곤하다고 일찍 자러 들어갔어요."
"아직 해도 안 졌는데, 벌써?"
"네. 한창 클 나이잖아요. 성장기 때는 원래 잠 많이 자요."

광필이 엄마는 며칠에 한 번씩 들어오는 아버지를 어쭙잖은 거짓말로 속였다. 한두 번도 아니고 매번 해가 지기도 전에 잠이 드는 딸내미들이 단 한 번도 이상하게 느껴진 적이 없었을까. 아버지는 학대 사실을 알면서도 묵인했다. 이마에 으깬 감자를 올린 채 지쳐 잠들어 있는 나와 언니를 보고도 무슨 일 있냐는 말 한마디 걸어 준 적 없었다. 아버지는 우리에게 무관심했고, 계속 무관심하고 싶었을 거다. 광필이야 사리 분별도 안 될 어린 나이였으니 누나들이 눈앞에서 개처럼 얻어맞고 있어도 눈 말똥말똥 뜨고 쳐다보기만 했고.

할머니가 손녀들 보러 서울로 올라오게 되면서 학대 사실을 알게 되었다. 못 먹어서 비쩍 곯은 것도 모자라 온몸이 멍투성이인 손녀들을 본 할머니의 낯빛은 경악으로 물들었다.

"세상에. 너희들 이마가 왜 그러니…?"
"할머니……."
"새엄마가 그런 거야?"
"……."
"할머니한테는 사실대로 말해도 돼. 새엄마가 그런 거야?"

시퍼렇게 멍든 이마를 본 할머니는 새엄마가 그랬냐고 재차 물었다. 나와 언니는 고개도 끄덕이지 못한 채 온 얼굴을 일그러트리며 엉엉 울었다. 여느 또래 아이들처럼 섧게 섧게 울어 젖혔다. 할머니도 나와 언니를 끌어안고 꺽꺽 소리 내어 울었다. 그리고 왜 이 모양 이 꼴로 살아야 하냐고, 이 어린 것들이 잘못을 하면 얼마나 한다고 이렇게나 몹쓸 짓을 해 놨냐고 한참 악다구니를 질렀다.

"빨리 커라. 그래야 여기서 벗어날 수 있다."

너무 울어서 다 쉰 목소리로 할머니가 한 말이었다. 해묵은 응어리를 토해 내듯 할머니 품 안에서 울어 젖히던 나와 언니는 코를 훌쩍거리며 할머니의 손을 한쪽씩 잡았다.

"할미가 힘이 없어서 미안해."

나와 언니를 구해 줄 줄 알았던 할머니는 맥없이 고개를 떨궜다. 나는 다시 무력감을 느꼈다. 얼마나 맞아야 이 고통이 끝이 날까. 정말 나와 언니가 죽어야만 이 지옥 같은 매질이 끝이 날까.

그래도 명줄이 짧지는 않던 모양인지, 나와 언니는 광필이 엄마의 손에 죽지 않을 수 있었다. 시간이 흘러 내가 열 살이 되던 무렵에 사달이 한번 났었기 때문이었다. 무슨 이유 때문인지는 모르겠지만, 아버지는 광필이 엄마의 멱살을 붙잡고 서로를 죽일 것처럼 싸웠다. 지붕이 날아갈 것처럼 언성을 높이고, 살림살이들이 공중을 날아다녔다. 나와 언니는 서로를 끌어안은 채 둘의 싸움이 끝나기를 기다렸다.

사고는 한순간에 벌어졌다. 이성을 잃은 광필이 엄마는 주방에서 큼직한 주방용 가위를 들고 나왔다. 그러곤 아버지의 가슴을 찔렀다. 여러 줄기로 흘러나온 피가 아버지의 옷을 적셨다. 나는 금방이라도 정신이 나갈 것 같은 공포에 시달렸다. 새어 나오는 피를 손으로 틀어막은 아버지는 정신을 잃지는 않았지만, 시뻘건 피가 거실 곳곳에 흔적을 남기는 것을 보면서 아버지가 이대로 죽으면 어떡하나 겁이 났다. 언니는 광필이 엄마의 학대를 견디다 못해 제 발로 고아원에 들어갔다.

아버지는 죽지 않았다. 그날 이후로 광필이 엄마는 광필이를 데리고 집을 나갔다. 꼭 이렇게 피를 보고 나서야 끝이 나는 고통인가 싶어 치가 떨렸다.

"정란아. 애비가 돼 가지고 그동안 너희 힘들게 크는 것도 모르고 살아서 미안해. 애비 자격이 없는 사람 같아, 내가. 면목이 없다 정말."

"……."

"그래서 말인데…… 너를 잘 키워 줄 수 있는 다른 곳에 가서 지내는 건어때? 밥도 주고, 잠도 재워 주고, 친구들도 많고 그렇다던데."

아버지는 큰고모 집에서 지내고 있는 나를 찾아왔다. 아버지가 말하는 곳은 고아원이었다. 손녀들이 잘못 크는 것을 본 할머니가 울었고, 딴에는 할머니에게 미안한 생각이 들어 내린 결정이었을 터였다. 시작은 권유였지만 갈수록 강요가 되었다.

"희란이도 고아원에서 잘 크고 있잖아. 쌍둥이가 같이 붙어 있어야지. 언니 있는 데로 데려다 줄까?"

내 어깨를 그러쥔 아버지의 눈을 피했다. 고아도 아닌데 고아원에 간다는 게 싫어 고개를 저었다. 아버지의 표정이 굳어졌다.

"하나뿐인 언니가 고아원에서 혼자 지낸다는데 불쌍하지도 않아? 안 갈 거야, 진짜?"

아버지가 언성을 높였다. 온몸이 사시나무처럼 떨렸지만, 그래도 고아원에 가고 싶지는 않았다. 닭똥 같은 눈물을 뚝뚝 흘리면서도 끝까지 뻗댔다.

"싫어. 안 갈 거야. 나 큰고모랑 살 거야."
"뭐? 근데 이게 어디 아빠 말을 귓등으로 듣고!"

방어할 새도 없이 아버지의 발이 배로 날아들었다. 숨이 막히는 고통이 온몸의 힘을 빼 놓았다. 맥없이 쓰러지는 나를 보고 식겁한 큰고모가 나를 안았다.

"미쳤어? 애가 안 간다는데 왜 자꾸 그래?"
"누나야말로 왜 이래? 내 자식이야. 내 자식 내 마음대로 한다는데 왜 끼어들어?"

"애 의사가 제일 중요하지, 뭘 맘대로 한다는 거야!"

"나와. 누나까지 다치기 전에. 나 오늘 쟤 버릇 제대로 고쳐 줄 거야."

"정란이 죽이려면 나 죽이고 죽여야 될걸? 할 수 있음 해 봐! 해 보라고!"

아버지에게 자식은 인격체가 아닌 소유물이었다. 하지만 필사적으로 나를 보호하려는 큰고모에게는 당해 낼 재간이 없었다. 결국 아버지는 나를 고아원에 보내는 걸 포기했다. 그리고 얼마 지나지 않아 언니도 고아원에서 큰고모 집으로 왔다.

하지만 언제까지 큰고모 집에 얹혀살 수는 없는 노릇이었다. 나와 언니는 아버지의 손에 이끌려 다시 시골 박 씨 할아버지 집으로 보내졌다. 아버지는 나와 언니를 물건 배송하듯 떠맡기고 바로 서울로 올라갔다. 시골에선 생명을 위협받을 정도의 학대는 없었다. 그렇다고 해서 마냥 편했던 건 결코 아니다. 꼴뚜기는 다시 돌아온 불청객들을 괴롭히지 못해 안달이었다.

"너희 아빠가 또 언제 너네 데리고 집 나가? 너희 둘 다 진짜 꼴 보기 싫어. 너네 아빠한테 전화해서 빨리 내려오라고 해! 그게 내 평생소원이야. 응?"

사사건건 얄밉게 약을 올리는 꼴뚜기의 바람대로 아버지는 불현듯 다시 박 씨 할아버지 집 대문을 열어젖혔다. 나와 언니가 6학년 될 무렵이었다. 아버지의 말을 더 들을 필요도 없었다. 자매를 데리고 서울에 간다는 건, 곧 또 다른 새엄마가 생겼음을 의미했으니까.

네 번째 엄마는 개중엔 그나마 양반이었다. 육체적인 학대를 가하지는 않았다. 대신 무수한 언어폭력으로 나와 언니를 기죽게 만들었다.

"공부도 지지리 못하는 것들이 무식하게 밥만 축내지? 얘, 밥값이라는 말이 왜 있겠니? 자기 본분을 다하지 않으면 밥 먹을 자격도 없다는 거야, 그게. 그러니까 밥 축낸 만큼 공부 좀 해라."

밥 먹을 땐 개도 안 건드린단 말이 그 당시에도 있었을 텐데. 네 번째 엄마는 밥값을 운운하며 밥상머리에서 우리 자매에게 구박을 쏟아 냈다. 그나마 다행인 건, 밥은 잘 차려 줬다. 밥상 차려줘 놓고 나와 언니를 체하게 할 말을 해대서 그렇지.

"여보. 오셨어요? 전보다 집에 자주 안 들르는 것 같아요."
"남자가 바깥에서 일하다 보면 그럴 수도 있지."
"그래두. 보고 싶으니까. 밥 차려 놨어요. 얼른 가서 들어요."

네 번째 엄마는 여태 본 엄마들 중에서 아버지를 제일 많이 좋아했던 것 같다. 늘 아버지의 입맛 위주로만 반찬을 했고, 아버지가 집에 올 때면 아버지만 쳐다보고 제법 애교 섞인 목소리를 냈다. 아버지가 좋아서 우리를 거둔 거지 우리가 좋아서는 결코 아니구나. 그 모습을 볼 때마다 드는 생각이었다. 나와 언니에게는 말조차 잘 걸지 않았기 때문이었다.

아침에 깨울 때 새엄마는 일어나라는 말 대신 발로 나와 언니를 한 대씩 툭 치고 갔다. 무방비 상태로 자고 있었으니 갑작스러운 움직임에 덜컥 놀라기 일쑤였다. 곧 그 발길질에 적응하는 내 모습이 우스웠다. 그렇게 고등학교를 졸업할 때까지 살았으니 엄마들 중 가장 오랜 세월을 한 지붕 아래서 산 셈이다. 하지만 그 세월만큼 정이 들지는 않았다.

그래도 세월 때문에 자연스럽게 쌓이는 정이 있을 텐데. 친구들에게 이 얘기를 들려주면 다들 놀란다. 씁쓸하게도 나한테는 놀랄 일이 아니다. 지금 생각해 봐도 그렇다.

네 번째 엄마 아래서 살게 된 이후로는 꼴뚜기의 소식을 듣지 않고 자랐다. 내가 중학교에 들어갈 무렵, 그러니까 꼴뚜기가 열여덟이 되던 해에 애를 낳았다는 소식이 마지막이었다. 어린 데다 철딱서니도 없었던 그 영순이가 애 엄마라니. 애가 애를 낳았다는 것이 생경하게만 느껴졌다.

"이 양말이… 사이즈가 맞으려나? 하긴 애기니까 다 맞겠지?"
"넌 뭘 이런 걸 사 오니? 돈도 지지리 없는 게. 아님 그냥 돈으로 갖다주든가."

그래도 애 낳고 어떻게 사는지는 궁금해서 들른 적이 있었다. 꼴뚜기의 집은 할머니의 집과 그리 멀지 않았다. 아들 기형이는 돌쯤의 나이였음에도 눈이 또렷하고 똘망똘망한 것이 참 귀여웠다. 꼴뚜기의 남편을 닮아 미남자로 자랄 것 같았다. 꼴뚜기의 남편, 그러니까 고모부는 전파사를 운영하는 사람이었다. 뭘 얼마나 대단한 일을 하는지 모르겠지만, 손님으로 중학생 어린애가 와 있는데도 시종일관 까칠하게 굴었다.

"어지간히 놀다가 해 지기 전에 집으로 가. 난 누가 집에 놀러 와서 시끄럽게 하는 거 딱 질색이니까."
"네… 이따 갈 거예요."

꼴뚜기는 남편의 눈치를 봤다. 언제 화를 낼지 모르는 불같은 성격이었고, 꼴뚜기는 그런 남편의 심리를 파악하기엔 너무나도 어렸다. 그래서 집이 갑갑했을 거고, 그 누구보다 놀고 싶었을 거다. 내가 동네 애들이랑 겨울에 비료 포대를 들고 가서 썰매를 탈 때 꼴뚜기도 한 번씩 합류했다. 그 비료 포대 썰매가 뭐라고, 꼴뚜기는 정말 신나 했다. 그 애 엄마가.

"영순아! 이 기지배가 또 애를 팽개쳐 놓구 저러구 있어! 얼른 젖 주러 안 와?!"

그러다 영순이 시무룩해지는 순간이 바로 이때였다. 꼴뚜기 대신 기형을 봐주던 할머니가 젖을 주라고 호통칠 때. 그때면 영순은 어깨가 축 처져선 집으로 돌아가곤 했다. 마냥 귀엽게 느껴지던 아이가 족쇄 같은 존재가 될 수도 있구나. 몸소 겪은 건 아니었어도 어렴풋이 느낄 수 있었다.

애정전선

: 20대 이야기

고등학교를 졸업하자마자 직장에 들어갔다. 요즘 사람들처럼 능력을 쌓아 좋은 회사에 골라 들어가는 건 상상도 못 했고, 그냥 나를 받아 준다는 곳이 생겨서 바로 들어가 일을 했다. 언니는 고등학교 3학년 무렵에 졸업도 하지 않고 일찌감치 집을 나가 돈을 벌었다.

"어. 여보세요? 언니야?"
"정란이구나. 몇 개월 만이야, 이게."
"잠깐 볼까? 우리 너무 오랫동안 못 봤잖아."

직장 생활을 하던 도중에 언니와 연락이 닿았다. 부대껴 산 세월이 있어 그런지 언니와 함께 지내고 싶었다. 언니가 사는 집으로 들어가도 되냐니까 언니는 그러라고 했다. 언니의 집으로 들어가자마자 보이는 건 몸뚱이를 넣을 수 있나 의문이 들 정도로 딱 달라붙는 짧은 원피스가 즐비한 행거였다. 언니가 일한다는 곳은 술집이었다.

"매일 술 팔고 웃음 팔고 그러면 몸 다 상할 텐데 괜찮아, 언니?"
"우리가 그런 것까지 어떻게 신경 쓰면서 살아? 돈은 벌고 봐야지. 다른 건 몰라도 벌어 놓은 돈은 나 배신 안 해. 그리고 돈이 있어야 안 서럽다고."

태어나서부터 쭉 가난했다. 그래서 가난이 진저리가 나게 싫었다. 돈을 벌어 온답시고 며칠씩 집을 비우는 아버지였지만, 결론적으로 우리 자매는 계속 가난하기만 했다. 등록금도 못 내서 교무실에 불려 다니고, 쌀이 없어서 거의 매일 수제비로 끼니를 때웠다. 월세가 밀려 집주인에게 쫓겨난 적도 있었다. 내 몸 누일 공간이 없어 여관에서 생활했던 시절도 있었다.

그땐 가난에서 벗어나는 유일한 돌파구는 술집에서 일하는 것이었다.

고민할 것도 없이 언니가 일하는 술집으로 들어갔다. 그곳을 오가는 많은 남자들과 인연을 맺었다. 떠올리고 싶지 않을 정도로 난잡한 추억이다. 몸과 마음이 모두 영글기도 전에 너무나도 일찍 수많은 남자들을 만나게 된 거다. 그 술집에서 남편을 처음 만났다.

"또래 나이라서 그런지 오빠랑 진짜 말 잘 통한다. 일하면서 재밌었던 거 정말 오랜만인 것 같아. 일이라는 생각도 안 들어."
"그럼 이제 밖에서 볼까? 서로 집에도 놀러 가고 그러면 재밌잖아."

술집을 찾는 손님들을 부르는 호칭은 무조건 오빠였다. 그게 오랫동안 입에 붙다 보니 내 남편 원철도 오빠였고 언니의 남편 은우도 오빠였다. 남편 원철을 만난 이후로는 일을 그만뒀다. 부부의 연을 맺은 남자가 생겼는데 술집을 계속 다니는 건 좀 아닌 것 같았다. 언니는 그 이후로도 몇 개월을 더 있다가 나왔다.

술집 손님들과 모두 오빠 동생 하며 친하게 지냈기 때문에 애정 관계가 다소 복잡했다. 언니와 형부가 처음부터 결혼으로 순탄하게 이어진 건 아니었다. 처음 우리 집에 은우를 데리고 온 건 언니였지만, 언니는 당시에 만나는 남자가 따로 있었다.

"정란아. 언니 어디 갔어? 매번 집에 오면 정란이 너 혼자밖에 없더라."
"우리 언니 데이트 갔지. 그 남자랑. 은우 오빠 오늘도 또 공쳤네? 그냥 가기 좀 아쉬우면 잠깐 차라도 한잔하고 가든가."
"그래도 돼?"
"들어와. 집에 나밖에 없어."

언니의 외출이 잦아져서 나 혼자 집에 있을 때가 많았다. 은우 오빠가 언니와 타이밍이 맞지 않아 언니가 없을 때 집으로 찾아오면 나하고 집에서 둘이 같이 시간을 종종 보내기도 했다. 정이 쌓인 건지, 아니면 아무도 없는 집 안에서 남녀가 붙어 앉아 있다가 분위기라도 탄 건지. 은우는 어느 날 갑자기 내가 좋다고 했다. 비슷한 시기에 원철도 나에게 고백을 해왔다. 애정 관계가 끝을 모르고 복잡해져만 갔다.

"정란아. 오빠 남자로 다시 한번 생각해 주면 안 될까? 손에 물 한 방울 안 묻히게, 내가 여왕처럼 떠받들고 살게. 그렇게 살게 할 능력 충분히 있어."

박 씨 할아버지가 우리 할머니에게 했던 말처럼 속 빈 말은 아니었다. 아닌 게 아니라 은우는 정말 재력이 있는 사람이었다. 그때까지만 해도 언니는 사귀는 사람이 따로 있었다. 다른 사람은 몰라도 은우와 이어질 거라는 생각은 조금도 하지 못했던 시기였다. 은우와 원철. 두 선택지 사이에서 잠깐 고민했었다. 하지만 가난을 벗어나 여유 있는 삶을 사는 것이 최선이라 여겼던 나는 원철 오빠에게 이별을 고했다.

"내가 지금부터 하는 말이 속물처럼 들리겠지. 근데 있잖아, 원철 오빠. 나 속물이라고 생각해도 할 말 없어. 아닌 건 아니니까."

"너 그 새끼한테 가려는 거지? 돈다발 들고 와서 너 데리고 산다고 꼬시기라도 했어?"

"아니라곤 말 못 하겠어. 많이 흔들린 것도 사실이야. 우리 이쯤에서 그만하는 게 맞는 것 같아."

"그 새끼 어딨어? 나 이대로 정란이 너랑 못 헤어져. 오늘 그 새끼랑 나랑 담판을 짓든 해야지."

나를 놓아줄 수 없다며 원철은 그 길로 은우를 찾아갔다. 맞붙은 두 남자는 서로 주먹질을 하고 옷을 다 버리도록 흙바닥을 굴렀다. 은우는 반포에 나와 살 집을 얻으며 초강수를 두었다. 내 마음을 살 수 있는 건 나를 얼마나 절절하게 사랑하는지 보여 주는 게 아니었다. 돈. 얼마나 나를 금전적인 것에서 얽매이지 않는 삶을 살게 해 주는지가 제일 중요했다. 은우를 택한 건 당연한 수순이었다.

"문 열어 이 새끼야! 남의 여자 낚아채 놓고도 두 다리 뻗고 태평하게 자? 문 열라고!"

나를 포기할 수 없었던 원철 오빠는 다짜고짜 반포로 찾아왔다. 얼마나 나를 놓치기 싫었으면 원철의 어머니까지 찾아왔다. 다른 집에도 민폐였고, 이 꼴을 계속 본다고 해결될 일도 아니었다. 은우는 나에게 말했다.

"네가 가서 정리해. 그리고 얼른 내 옆으로 와."

은우는 매사 돈돈거리는 나를 잘 알았다. 그래서 원철에게 보내도 재력이 있는 저에게로 다시 되돌아올 거라고 생각했었던 모양이다. 하지만 그게 마지막이었다. 원철은 나를 만나자마자 영원히 놓지 않을 것처럼 오랜 시간을 꼭 끌어안았다. 그리고 나를 놔줄 수 없다는 원철과 함께 그대로 동거를 시작했다.

"정란아. 염치없지만 언니가 부탁을 좀 하려고 하는데… 혹시 은우 오빠 전화번호 있어?"
"응. 적어 놨지. 근데 왜?"
"그냥, 좀 보고 싶기도 하고."

이제야 은우를 궁금해하다니. 때가 좀 늦었다는 생각이 들었다. 하지만 내가 모르는 새에 언니는 은우와 다시 만나기 시작했고 결혼까지 했다. 나를 사랑한다고 했던 은우는 어느새 내가 아닌 다른 사람의 반려자가 되었다. 꿩 대신 닭이라는 말이 떠오를 수밖에 없었다.

은우와 언니와의 결혼은 나를 더욱 보잘것없게 만들었다. 재력 있는 은우를 뒷배로 두다시피 한 언니는, 은우의 재력이 자신의 재력이라도 되는 양 굴었다. 반면 원철과 짝지어진 나는 여전히 여유롭지 못했다. 가난한 친척과 연락을 해서 아쉬운 소리를 듣는 것보단 부유한 친척과 연락을 하며 떨어질 콩고물을 기대하게 되는 것이 어쩔 수 없는 사람들의 심리였을 거다. 친척들은 나보다 언니에게 더 다가갔고, 그럴수록 나는 더욱 고립되었다. 은우를 놓친 건, 사랑은 물론 재력까지 놓친 셈이었다. 애정전선이 정리되었을 때의 나이가 스물하나였다.

갈등

: 20대 이야기

언니는 언니대로, 나는 나대로 각자 살림을 차려서 잘살고 있었다. 앞으로도 이대로만 지내면 좋겠다고 생각했다. 녹록지 않은 팔자는 그런 소박한 꿈마저도 허용하지 않았다. 원철이 사업에 손을 댔다가 쫄딱 망하게 된 것이다.

"확실한 아이템이라며? 그게 왜 망해?"
"의료기구 사업으로 마진을 많이 남겨 먹는다고 들었는데, 왜 이게 이렇게 고꾸라졌을까."
"나 지금 만삭이야. 이대로 길바닥에 나앉아야 돼?"

언제 아기가 나올지 모르는 상황이었다. 하지만 빚쟁이들은 채무자 가족 중 산달이 다 되어 가는 산모가 있다는 것에 하등 신경을 쓰지 않았다. 결국 집을 팔고 거리에 나앉게 됐다. 오갈 데라곤 언니의 집 하나뿐이었다. 스물셋. 나 하나 돌보는 것만도 버거울 나이였다. 언니는 딱한 동생의 사정을 가만두고 볼 수가 없었다.

"들어와. 아무 때나 나가도 괜찮으니까 내 집이다 생각하고 편히 있다가 가고."
"알았어. 고마워, 언니."
"그리고 필요한 거 있음 나한테 말해. 그냥 나 막 부려먹어. 임신부는 그래도 돼."

언니는 나를 위해 선뜻 방을 내어주었다. 언니와 은우가 기거하는 집에 나와 원철이 들어갔다. 얹혀살던 중 딸아이가 태어났다. 나처럼 냉랭한 시선을 받으며 태어난 것은 아니었으니 나만큼 불행하지는 않겠지. 다행이다 싶은 한편, 사람으로서 질투를 느끼기도 했다. 은우는 남편보다도 더 내 딸을 예뻐해 줬다. 놀아도 주고 맛있는 것도 잔뜩 챙겨 주었다. 덕분에 육아 스트레스를 조금은 덜 수 있었다.

"은우 오빠. 우리 딸이랑 너무 잘 놀아 주는 거 아냐? 가끔 내 남편이 원철 오빠인지 은우 오빠인지 모르겠다니까."

결혼을 하고 애를 낳을 때까지도 나는 은우를 형부라 부르지 않았다. 원철과 결혼하기 전에 애정 관계로 얽힌 과거가 있어서 그런지 오빠라는 호칭이 편했다.

"언제 가는데?"
"이달 말. 천안으로 내려가."
"그래. 우리 부부도 이제 집 얻어서 살아야지. 2년이면 여기서도 진짜 오래 얹혀살았다, 뻔뻔하게."
"그렇게 생각하지 마. 자매들끼리 돕고 사는 거지 원래."

딸이 세 살 되던 무렵에 언니와 은우는 천안으로 갔다. 사업을 시작하겠다는 이유에서였다. 사업이 망하고 고작 2년밖에 지나지 않은 시점이었기 때문에 은우는 내가 마음에 걸린다며 화곡동에 월세방을 얻어 줬다. 그곳은 주말마다 언니네 부부와 함께 노는 아지트가 되었다. 그리고 자매들끼리 더 왕래를 자주 할 팔자였던 모양인지 언니네 부부도 곧 신림동으로 이사를 왔다. 태어날 때부터 부성애라는 게 없었는지 원철이 딸을 좀처럼 돌봐 주지 않아 힘들었는데, 은우 덕분에 나는 다시 수고를 덜 수 있었다.

"정란아. 우리 예전처럼 다시 같이 살까?"

우리 집으로 놀러 온 언니가 잠든 딸아이를 보듬어 주며 물었다. 함께 살면 서로 의지도 되고 좋을 것 같았고, 언니와 함께 살면서 안정감을 되찾았던 기억도 있었다. 나야 물론 환영이었다.

"뭐? 안 돼. 우리끼리 사는 것도 속 시끄러울 판에 저번처럼 또 복작복작 한집에 모여 살자고?"

"오빠가 우리 정연이라도 자주 놀아 주고 챙겨 줘 봐. 그랬음 내가 이렇게 또 같이 살잔 소리 안 했지. 정연이 한창 사랑받아야 할 애기고, 그 사랑 언니랑 은우 오빠가 잘 주잖아."

"글쎄, 나는 싫다니까? 왜 가장의 의견은 무시하는데?"

평생 백수였던 원철은 피해의식이 기저에 깔려 있었다. 돈을 벌 생각도 않았고 늘 집에 있기만 했다. 어차피 보증금은 은우가 해 준 거라 돌려주기 위해서라도 같이 살아야 한다고 해도 고집불통이었다. 결국 나는 집을 정리하고 언니가 사는 곳으로 들어가 함께 살았다. 아빠보다도 저를 예뻐해 주는 이모부가 있으니 딸도 좋아했다. 원철을 제외한 네 식구끼리는 돈독했다고 보는 게 맞을 것이다.

"오빠. 이 사람은 누구야? 처음 보는데."

"내 친구. 오늘 하루 우리 집에서 놀다 가도 되지?"

어느 날은 원철이 집에 친구를 불렀다. 제 이름을 현상이라 소개한 남자는 저녁을 먹고 온 가족과 하하 호호 웃으며 시간을 보냈다. 저녁상을 무르고 술상까지 벌이다 보니 시간이 늦어 현상은 하룻밤을 묵고 갔다. 원철의 친구 중에 이렇게 넉살이 좋은 친구가 있었나 싶었다. 원철도 제 친구처럼 사회성이 좋아 밖으로 나돌아다니면서 사람들도 만나고 돈 될 만한 일도 하면 좀 좋을까 하는 생각도 했었다.

"웬 돈이야? 그것도 50만 원씩이나."

"희란이가 주라더라. 너희 가족들끼리 바람 쐬고 오라고. 원철이 그 녀석 계속 집에만 있잖아. 그래서 희란이가 마음이 좀 쓰였나 봐. 정연이도 어디 멀리 여행 가 본 적 없기도 하고."

우리 가족끼리 첫 여행을 떠난 곳은 강원도였다. 매일 비슷비슷하게 생긴 빌라와 주택이 다닥다닥 붙어 있는 동네를 벗어나 탁 트인 바닷가를 거닐고 회를 먹었다. 딸아이도 파도와 잡기 놀이를 하듯 소리를 지르며 뛰어다녔다. 그래, 그동안 여유를 즐길 틈이 없었다. 오가는 시간도 얼마 걸리지 않는 여행지인데도 이렇게나 숨이 탁 트이는데, 돈에 허덕이고 못난 어른들에게 유린당하면서 얼마나 오랜 시간을 숨죽이고 살아왔었나. 고요한 수평선을 바라보며 울적해지던 것도 잠시, 딸과 더 신나게 놀아주기 위해 딸의 손을 잡고 모래사장을 내달렸다.

바닷가의 운치 있는 레스토랑에서 식사를 하고 숙소로 들어갔다. 놀다 지쳐 잠든 아이를 침대에 누인 다음 씻으러 들어가려 할 때쯤 프런트데스크에 있던 아가씨가 나를 다급하게 불렀다. 나를 찾는 전화가 걸려 왔다는 것이다. 1층으로 내려가 전화를 받으니 은우의 목소리가 들렸다.

"어, 은우 오빠. 덕분에 잘 놀고 있어. 정연이가 너무 좋아해. 고마워요."

"잘 놀고 있다니 다행이네."

들뜬 내 목소리와는 달리 은우의 목소리는 가라앉아 있었다. 차분하다 못해 침울하게 느껴졌다. 불길한 예감이 들었다.

"혹시 무슨 일 있는 거 아니지?"

"그게, 지금 내가 전화한 게…… 희란이가 사라졌어. 수표로 1억이 있었는데 지금 없는 거 보니까 그걸 들고 나간 것 같아. 뭐 좀 알고 있나 해서."

언니가 집을 나가다니. 그것도 거액의 수표를 들고. 너무나도 갑작스러운 상황에 놀라 바로 부랴부랴 서울로 올라갔다. 은우는 넋이 빠진 얼굴로 나와 원철을 쳐다보았다. 지금처럼 인터넷 뱅킹이 활성화되어 있던 시기가 아니었으니 은행이 문을 닫으면 뭘 어떻게 할 수 있는 게 없었다. 돈을 끊어야 발을 묶을 수 있다고 생각했던 은우는 다음 날 아침이 되자마자 수표를 정지시켰다. 나에게도 일언반구 아무런 말도 없었기 때문에 언니가 왜 집을 나갔는지 도저히 이해할 수 없었다.

은우가 외출한 사이 전화가 걸려 왔다. 수화기를 들자 들리는 목소리는 예상대로 언니였다. 언니는 무슨 일이냐고 물어볼 틈도 주지 않았다.

"대답하지 말고 듣기만 해. 내 짐 들고 큰길가로 나와. 아무한테도 얘기하지 말고 너만 움직여. 은우 오빠는 절대 모르게 해."

나 대신 원철이 언니를 만나러 나갔다. 언니의 짐은 들고 나가지 않은 채였다. 원철이 언니를 만나러 나간 목적은 설득이었기 때문이었다. 나는 딸아이와 함께 집에서 원철이 언니를 데리고 들어오기를 목이 빠지도록 기다리고 있었다. 일을 마치고 돌아온 은우도 나와 함께 언니를 기다렸다. 그런데 집으로 돌아온 건 원철 혼자였다.

"어떻게 된 거야? 왜 언니는 안 들어오고 혼자서 와?"

"너희가 그러고도 사람이야? 짐승이나 할 법한 짓을 해 놓고 감쪽같이 나랑 희란을 속여?"

원철은 나와 은우를 번갈아 바라보며 씩씩댔다. 원철의 때아닌 고성에 딸아이가 엉엉 울었다. 나는 아이를 안아 달래면서 원철을 의아한 얼굴로 쳐다보았다.

"무슨 말이야 그게? 무슨 얘길 듣고 왔길래?"
"둘이 그렇고 그런 사이잖아. 더러운 연놈들. 얘기 다 듣고 왔으니까 이실직고해! 너네 둘 다 다리몽둥이 부러뜨려 놓기 전에 사실대로 말하라니까?"
"나랑 은우 오빠랑? 말도 안 돼. 은우 오빠, 말 좀 해봐. 아니잖아."

답답한 마음에 내 옆에 앉은 은우의 옷자락을 잡아 흔들었다. 비록 애정 관계로 얽혔던 적이 있었을지언정 언제까지나 과거일 뿐이었다. 나와 같은 표정을 하고 있을 줄 알았던 은우는 다소 복잡미묘한 표정을 짓고 있었다.

"안정란. 입이 있으면 말 좀 해봐. 네 옆에 있는 새끼가 너 샤워하는 거 몰래 훔쳐보고 있었다잖아. 욕실 문틈이 열려 있는 걸 모를 정도로 둔하다는 게 말이 돼? 너도 알고 있었잖아. 즐기고 있었잖아!"

점점 격양되어 가는 원철은 시뻘게진 눈을 내게 부라렸다. 원철의 입에서 나온 말은, 분명 언니에게 들은 말일 터였다. 은우가 내 샤워 장면을 보고 있었다는 사실을 그때 처음 알았고, 은우가 나에게 아직까지도 사심을 품고 있었다는 것도 그 자리에서 처음 들었다. 당황스러워서 아무런 말도 나오지 않았다. 나를 여태 좋아하고 있었냐는 물음도, 은우에게 아무런 감정이 없다는 해명도.

"언니를 만나게 해 줘. 뭔가 오해가 있는 것 같아. 나는 결단코 은우 오빠랑 그런 일을 만든 적이 없어."

"그럼 왜 그놈이 너 샤워하는 걸 훔쳐보는데? 그런 일 없다고만 하지 말고 증거를 가져오라고! 아님 변명이라도 그럴싸하게 해 보든가. 이런 일 터졌을 때를 대비해서 대충 무슨 말이라도 맞춰 놨을 거 아냐?"

"언니 있는 데부터 알려 달라니까?"

"이제 희란이 찾지 마. 현상이랑 캐나다로 떠났어. 지 동생이랑 남편이랑 붙어먹는 거 보기 싫어서 간다고 했어. 지금 찾으러 나가 봐도 비행기 안일 거야."

경악스러웠다. 나와 은우를 불륜으로 몰아가는 이유부터가 사실은 터무니없는 이유 때문이라는 직감이 왔다. 나와 은우가 손을 붙잡고 있었던 것도 아니고 은우가 일방적으로 나를 훔쳐본 건데 왜 애정 관계가 쌍방이 될 수가 있겠는가. 솔직히 변명이었다. 현상과 눈이 맞아 놓고, 현상과 새 삶을 살고 싶으니 명분을 꾸역꾸역 만들어 낸 게 은우가 내 샤워 장면을 훔쳐봤다는 것이었다.

"은우 오빠랑 나랑 그런 불순한 일 절대 하지 않았어. 나 우리 정연이한테 부끄럽지 않은 엄마 되려고 얼마나 진실되게 하루하루 살고 있는지 몰라? 오빠가 생각해도 그거 그냥 변명이잖아. 달라진 건 언니가 현상 씨를 좋아하게 된 것뿐이야."

"그래, 원철아. 왜 희란이가 그런 얘기를 지금에서야 했겠어. 내가 정란이 샤워 장면 훔쳐본 거 사실은 맞는데… 그거 정말 몇 개월 전이야. 정말 그게 못 견디게 화가 났으면 그때 밝혀서 집을 뒤집어 놨겠지. 안 그래?"

나와 은우는 끝까지 해명했다. 왜 내 샤워 장면을 훔쳐보고 있었는지.

왜 그 꼴을 언니에게 걸려서 나까지 이렇게 난처하게 만드는지. 나 모르게 그런 짓을 벌였고, 그것도 모자라 언니에게 들키기까지 했다는 것 때문에 은우도 미워졌다. 은우도 내게 미안한 만큼 필사적으로 항변했다. 집을 이렇게 풍비박산 내 놓고 사라진 언니를 이해할 수 없었고, 이해하고 싶지도 않았다. 나와 원철을 강원도로 보낸 것도 그 망할 사랑의 도피를 하기 위함이었구나. 배신감에 이를 악물었다. 생각해 보니 언니는 보름 동안 집을 비운 적이 있었다. 왜 까무룩 모르고 있었을까. 나중에 안 사실인데, 그 보름 동안 현상과 캐나다에 다녀왔던 거였다. 현상이 우리 집에 온 그 하룻밤 새에 도대체 무슨 일이 있었기에.

달리 손쓸 방법이 없었다. 필요성을 딱히 못 느끼고 있었기 때문에 언니와 은우는 혼인신고도 하지 않은 채 살고 있었다. 결혼이 아닌 동거인 셈이었다. 언니가 현상과 혼인신고를 하고 캐나다에서 부부로 살아간다 해도, 은우는 전남편의 자격조차 갖지 못한다는 것을 의미했다. 집안은 순식간에 서먹한 기운만이 감돌았다. 그렇게 몇 개월을 살다가 은우는 은우대로, 우리 가족은 우리 가족대로 거처를 따로 마련했다. 엄청난 행운을 바란 것도 아니고, 그저 남들처럼만 살고 싶었던 거였는데. 나에겐 그 정도도 과분한 건가 싶어 울적해졌다.

"정란이니? 나 너희 집에서 신세 좀 지자. 너도 정연이 낳을 때 우리 집에서 신세 졌었잖아. 그래도 되지? 응?"

온 가족에게 상처를 준 언니는 1년이 흐른 무렵에 돌연 한국으로 돌아왔다. 현상과 함께였다. 우리 모두 언니 때문에 얼마나 마음고생을 했는데 어떻게 이렇게나 뻔뻔하게 다시 연락을 할 수 있는지, 대단했다. 수화기 너머로 들리는 언니의 목소리를 들으면서 피가 끓는 게 이런 기분이구나 싶었다. 언니의 멱살을 잡고 싶은 심정이었다.

언니가 큼직한 이민 가방을 끌고 우리 집으로 들어오던 날, 현상을 두 번째로 보게 되었다. 그래도 내 언니의 남편인데 이제 얼굴을 두 번째 보는 것이라는 사실에 헛웃음이 나왔다. 왜 다시 돌아왔는지 궁금했지만 묻지 않았고, 알아서 뭐 하나 싶기도 했다. 나는 언니와 현상이 묵을 방을 내어주고 세탁해 둔 이부자리도 깔아 주었다. 언니를 이해하고 싶기도 했고, 이해하고 싶지 않기도 했다. 그 양가감정이 나를 심란하게 만들었다.

"넌 내가 여기서 지내는 게 싫니? 우리 집에서 신세 질 때 넌 뻔뻔하게 두 다리 뻗고 잘만 잤잖아. 아니야?"
"누가 싫댔어? 싫으면 내가 방을 안 내줬겠지. 왜 자꾸 말을 그렇게 밉게 하고 사사건건 트집을 잡는데?"

그때부터였다. 언니가 내게 못되게 굴기 시작한 건. 나와 언니는 새엄마들 밑에서 죽을 고비를 함께 넘기며 커 왔다. 커 왔다기보단 정신적으로 영글었다는 생각은 들지 않으니 '버텨 왔다'는 표현이 더 맞겠지만. 아무튼 이 세상에 남은 핏줄은 언니뿐이라고 생각하며 살았고 언니도 마찬가지였는데. 언니는 나를 미워하고 싶어서 이유를 찾은 건지, 진짜 내가 샤워하는 모습을 관찰당했다는 것이 분한 건지 계속 나를 미워하는 티를 냈다. 나는 한동안 언니의 직설적인 말에 익숙해지지 못한 채 오래도록 상처를 받아야 했다.

"나 현상 씨랑 이혼할 거야. 이따 이혼 서류 작성하러 갈 거야."
"갑자기 왜? 한국 들어와서 같이 터 잡고 산다고 하지 않았어?"
"네가 무슨 상관인데? 내 이혼인데 너한테 허락씩이나 맡아야 한다는 거야?"

"누가 그렇대? 이유나 알자는 거잖아."

그땐 바보처럼 언니의 상처를 이해해 보려 했었던 것 같다. 그래서 언니가 나를 매몰차게 몰아붙여도 똑같이 들이받지 못했다. 어쨌든 은우가 내게 사심을 품고 있었던 건 사실이었고, 거기에 내가 알게 모르게 원인을 제공했을지도 모른다는 생각으로 합리화를 했었다. 언니가 멋대로 이혼을 한다고 해도 더는 말을 얹지 않았다.

언니는 며칠 뒤 현상과 나란히 동사무소에 들렀다가 돌아왔다. 저녁을 먹고 씻을 때까지만 해도 평온했다. 그 어떤 언쟁도 들리지 않아서, 서로 마음이 식었거나 성격 차이를 느껴서 합의하에 이혼하는 것인 줄 알았다. 하지만 그날 밤에 예상 밖의 살벌한 일이 언니의 방 안에서 벌어지고 있었다.

"오빠. 언니 방에서 이상한 소리가 들리는 것 같아. 안 그래?"
"그러게. 이거 희란이 목소리 같은데."

원철을 데리고 방문 앞에 섰다. 어딘가 모르게 고통스러워하는 듯한 외마디 신음이 이어지고 있었다. 씩씩거리는 숨소리까지, 이러다 큰 사달 나겠다는 무서운 생각이 엄습했다. 문고리를 돌려봐도 열리지 않는 문을 원철이 발길질로 부쉈다.

"도대체 뭐 하는 짓이야, 이 미친 새끼야!"

문이 열리자마자 보이는 광경은 현상이 언니의 목을 조르고 있는 것이었다. 원철이 얼른 언니에게서 현상을 뜯어냈다. 바닥으로 맥없이 쓰러지는 언니를 부축하며 놀란 가슴을 쓸어내렸다. 현상은 아직도 분이 풀리지 않았는지 목에 핏대가 서도록 소리를 질렀다.

"한국에 돈 있다고 했단 말이야. 저년이 한국 오려고 날 속였어! 난 그것도 모르고 캐나다에서의 삶을 완전히 정리하고 한국으로 들어왔는데, 저년이 날 속인 거였다고!"

현상이 다시 언니에게로 달려들려는 걸 원철과 내가 간신히 뜯어말렸다. 현상이 흥분을 가라앉힐 때까지 기다린 후에야 캐나다에서 무슨 일이 있었는지를 들을 수 있었다. 마치 사기를 당한 듯한 표정이었다.

"저년 돈으로 서울에 정착할 생각이었어. 돈이 있다고 그렇게 밑밥을 깔아 놓으니까 나는 믿을 수밖에 없지. 근데 정작 한국으로 들어오니까 계속 사사건건 짜증만 내고, 그러더니 갑자기 이혼을 하자는 거야. 더 화나는 건, 한국에서 자리 잡고 살자는 말은 다 뭐냐고 따졌더니 사실은 돈이 없다고, 다 거짓말이라는 거야. 저년 하나만 믿고 따라온 나만 병신이지. 목조른 것에서 그친 게 어디야? 내가 이상한 거야?"

현상은 답답한지 연신 가슴을 손바닥으로 퍽퍽 치면서 말했다. 그래도 목을 조른 건 잘못이라는 생각에 변함은 없었지만, 언니가 대책 없고 이기적인 건 사실이었다. 순간의 감정에 휘말려 안 지 얼마 안 된 남자와 캐나다로 떠나고, 그새 마음이 식어 거짓말까지 하면서 한국으로 돌아온 거였으니까. 언니는 두 번의 결혼 생활이 어땠을지 모르겠지만 결과적으로는 은우와 현상에게 상처를 준 것이었다. 언니는 현상이 이년 저년 하면서 언성을 높이는데도 가만히 입을 닫고 있었다. 얼마나 목을 세게 졸랐으면 핏줄이 터져 생긴 빨간 점들이 며칠을 갔다. 언니의 목을 조른 날 밤에 현상은 집을 나갔다.

언니가 나를 미워하기 시작한 시점부터 내 인생은 다시 소란스러워졌다. 현상과 제가 눈이 맞은 이유에 나를 끌어들여 나와 원철의 사이를 이간질하고, 현상까지 속여 가며 한국에 들어와서는 우리 집에서 이런 꼴까지 보였다. 입이 열 개라도 할 말이 없어야 할 입장이었음에도 언니는 나에게 끝까지 못되게 굴었다. 그런 언니가 조금 누그러진 말투로 건넨 물음은 더 기가 찼다.

"너 혹시 요즘도 은우 오빠랑 연락돼? 나랑 만나게 해 줄 수 있어?"

사랑에 눈이 멀어 돈까지 들고 튀었으면서, 왜 또 은우를 만난다는 건지 인간적으로 이해가 되지 않았다. 너무나도 이기적인 처사였다. 한편으로는 은우도 내심 언니의 소식을 궁금해하고 있을지 모른다는 생각이 들었다. 좀 미련한 사람이 아니니까. 나는 고민 끝에 넌지시 언니의 소식을 전했고, 은우는 언니를 만나겠다고 했다.

"은우 오빠… 얼굴 많이 상했네."
"오랜만이다. 정란이도 오랜만이네. 한 1년 반 정도 지났나."

언니와 은우가 떨어져 산 세월만큼 나도 은우의 얼굴을 안 보고 살았었다. 언니와 나를 바라보는 은우의 눈빛엔 말로 형용할 수 없는 복합적인 감정들이 비쳤다. 순항할 수 있었던 배가 머나먼 항로를 돌아온 느낌이었다.

핏줄

: 언니 이야기

핏줄은 나와 언니를 평생 동안 묶어 놓았다. 정확히 말하자면 한배에서 태어났다는 이유로 내가 너무 호구처럼 굴었다. 은우가 나를 마음에 두고 있는 것이 내 죄도 아닌데, 그래도 언니라는 이유 하나만으로 계속 부채의식을 갖고 살았다.

무슨 마음에서였는지, 은우는 언니를 다시 받아 주었다. 언니와 집을 합쳤고 우리 가족이 살 집도 따로 얻어 주었다. 대림동에 있는 아파트였다. 언니와 나는 옆 동이었다. 자주 왕래하면서 가족끼리 얼굴 보며 살면 좋겠다는 의미라는 걸 알았다. 왕래하는 건 언니네 부부가 유일했으니 그렇게 사는 것이 반가웠다. 부부끼리 의지하고 사는 것에서 채워지지 않는 게 있다는 건 물론이거니와, 남편도 그다지 미더운 사람이 아니었으니까. 하지만 언니는 그렇지 않았던 모양이었다.

"너 이제 우리 집 오지 마. 이제 얼굴 보고 사는 일 없었으면 좋겠다."
"그게 갑자기 무슨 말이야? 왜 갑자기 그러는데?"
"못 알아들었어? 얼굴 보고 살지 말자고. 내가 너한테 어렵게 얘기했니?"

언니는 줄곧 내게 표독스러웠다. 은우가 나를 좋아한다는 사실은 쉬쉬하고 있을 뿐 모두가 알고 있는 공공연한 사실이었고, 언니는 은우 대신 나를 미워했다. 내가 은우를 대놓고 꼬셨거나 여지라도 준 것처럼. 언니를 이해하고 싶어서, 한동안은 정말 내가 은우에게 오해할 만한 짓을 했었나 생각해 본 적도 있었다. 하지만 이해하려 할수록 멍든 상처에 또 생채기가 나는 것처럼 아플 뿐이었다. 내가 뭘 얼마나 잘못했다고.

"은우 오빠. 이럴 거면 왜 우리 언니랑 결혼했어? 그냥 조용히 삭이든가. 왜 마음을 들켜서 나까지 힘들게 만들어? 왜?"

사람 마음이 맘대로 안 된다는 걸 알면서 나는 은우에게 화를 내기도 했었다. 억울하고 속상했다. 그 빌어먹을 사랑이라는 감정만 없었으면 내가 언니에게 상처받을 일도 없었을 거고 자매간 우애가 깨지는 일도 없었을 테니까. 언니를 다시 받아 주고 혼인신고까지 했으면서 나에 대한 미련을 접지 못한 건 엄연히 은우의 잘못이었다. 진정으로 나를 사랑한다면 이런 불상사를 만들지 않고, 행복하게 살도록 내버려두는 게 맞는 거 아닌가 싶었다.

은우가 사랑하는 사람은 제가 아닌 동생이라는 걸 알면서도, 언니가 은우를 다시 찾아와 혼인신고까지 감행한 건 어디까지나 돈 때문이었다. 도대체 언니에게 돈이란 무엇일까. 아무리 없이 살았다 하더라도, 모두에게 상처를 주고도 다시 얼굴에 철판을 깔고 돌아올 만큼 돈이 중요했을까. 언니가 나를 경계하는 이유도 은우의 사랑을 내가 다 가져갈까 봐 불안했던 게 아니었다. 사랑 대신 돈이라는 단어로 치환하면 설득력이 있는 말이 되었다.

"못 들었어? 사생활 침해하지 말자고. 왜 또 내 남편이 너희 집에 오는 걸 보고 열 뻗쳐야 돼, 내가? 너랑 얽히는 거 너무 짜증 나고 지긋지긋해. 우린 우리대로 잘 살 테니까 제발 너는 너대로 살아."

언니는 나와 자신의 위치를 명확히 구분 지었다. 누가 들으면 내가 은우에게 한 번만 만나 달라고 질척대는 사람인 줄 알겠다 싶었다. 언니는 내 피를 말릴 작정으로 찾아와 아파트 통로를 시끄럽게 만들었다. 그로 인한 민원을 듣는 건 온전히 내 몫이었다. 때려죽여도 은우와 내가 붙어 있는 꼴은 보고 싶지 않구나. 은우에게서 나를 완전히 분리해 놓을 작정이라는 걸 알자 이사 욕구가 강하게 들었다. 나라고 그 아파트에서 계속 살고 싶은 마음이 계속 남아 있었겠는가.

"좀 더 있다 가시죠. 계약 기간도 아직 좀 남았는데."

"그럴 만한 사정이 좀 있어서요. 저희도 많이 아쉽네요."

"지금 지내고 계시는 아파트가 구조도 잘 빠지고 괜찮은 집이거든요. 아마 내놓으면 새로 들어오겠다고 하는 분들 바로 나타나실 거예요."

친절한 부동산 중개업자의 안내에 따라 집을 내놓았다. 중개업자의 말대로 집은 금방 나갔고, 은우가 내어준 보증금이 내 손에 들어왔다. 눈에 보이기만 하면 나를 괴롭혀 대는 언니를 참아 주는 것도 이제는 끝이구나. 홀가분한 마음으로 화곡동 인근에 전셋집을 새로 구했다. 이제는 좀 사람답게 살 수 있을지도 모르겠다는 소박한 희망이 생겼다.

그런데 이사 자체가 화근이 될 줄은 몰랐다. 집 빼서 받은 보증금을 그대로 넣어서 이사를 하는 것이었으니 별일도 아니라 생각했다.

"사모님. 형부 되시는 분이 문제 제기를 했어요. 좀 와 보셔야 될 것 같은데요."

시종일관 친절하던 부동산 업자의 말투에서 은근한 살기가 느껴졌다. 나나 원철의 명의가 아닌 다른 사람의 명의인 전셋집을 처분하게 되면 법적으로 문제 제기가 가능한 상황이 된다고 했다. 어린 나이였고, 그런 걸 알려 줄 만한 사람들도 주변에 없었다. 법에 어긋날 거라는 생각조차 하지 못했다. 돈을 들고 나르는 것도 아니고 이사만 하는 건데 문제 될 게 있나 하는 생각뿐이었다.

다시 원철과 함께 대림동으로 갔다. 부동산에는 은우도 와 있었다. 나와 남편이 어떤 조치를 취하면 좋을지를 물어보려고 했다. 하지만 말 대신 무차별적인 폭력이 이어졌다. 부동산 업자가 다짜고짜 남편에게 주먹질과 발길질을 가했고, 정체불명의 남자 하나가 다가와 나를 팼다. 부러질 것처럼 연약했던 어린 시절에 새엄마들에게 당하던 것보다도 더 무차별적이었다.

"무슨 정신머리이면 형부가 해다 준 전세금을 들고 튈 생각을 할 수가 있어? 그래 놓고 두 다리 뻗고 잘살 줄 알았냐, 이 연놈들아?"

맞느라 대답할 겨를도 없었다. 나에게로 날아드는 폭력을 막으려고 몸을 웅크렸다가 팔다리가 부러진 것만 같은 통증을 느껴야 했다. 혼절하기 직전까지 얻어맞아 축 처진 몸의 한복판을 또 뻥 걷어차였다. 쿨럭, 온몸의 장기를 토해 낼 것 같은 기침이 터져 나왔다. 무서워서 오줌까지 지렸다. 일을 이 지경까지 만든 원철의 무능에도 치가 떨렸다. 남편씩이나 돼서 왜 이런 법도 몰라서 나까지 이런 꼴을 당하게 하냐고 소리치고 싶었다.

부동산 측에서 이렇게까지 나올 줄은 은우도 몰랐는지, 나와 원철이 봉변을 당하는 걸 보고 놀라 뛰어들었다. 은우 혼자 두 장정을 말릴 수 없어 몇 대를 더 얻어맞은 후에야 끝이 났다. 은우가 부른 경찰들이 두 장정을 뜯어말린 덕분이었다.

"당연히 범죄지. 안정란 선생님 명의도 아니었다면서요. 무슨 직장 때문에 이사하시는 것도 아니고 그냥 거기 사시면 되지. 아니, 애초에 명의가 형부 명의인데 어떻게 집을 옮기실 생각을 했어요? 불법인 거 몰랐던 거 맞아요?"

맞아서 퉁퉁 부은 얼굴이 피딱지와 멍으로 뒤덮여 있었다. 그 처량 맞은 몰골로 경찰에게도 쓴소리를 들었다. 경찰의 부름에 언니도 곧 경찰서로

왔다. 그 사이에 보조개 수술을 했는지 입술 옆이 옴폭 패어 있었다. 묵사발이 된 나를 쳐다보던 언니가 코웃음을 쳤다. 뒤를 잇는 말은 기가 찼다.

"그러게 왜 네 돈도 아닌 걸 빼돌려서 집을 맘대로 옮겼어? 은우 오빠 돈이잖아. 내 남편 돈이라고."

대림동 바깥으로 내몰 것처럼 굴었던 게 누군데. 이사를 결심한 것도 언니 때문이었다. 언니가 아니었으면 이사를 감행하지도 않았을 터였다. 가족 간에 정조차 쌓을 수 없고, 하다못해 얼굴도 못 보고 지낸다면 같은 동네에 살 필요가 없다고 생각한 것이다. '그렇게 마음에 안 들면 내가 떠나줄게.' 그래, 딱 이 마음이었는데.

"몰랐다는 말로 무죄를 성립시킬 수는 없는데, 그래도 자매니까… 알죠? 알아서 잘 합의 보세요. 나 이런 경우는 또 처음 보네, 정말. 그리고 당신네들도 그렇게 살지 마세요. 그래도 동생네 부부인데, 꼴이 이게 뭐예요? 가족을 말이야, 곤죽이 될 때까지 가만히 두고 보시면 어떡합니까?"

경찰은 성가시다는 듯 손을 내저었다. 감방에 들어가는 순간 인생이 더 꼬여 버릴 거라는 걸 모르는 바는 아니니, 은우와 합의를 봐야 했다.

"미안하다."

은우도 면목이 없는지 고개를 푹 숙였다. 여기저기 부종이 생긴 얼굴은 뜨끈하고 묵직했다. 온몸이 욱신대는 게 너무나도 서러워서 눈물이 터져 나오려 했다. 경찰서에서 울기는 싫어 꾹 참았다. 전세 보증금에서 월세 보증금만큼을 은우에게 주는 것으로 합의를 보고 나서야 경찰서를 나갈 수 있었다. 돈이 모자라 잔금을 치를 수 없었기 때문에 기존에 계약해 뒀던 화곡동의 전셋집에서는 살 수 없었다. 대신 같은 동네의 월셋집을 찾아 계약했다. 그 당시에는 화곡동 집값이 싼 편이었다.

그 이후로는 언니와 은우를 보지 않았다. 아예 인연을 끊고 살았다. 이 정도면 사람 대 사람으로서 아주 끝장을 본 거나 마찬가지라고 생각했다. 그런 줄 알았다. 그때는.

기회

: 2년 뒤 언니와
재회한 이야기

화곡동 월셋집으로 이사하고 2년 동안은 그렇게까지 큰 사달이 일어나지 않았다. 행복했다는 건 아니고, 그냥 무탈은 했다. 그러던 어느 날 언니에게 갑자기 연락이 왔다. 언제 얼굴을 붉혔냐는 듯, 아무렇지 않은 말투로. 근데 나는 바보처럼 그 통화가 반갑게 느껴졌다. 그래도 자매라고, 내가 생각나서 전화를 한 거라고 믿었다. 형제라곤 언니뿐이었고, 언니도 마찬가지였으니까.

"너 화곡동 어디 살아? 우리 얼굴 안 본 지 너무 오래됐잖아. 자매끼리 만나 가지고 그동안 어떻게 지냈는지 회포도 풀고, 맛있는 것도 먹고 그러자. 내가 놀러 갈게."

어디 사냐고 물어봐서 집 주소도 가르쳐 주고, 놀러 온대서 음식도 이것저것 푸짐하게 만들었다. 정말 언니는 내가 사는 화곡동 월셋집으로 2년 만에 놀러 왔다. 조카에게 입힐 옷도 손에 들려 있었다. 앞으로도 자주 놀러 와도 되냐고 해서 흔쾌히 그러라고 했다.

"자주 놀러 올게. 나 요즘 혼자 살아서 얼마나 외롭고 심심한지 몰라. 우리끼리 복작복작 살던 때가 그립다."
"왜 혼자야? 은우 오빠는 어쩌고…?"
"그렇게 됐어. 에이, 지금 은우 오빠가 중요해? 자매끼리 다시 만난 게 중요하지."
"그건 그렇지. 언니 오랜만에 보니까 반갑다."

언니는 일반적인 가정에서 볼 법한 평범한 자매 사이인 양 행동을 했다. 물론 새엄마들에게 맞아 죽을 뻔하면서 컸던 그 시절에는 애틋했었다. 그래도 내 언니였고, 모종의 사건으로 정을 떼 버릴 만큼 매몰찬 성격도 못

돼서 여느 다른 형제들처럼 잘 지냈다. 하지만 원철은 부동산에서 수모를 당한 이후로 언니가 집에 오는 걸 극도로 싫어했다.

"바보야? 등신이야? 희란이를 왜 자꾸 집에 들이는데? 그날 기억 안나? 경찰서까지 가고 얼마나 우리가 생고생을 했는지 기억 안 나냐고! 그 꼴을 보고도 희란이 얼굴을 보고 싶어?"

"그래도 언니야. 마누라의 친언니라고. 아무리 예전에 그렇고 그런 일이 있었다고 해도, 내 친언니야. 왜 언니가 집에 오는 걸 가지고 오빠 눈치를 봐야 돼?"

무작정 언니 편을 들어주던 그때의 나 자신을 한 번만이라도 말릴 수 있으면 참 좋겠다는 생각이 든다. 그때 언니가 어떤 꿍꿍이였는지 알았더라면, 언니를 감싸는 바보천치 같은 짓을 하지는 않았을 거다. 언니가 나에게 다시 접근한 것도 결국에는 은우의 돈이 탐나서였다. 은우는 나를 좋아하고, 은우가 좋아하는 나를 이용하면 돈을 빼낼 수 있다고 생각했다.

"생활비로 그렇게까지 많은 돈이 나갈 리가 없잖아. 언니, 도대체 뭐 하고 다니는 거야? 나한테는 사실대로 말해 줘."

"사람이 어떻게 생활비만 쓰고 살아? 젊고 싱싱한 남자들 끼고, 대접받으면서 살 때도 있어야지."

"그게 무슨 말이야?"

"정란아. 돈이 있어야 대접받는 세상이야. 난 그 대접을 바로바로 받을 수 있는 데 가서 돈을 쓰는 거고."

호스트 바. 이른바 '호빠'라고들 부르는 곳이었다. 그곳에서 일하는 남자들이 여자들에게 듣기 좋은 말을 하고, 애정 어린 눈빛을 보내는 건 다 돈을 뜯어내기 위한 수작이었다. 언니는 단시간에 쾌락을 느낄 수 있는 그 호빠에 미쳐 있었다.

"그거 다 장삿속이야. 안 가면 그만이고, 돈 안 주면 그만이잖아.
"호빠에서만큼은 좀 숨통 트고 사는 기분 들어서 그러지."
"그런 델 왜 자꾸 가겠다고 그러는 거야? 이제라도 그만두면 안 돼?"
"은우 오빠한테 네가 얘기 좀 해 봐. 네 말은 들을 거 아냐."
"언니 진짜 이럴래?"

내 예상이 맞았다. 또 돈. 동생이라서 날 보러 온 게 아니었다. 은우에게 직접 연락해서 돈을 달라고 하면 돈을 받을 수 없으니 나를 이용하려고 했던 거였다. 동생이 아닌 도구로 생각하고 있었다는 걸 알게 되자 '그럼 그렇지' 싶으면서도, 믿음을 다시 철저히 짓밟혔다는 생각에 속이 상했다. 상했다기보다는 아예 썩어 문드러져 가고 있었다는 게 맞는 표현일 것이다.

원철은 일산으로 집을 옮기자고 했다. 언니를 피하는 방법이 될 수도 있겠다는 생각으로 또 이사를 감행했는데, 귀신 같은 언니는 또 어떻게 알고 일산으로 쫓아왔다. 아예 거주지도 일산으로 옮겼다. 나중에 은우도 일산으로 이사를 왔다. 사람 인연 질기다 질기다 하지만 이렇게 쇠심줄처럼 끊어지지 않을 줄은 몰랐다. 일산에서도 언니의 돈타령은 계속되었다.

안정란의 언니라는 이유로 언니는 은우를 맘대로 주물렀다. '돈을 주면 정란이를 보여 주겠다'는, 말도 안 되는 조건을 내걸었다. 언니는 은우에게서 돈을 뜯어냈고 선심 쓰듯 내가 사는 곳을 알려 주었다. 이쯤 되니까 순진하기 짝이 없는 은우도 언니와 크게 다르지 않아 보였다. 또 돈을 달란다고 주냐 이거다. 애초에 끼리끼리라서 둘이 결혼한 거 아닐까. 함께 난잡하게 얽혔으니 나도 크게 다르지 않다고 봐야 할까.

"은우 오빠도 이제 그만해. 오빠도 할 만큼 했어. 자꾸 그렇게 돈 쥐여 주니까 언니도 더 정신 못 차리는 거잖아."
"나도 알아. 희란이 이제 혼자서 자기 앞가림하고 사는 거 못해. 내 돈 없으면 바로 굶어 죽을 애인 거, 나도 안다고."
"그런데도 계속 언니한테 돈 퍼다 주는 거, 혹시… 나 때문이야?"
"…… 아니라곤 못 하지."

확인차 물어본, 나를 아직도 좋아하냐는 말에 그렇다는 대답이 돌아왔다. 은우가 불쌍하다는 생각이 들었다. 왜 우리 자매와 악연으로 얽혀서 하지 않아도 될 고생을 하는 것일까. 남다른 재력으로 사업을 불려 나가고, 능력에 걸맞은 부잣집 아가씨 만나 살림 꾸리면 얼마나 순탄하겠는가. 은우한테 너무 미안한 나머지 싫은 소리도 더는 못 했다.

원철 모르게, 은우는 나에게 조금씩 생활비와 딸의 양육비를 지원해 주었다. 언니한테 쥐여 주는 만큼 거액은 아니었어도 용돈을 할 수 있을 만큼의 액수는 꼬박꼬박 지원을 해 줬다. 그 돈을 거절할 수 없었던 건, 원철이 쭉 백수였기 때문이었다. 돈을 벌어 오는 걸 바라지도 않았다. 말을 하지 않아서 그렇지, 원철도 내가 은우에게 지원을 받고 있다는 걸 알아채고 있었다. 그걸 알면서도 모르는 체하고 있었다. 당장 제 몸이 편하니까.

"궁금하지 않아? 내가 무슨 돈으로 살림하고 애 키우는지."
"뭐, 나야 모르지. 통장에 남은 돈 있는 거 아냐?"

경제활동이라곤 태어나서 단 한 번도 해 보지 않은 원철의 천하 태평한 태도에 늘 속이 터졌다. 있으나 마나 한 사람이었으니 그냥 없어졌으면 좋겠다는 생각도 했다. 가만히 손 놓고 빈둥거리는 모습이 꼴 보기 싫어 접싯물에 코 박고 죽고 싶은 심정이었는데, 거의 매일 집 밖으로 나가 들어오질 않고 노름에도 손을 댔다. 여태 부부의 연을 이어온 게 신기하다 싶을 정도로 참고 살았다.

"동서. 말할까 말까 고민 엄청 많이 했는데, 집안 돌아가는 꼴 보니까 말을 꼭 해야 할 것 같아서. 그래서 전화했어."

"네. 무슨 일이세요?"

"도련님이 동서 말고 따로 만나는 여자가 있는 것 같아. 어머님도 알고, 사실 우리 남편도 알아. 근데 다들 동서한테는 말하지 말라고 하는데…… 어떻게 그래. 그건 아니잖아."

손위 동서가 들려주는 이야기를 듣고 쌓여 있던 응어리가 한순간에 터져 나왔다. '그래도 바람은 안 피우니까'라며 애써 합리화를 했었는데, 나 모르는 사이에 바람까지 피우고 있었다. 시댁 식구들은 다 알고 있으면서도 내 귀에 들어가지 않도록 비밀에 부쳤고, 같은 여자로서 가만히 있을 수 없다는 생각에 손위 동서가 제보해 줬다.

내 두 눈으로 직접 확인하고 싶어 뒤를 밟았다. 집을 나선 원철은 점퍼 주머니에 손을 찔러 넣곤 빠르게 걸어 내려갔다. 한집 사는 조강지처인 내가 뒤를 밟을 거라는 가정을 한 번도 해 보지 않은 건지, 주변이나 뒤를 둘러보는 꼴을 한 번도 보이지 않았다. 그 대범함에 기가 찼다. 그래도 한편으로는 손위 동서의 말이 사실이 아니기를 빌었다. 하지만 큰길가까지 나간 원철은 나보다 더 앳된 인상의 여자와 손을 깍지 껴 잡았다. 볼을 감싼 다음 백주 대낮에 창피한 줄도 모르고 입술을 맞댔다.

"엄마. 나 배고파."

집으로 돌아와서도 배고프다는 딸의 목소리를 듣지 못한 채 멍하니 한참을 앉아 있었다. 부부 사이에 사랑은 애초에 사라진 지 오래였고, 정조차도 말라비틀어졌다. 가정적이지 못한 데다 생활력마저도 없는 원철과는 더 이상 살 이유가 없었다. 이혼 말고는 다른 대안이 떠오르지 않았다.

하지만 당장 이혼하자고 하면 안 해 주겠구나 싶었다. 애초에 결혼부터 반강제로 이뤄졌었다. 딸내미를 아빠 없는 애로 키울 거냐면서, 애를 빌미로 이혼을 계속 미루고도 남을 위인이었다. 당시 딸은 고작 여섯 살이었다. 낳았을 때부터 어차피 혼자 키우는 거나 마찬가지였으니 별거를 해도 딸 키우는 게 버거워지거나 하지는 않았다.

"신뢰도가 바닥을 쳤어. 이혼이 내키지 않으면 별거라도 해, 제발. 예전처럼 생활하지도 못하는 상황이잖아. 별거하면서 시간 좀 가졌다가 나중에 다시 합치자."
"알았어. 잠깐인 거다."

원철은 별거에 순순히 응해 줬다. 원철과 따로 살게 된 이후로는 나도 일이라는 걸 시작했다. 우선 한 카페의 종업원으로 들어가 1년 동안 일을 배웠다. 내가 일을 따로 하고 있다는 걸 알면서도 은우는 나에게 생활비를 다달이 지원해 줬다.

그 돈을 쓰지 않고 두둑해질 때까지 모아 뒀다가 카페를 차릴 때가 서른 살이었다. 일반음식점이라고 구분되어 있는 그 가게는 낮에는 카페를 하고 저녁에는 술을 팔았다. 종업원으로 아가씨를 썼고, 그들이 옆에 같이 착석해서 술 시중을 드는 곳이었기에 법적으로 떳떳한 가게는 아니었다. 그래도 여전히 사치 부리느라 정신이 없는 언니보다는 낫다고 나 자신을 다독였다.

내가 일을 시작하면서 은우는 딸을 돌봐 준다는 명분으로 집을 매일매일 오갔다. 사실 아이보다는 나를 보러 온다는 걸 알았다. 언니는 그 사실을 알면서도 평소처럼 거품을 물고 달려들지는 않았다. 호사스러운 생활을 이어 나가려면 은우의 금전적인 도움이 필요했고, 나를 거치지 않고서 언니에게 떨어지는 돈은 없었다.

"정란이 너 이제 나한테 오빠라고 하면 안 되는 거 아냐? 호칭 정리 똑바로 안 하고 가면 정연이도 헷갈릴 텐데."
"그래도. 난 오빠가 편하단 말이야."
"그럼 정연이한테도 오빠라고 부르게 할 거야?"

은우의 말이 맞았다. 딸은 은우를 이모부라고 불러야 했다. 그러니 나부터 올바른 호칭을 쓰는 것이 아이에게 혼란을 주지 않는 방법이었다. 하지만 왠지 낯간지럽다는 생각이 들어 내키지 않았다. 이때부터 나는 은우를 형부 대신 이모부라 부르기로 했다. 은우의 앞까지 딸아이를 안고 가서 이모부라고 불러 보라며 둥개둥개 얼렀던 기억이 난다. 호칭만 들어 보면 족보가 좀 이상해지긴 했지만, 나름의 정감 있는 표현이라고 생각했다.

은우는 딸아이를 마치 친아빠처럼 챙겨 주었다. 자식이 없기도 하고, 내가 낳은 딸이기도 하니 더욱 애착이 갔을 거다. 가만히 뒀다가 더 무르익어 버릴지도 모르는 은우의 마음을, 언니가 가만히 지켜볼 리 없었다. 나가서 놀다 들어오느라 집에는 잘 들어가지도 않았으면서.

"생활비는 은우 오빠한테 받아 가면서, 왜 아직도 원철 오빠랑은 이혼을 안 해? 이혼을 하든가, 아니면 아예 예전처럼 우리랑 같이 한집에 살든가. 그것도 아니면 너희끼리라도 합쳐서 살아야지."

언니의 말이 무슨 뜻인지 정확하게 파악하지는 못했지만, 일단 언니가 그렇다고 하니까 맞는 말이라고 생각했다. 원철과 별거한 지 1년 정도 됐을 시점이었다. 별거의 결정적인 원인이 바람이라는 건 곧 원철에게 다른 임자가 있다는 뜻이었고, 그런 상황에서 부부 관계라는 걸 서류에 남겨 놓는 것도 우스웠다. 여자 혼자 딸이랑 둘이서 살아가려면 뭐든 하나라도 더 배우거나 얻어야 하는데, 호적상에 배우자가 있으니까 이래저래 제약이 많았다. 이혼을 해야만 하는 상황이었다.

원철은 생각보다 선뜻 이혼을 해 주겠다고 했다. 어쩌면 긴 싸움이 될지도 모르겠다고 생각했는데, 알고 보니 그때 만나고 있는 여자가 또 있었다. 이혼은 죽어도 안 된다며 별거로 합의를 봐 놓고 또 외도를 저지르고 있었다는 사실에 허탈한 웃음이 새어 나왔다. 하긴, 더 실망할 것도 없었다.

"이제 오빠랑 나랑은 남인 거야. 그 여자랑 잘 살아."
"누가 그걸 몰라?"
"앞으로 남은 인생에서는 얼굴 보는 일 없었으면 좋겠다는 뜻이야."

이혼 절차는 복잡하지 않았다. 서류를 써서 제출하면 손쉽게 끝이 났다. 부부로서 법원에 들어갔다가 남남으로서 밖에 나오고 나니, 이렇게나 별 볼 일 없는 인간한테 내 피 같은 시간을 허비하고 있었다는 것이 견딜 수 없었다. 나 자신이 미치도록 한심스러웠다. 좀 더 일찍 이혼을 했었더라면. 아니, 애초에 남자 보는 안목이 좋아 원철 같은 남자와 결혼하지 않았더라면 더 좋았을 텐데.

홀가분하기보다는 서러웠다. 옆에서 내 등을 토닥여 줄 사람 하나 없다는 것이 개탄스러웠다. 속상한 마음에 근처 호프집으로 들어가 맥주를 시켰다. 갑갑한 속을 시원한 맥주로 진정시킬 심산이었다. 생맥주가 나오자마자 목구멍이 따가워질 때까지 들이부었다. 목구멍이 시원하다 못해 시렵고, 속이 더부룩해졌지만 계속해서 맥주를 삼켜 냈다. 한심한 나에게 주는 벌이라고 생각했던 것 같기도 하다.

"지랄한다."

내가 있는 술집으로 들어온 언니의 첫마디였다. 내게 필요한 건 정신을 차리게 할 독설이 아니었는데.

"센치하게 보이는 척 좀 하지 마. 재수 없어. 별것도 아닌 걸 갖고 유난이야."
"별 게 아니라니. 이혼이 별 게 아니야?"
"별거도 오래 했는데 이혼이 뭐? 그냥 서류 한 장 쓰면 끝나던데 뭘. 나 슬퍼 죽겠다고 지금처럼 광고라도 해야 속이 시원하겠냐? 해도 안 떨어진 대낮에 무슨 술을 마셔. 뭘 잘했다고."

기가 막혀서 말도 안 나왔다. 언니에게는 이혼이 쉬웠냐고 소리쳐 묻고 싶었다. '내가 지금 누구 때문에 이렇게 사는데' 하는 마음에 걷잡을 수 없이 분노가 치밀어 올랐다. 그래도 이혼과 같은 인생의 중차대한 일 앞에서는 사람 대 사람으로서 어쭙잖게나마 위로 정도는 해 줄 수 있었을 텐데. 내가 인생을 너무 꽃밭으로 바라보고 있는 건가 하는 생각도 들었다.

이혼한 나에게서 결혼 전의 모습을 찾아볼 수 없었다. 일도 그냥 일급으로 지급하는 당일 아르바이트 같은 것들을 겨우 나갔다. 일이 없는 날에는 다른 일을 찾기 위해 구인란을 뒤져 봤어야 했는데, 그럴 의지가 없었다. 멍하니 지내는 시간이 많아졌다. 그러다 정신이 들면 원철에 대한 분노에 헛웃음에 나왔다. 이런 마음 상태로 가게를 차린 것도 어찌 보면 기적적이었다.

"작은엄마! 저예요! 저 놀러 왔어요!"

두 달 정도 지났을 무렵이었다. 원철과 이혼한 뒤로 남편의 형 윤철의 가족과는 계속 왕래를 하고 지냈다. 윤철의 아들, 그러니까 나의 조카는 나를 꽤 잘 따랐다. 미워 죽겠는 원철의 피가 섞였지만, 조카한테는 죄가 없으니 딱히 억하심정도 없었다. 윤철의 가족이 놀러 오면 밥을 차려 주고, 조카가 좋아할 만한 간식거리를 사 두었다가 내어주고 그랬다.

"작은엄마, 그거 알아요?"

조카가 입안에 밥이 가득한 채로 운을 띄웠다. 조카는 늘 학교 수업에서나 다큐멘터리를 보면서 새로 알게 된 지식이 있으면 늘 이렇게 나에게 써먹곤 했다. 그때도 그냥 단순한 지식 자랑일 줄 알았다.

"뭔데?"
"삼촌 결혼했어요."

이혼한 지 겨우 두 달이 지난 시점이었다. 남편의 외도 사실을 알고는 있었지만 이혼한 지 얼마 지나지 않은 시점이었단 말이다. 두 달이면 8주, 그리고 고작해야 60일이었다.

"혼인신고까지 아예 다 마쳤다고 그러더라고요."

이렇게도 허무할 수 있나. 원철을 사랑한 순간은 초기에 오빠 동생 사이와 연인의 어중간한 경계에 있을 때뿐이었다. 나 없이 못 살겠다고, 곧 죽어 버릴 것처럼 보였기에 은우까지 포기해 가면서 원철에게 붙잡혀 감옥 같은 결혼 생활을 했는데, 그때의 감정에 비해 끝이 너무나도 미약하잖은가. 아직까지 나를 사랑하길 바라는 건 당연히 아니었다. 이럴 거면 그냥 애초에 내가 은우와 만나려고 할 때 가만히 두지 그랬냐는 거다.

웃음밖에 나오지 않았다. 원철은 어떤 수를 써도 나와 헤어질 수 없다면서 정말 말 그대로 지랄을 떨었다. 그럴 땐 언제고, 어떻게 이혼한 지 두 달 만에 혼인신고를 할 수 있었던 걸까.

있으나 마나 한 남편이었지만, 어쨌든 이혼을 했으니 나 혼자서 애 키우고 살림도 하려면 돈 버는 것에 매진해야 했다. 이혼 이후로는 더 가게 운영에 신경 썼다. 장사도 잘됐다. 쓰러질 것처럼 몸이 고단할 때도 많았지만, 언니만 없었더라면 그런대로 살 만한 하루하루가 지나갔다. 그런데 언니는 내가 마음을 놓는 게 싫은 건지 나를 갑자기 찾아왔다.

"은우 오빠한테 전해. 나 독립할 거니까 집 마련해 달라고. 너는 너대로, 나는 나대로 그렇게 살아야지."

이 언니가 이번엔 무슨 소리를 하나 싶었다. 어차피 집에도 자주 들어오지 않는 거 따로 독립해 봤자 의미가 있나 하는 생각도 들었다. 나한테는 그 당시의 생활이 문제가 없다고 생각했다. 은우가 저녁마다 딸을 봐줬기 때문에 가게를 운영하는 데 있어 많은 도움이 되었다. 언니는 은우가 내 아이를 봐준다는 것이 싫었던 거다. 내 입장에서는 형부가 조카를 봐주는 것이었다만, 언니가 보기에는 은우가 내 아이를 봐주는 모습에서 온전한 부부의 모습을 본 모양이었다.

은우는 내가 원철과 별거하던 시기에도 생활비와 교육비를 지원해 줬다. 그리고 언니는 형부의 돈을 계속 뜯어 가고 있었다. 딸의 모든 순간에는 은우의 지원이 있었다고 해도 과언이 아니었다. 분을 못 이긴 언니는 자꾸만 크고 작은 사건을 만들어냈다.

"은우 오빠한테 전세금 달라고 그래 봐. 네가 새로 남자를 만나든 뭘 하든 너 혼자 살아야지 할 수 있을 거 아냐. 은우 오빠한테 달라 그러면 줄걸?"
"지금 나더러 나가 살라는 말이야? 은우 오빠 덕분에 일하면서 애 키울 수 있다는 거 알잖아."
"너야말로 은우 오빠한테 딴 맘 있는 거 아냐? 밖에 나가면 은우 오빠가 정연이 친아빠인 줄 알아. 그럼 나는 뭐가 되는데?"

언니는 매번 예고도 없이 집 나가란 소리를 해 댔다. 은우가 내 딸의 아빠로 오해를 받은들 그게 무슨 상관인가 싶었고, 더군다나 나와 은우가 내 딸을 데리고 한 가족처럼 다닌 적도 없었는데. 그냥 날 내보내고 싶은 언니의 핑계였다.

"뭐? 희란이가 그런 소릴 해?"
"응. 오빠한테 전세금 받아서 나가라고, 오빠가 전세금 줄 거라고……."
"희란이 말 믿지 마. 걔 거짓말하는 게 어디 한두 번이어야지. 그걸 왜 들어주고 있어?"

그래도 언니니까. 내가 언니의 말을 번번이 듣고 번번이 뒤통수를 맞는 이유였다. 어린 시절 서로 의지했었던 존재였고, 그때의 기억이 뭐라고 자꾸 언니 앞에서 나는 자꾸 순진해졌다. 은우와 언니가 내 팔을 한 짝씩 잡고 서서 각자의 방향으로 잡아당기는 형국이었다. 은우와 언니의 말을 다 믿고 싶지만, 둘의 말이 서로 달랐으니 믿을 수 없었다. 언니의 말이면 무조건 맞는 말이구나 싶은 와중에 형부는 나를 물심양면 도와주는 사람이었으니 더 혼란스러웠다.

내가 이혼을 결심하게 된 것도 언니가 나한테 별거 생활을 더 이어가지 말라고 했기 때문이었다. 별거 상태는 이혼을 한 것도, 그렇다고 정상적인 결혼 생활을 하는 것도 아니니까 확실하게 사이를 규정지으라는 것인 줄 알았다. 언니의 말이면 그렇게 무조건 듣고 봤다. 그 시절의 내가 불쌍하고도 한심하게 느껴지는 이유다.

평소에도 조금씩 지원을 받긴 했지만, 이혼을 하고 난 이후로 은우는 나를 제대로 지원해 주기 시작했다. 물론 언니보다도 나에 대한 애착이 더 강했기 때문이었다. 은우는 언니 대신 나를 곁에 두기로 결정했다. 더 이상 말을 얹어 소란을 만들지 말라는 뜻을 담아, 은우는 언니의 집을 파주에다 아예 새로 사 줬다. 어차피 은우에게 다시 돌아온 것도 결국 돈 때문이었으니, 집을 주면 전처럼 간섭을 하지 않을 거라 생각해서였을 거다.

"커피 샷을 한 번 내렸을 때 물을 타지 않은 샷을 바로 에스프레소라고 해요. 커피 본연의 맛과 향을 즐기는 마니아층들이 찾는 메뉴예요."

일을 하면서 간간이 다른 기술도 배웠다. 바리스타 공부도 하고 미용 자격증 공부도 했다. 일산에서 낮에는 카페를, 밤에는 술을 팔면서 점포의 개

수도 많이 늘어나고 장사도 잘되는 편이었지만, 술장사는 오래 할 게 못 된다는 생각이 자꾸 들었다. 은우가 아이를 봐줬기 때문에 일을 하면서도 자격증 학원을 다닐 수 있었다. 밤까지 일을 하고 지쳐 쓰러져 잠든 후 일어나자마자 학원 갈 채비를 해야 했기 때문에 체력적으로 힘이 많이 부쳤다. 몇 해를 분주하게 보냈다. 인생의 낙이랄 건 없었지만, 그렇다고 심각하게 슬픈 일도 일어나지 않았다.

"인사해. 내 남자친구."

언니의 옆에는 늘 남자가 있었다. 이번에는 좋은 남자를 만나 오래 사귀려나 싶었지만, 어째 마주칠 때마다 남자가 바뀌었다. 나도 술장사를 하다 보니 남자친구가 간혹 생기긴 했어도 언니만큼 자주 바뀌지는 않았다. 그렇다고 온 마음을 줄 정도로 사랑한 남자는 없었다. 그저 스쳐 지나가는 남자라고 가볍게 생각했다. 온 마음을 다 줘 봤자 돌아오는 건 자괴감과 배신감뿐이다. 다 원철이 깨우쳐 준 것이었다.

"그 남자는 또 왜 만나는 건데? 장사할 때 봤으면 그만이지 왜 또 연락을 해 가지고 만나냐고?"

은우도 알고 있었다. 술을 파는 가게의 특성상 왕래가 잦은 손님들과 친해질 수밖에 없다는 걸. 원철도 그러다 친하게 지낸 것이니 누구보다도 더 잘 알 터였다. 그런데도 은우는 내가 남자를 만나는 걸 단속했다. 속으로 웃었다. 자기 마누라는 단속도 못 했으면서 왜 나한테 뭐라고 하는 건지. 일도 잘하고, 살림도 잘 돌보고, 딸 교육에도 엄청 신경 썼는데. '나만큼 열심히 사는 사람 있으면 나와 보라 그래!'라고 외쳐도 부끄럽지 않을 자신이 있을 정도였는데.

"너 지금 그 꽃다발 어디서 난 거야? 그때 그 남자가 준 거지?"

"아니야. 가게에 들어온 거 그냥 가져온 거야."

"가게에는 왜 꽃다발이 들어왔는데? 정란이 너한테 흑심 품은 사람 아니야?"

"아니라니까, 그런 거. 그냥 우리 가게에서 생일 파티한 손님들 중 한 분이 두고 간 건데 꽃꽂이하려고 들고 온 거라고."

그래도, 싫다는 말을 굳이 무시하지는 않았다. 은우가 원하는 대로 움직여 주었다. 헤어지라면 헤어지고, 만나라면 만났다. 나에게 오랜 시간 동안 금전적인 지원을 아끼지 않았던 은우를 위한 기본적인 예의라고 생각했다. 반감이 드는 건 어쩔 수 없었지만, 내가 은우한테 해 줄 수 있는 건 없었으니까 은우가 싫어하는 것만이라도 하지 말아야겠다 싶었던 것이다.

바쁘디바쁜 일상을 보내고 있던 와중에 언니가 또 갑자기 일산에 찾아왔다. 한창 학원에서 미용 수업을 들을 때였다. 언니는 또 터무니없는 이유를 들어 가며 나한테 부탁을 했다.

"야, 너 나한테 돈 좀 빌려줘야겠다. 땅 사야 하는데 돈이 좀 부족한 거 있지?"

"웬 땅? 갑자기 땅은 왜 사는데? 살 집이 없는 것도 아닌데, 다른 돈은 다 어디서 나고?"

"난 뭐 맨날 빈털터리인 줄 아니? 아, 본론만 말해. 나 급해."

"돈… 글쎄. 나 집 가서 통장 잔고 봐야 확실하게 알 수 있는데."

"그건 언제 확인할 수 있는데? 빨리. 빌려줄 거야, 말 거야?"

얼마나 급했으면 미용 학원 앞까지 찾아왔을까. 당시 사귀던 남자친구까지 데리고 왔다. 돈을 빌려줄 때까지 나를 집에도 못 가게 막을 기세였다. 따돌리고 그 자리를 빠져나가면 세상 끝까지 쫓아올 것도 같았다. 힘들여 번 돈이었고, 딸 키우는 데에도 빠듯했을 뿐만 아니라 학원도 계속 다니고 있었으니 지출이 많았다. 하지만 '그래도 언니니까'라는 바보 같은 생각은 그때까지도 갖고 있었다.

"땅 사거든 집 지어서 같이 살자. 그러려고 땅 사는 거야."

큰돈을 선뜻 내줄 용기가 없어 우물쭈물하고 있는 나에게 언니가 건넨 제안이었다. 언니는 내가 어떤 순간에 약해지는지를 잘 알고 있었던 것 같다. 매번 동생을 이용하는 언니도 언니라고, 나는 '같이 살자'라는 말이 그렇게 듣기 좋았다. 언니와 함께 살려면 땅을 얼른 사야겠구나. 그럴 수 있도록 돈을 빨리 쥐어 줘야겠구나. 나는 더 망설이지 않고 돈을 빌려주겠다 했다. 기분이 좋아진 언니가 남자친구의 어깨에 기대서 아양을 떨었다.

고민하던 것도 잠시, 나는 말없이 인근 은행 쪽으로 걸어갔다. 언니와 언니의 남자친구가 내 뒤에 바짝 붙어 쫓아왔다. 그 와중에도 팔짱을 끼고, 볼을 꼬집고 하는 애정행각을 하는 게 보였다. 단기간 동안만 불타오르는 사랑인데도 매번 저렇게까지 닭살 돋는 짓을 일삼는구나. 기가 찼지만 신경 쓰지 않기로 했다.

"쟤 지금 얼마나 뽑는 거야, 돈? 그만한 돈이 있대?"
"몰라. 근데 아마 달라는 대로 줄걸?"

은행 창구에 앉아 은행원에게 돈을 인출하겠다고 했다. 그 와중에도 언니와 언니의 남자친구는 뒤에서 나를 지켜보며 대화 내용이 다 들리도록 수군덕댔다. 난 그때 그냥 은행원이 인출해 준 돈을 다시 돌려주면서 통장에 다시 넣어 달라고 말했어야 했다. 빌려준 돈을 갚겠다고 했던 날로부터 며칠이 더 지난 시점에도 언니에게서 전화가 오지 않았다.

"언니. 난데, 돈 언제까지 줄 수 있어? 화요일까지는 주기로 했었잖아."
"아. 액수가 커서 현금으로 찾아서 가져가려면 시간이 좀 걸려."

역시 말도 안 되는 소리였다. 돈을 지인에게서 꿔 가는 것도 아니고 은행에서 찾아 가는 것이었을 텐데 액수가 크다는 이유로 현금화하는 게 시간이 오래 걸린다니. 전화로도 해결이 안 되는 게 답답했다. 나도 힘들여 번 돈이었고, 딸린 자식도 있었으니까 '언젠간 갚겠지' 하고 태평하게 기다릴 수는 없었다. 물론 처음에는 언니를 믿고 미련하게 기다렸다. 하지만 시간이 지날수록 가만히 기다리는 것도 호구 같다고 느꼈다.

파주로 갔다. 돈을 줄 때까지 매달리면 최소한 일부라도 받을 수 있지 않을까 싶은 마음에서였다. 하지만 굳게 닫힌 문은 친동생이 왔다는 외침에도 열리지 않았다.

"언니 나야! 나라니까? 문 좀 열어 봐!"

대문을 연 건 언니의 남자친구였다. 인사를 하는 대신 목을 쭉 빼고 현관문이 열려 있는 집 안을 들여다보았다. 아무런 기척도 느껴지지 않았다.

"우리 언니 어디 있어요? 저 언니 만나야 돼요."
"나도 몰라. 어디 있는지."
"진짜 몰라요? 같은 집에 사는데 어떻게 몰라요?"

기회: 2년 뒤 언니와 재회한 이야기

"몰라. 어디엔들 있겠지."

무책임한 답변이었다. 언니의 남자친구는 언니의 행방을 알면서도 모른 척해 주고 있는 것 같았다. 처음엔 언니가 집에 있을 거라는 생각에 언니의 남자친구를 밀치고 집 안으로 들어가려고 애를 썼다. 하지만 대문을 버티고 서있는 성인 남성을 밀어내기엔 역부족이었다. 겨우 고개만 밀어 넣어 본 마당에는 예상치 못한 것이 있었다. 외제차 한 대. 그것도 갓 뽑은 티가 나는.

"이게 뭐예요? 나 줄 돈도 없는데 외제차가 웬 말이냐고요."
"희란이가 엄청 예전에 사 준 거야. 진짜야."

거짓말. 전혀 연식이 오래되어 보이지 않았다. 액수가 크네 어쩌네 희한한 핑계를 대던 언니를 떠올려 보면, 애초부터 줄 돈이 없었던 거다. 나한테 빌린 돈으로 땅 대신 남자친구에게 고급 외제차를 사 줬다는 걸 두 눈으로 확인하게 되었고, 온몸에 피가 빠져나가는 듯한 기분을 느껴야 했다. 왜 알면서도 언니에게 번번이 속는 걸까. 알면서도.

상실감에 터덜터덜 집으로 돌아왔다. 그로부터 일주일 뒤에 언니가 집으로 들어갔다는 소식을 들었다. 돈이 없다고 잡아떼겠구나 싶으면서도 가만히 있을 수는 없어 집 밖으로 나갔다. 언니를 찾아야 했다.

"내 돈 어쨌냐고! 그렇게 입 처닫고 있으면 그만이야?"
"애초부터 갚을 능력 없으면서 일단 빌리고 본 거지? 사기죄로 감방 갈 년이네 이거."
"진짜 그러는 거 아니야. 지금 여기 당신한테 돈 떼먹힌 사람만 몇 명이냐고 도대체!"

"내 돈 돌려 내, 이년아!"

그날 언니의 집 앞은 도떼기시장보다도 더 시끄러웠을 거다. 돈을 떼먹힌 건 비단 나뿐만이 아니었다. 작은 액수를 뜯긴 사람도, 나보다 더 큰 액수를 뜯긴 사람도 있었다. 충격적이었던 건, 개중에 우리 자매의 집에 직접 방문해서 집안일을 돌봐 주는 가사도우미에게도 돈을 2천만 원씩이나 떼먹었다는 거다. 집을 자주 오가며 사적인 대화가 오고 갔을 테고, 그 과정에서 인간 대 인간으로 친근감을 쌓았을 텐데. 언니는 돈을 뜯어내기 위해 그 친근감까지도 악용했다. 가히 최악이었다.

가사도우미를 하던 여자는 우리 자매보다 어렸다. 하지만 세상 물정 모르는 어린 나이라서 언니에게 돈을 선뜻 빌려줬다는 생각은 하지 않았다. 언니는 원체 거짓말을 잘했다. 얼마나 거짓말에 능하면 그렇게 여러 사람을 속일 수 있는지 신기할 정도였다. 언니는 돈을 내놓으라는 사람들의 말에 그저 죄지은 사람처럼 고개를 푹 숙이고 앉아 있기만 했고, 언니의 남자친구도 언니의 옆에 앉아 입을 꾹 닫고 있었다. 아, 그냥 묵비권을 행사하시겠다는 거구나. 마음 같아선 돈을 내놓을 때까지 그 집에서 버티고 싶었지만, 언니의 성격을 알고 있는 이상 그게 쓸데없는 짓이라는 걸 애초에 알고 있었다. 그냥 못 받는다 생각하고 집으로 돌아오는 것이 그나마 가장 실리적인 행동이었다.

집안일을 돌봐 줄 때마다 잠깐씩만 얘기를 나눠 봐도 알 수 있었다. 가사도우미 일을 해 주던 그 여자는 정말 사람 자체가 맑고 순수했다. 숱한 소문에도 편견 없이 그 사람 자체를 볼 줄 아는 성품을 갖고 있었다. 그 여자는 나를 다독이면서 이런 말을 했다.

"그래도 동생 생각하는 건 언니뿐일 거예요. 돈은 원래 없다가도 있고, 있다가도 없는 거기도 하고… 최소한 동생 돈은 돌려주겠죠. 전 그렇게 생각해요."

2천만 원이나 뜯긴 사람이 할 수 있는 말은 결코 아니었다. 그 여자의 말을 들으면서 생각했다. 차라리 그 정도의 신뢰감이라도 느낄 수 있는 사람이었으면 좋겠다고. 나에게 한 번이라도 언니로서 호의나 성의를 보였던 적이 있었는지, 아무리 생각해 봐도 찰나의 순간마저 떠올리지 못했다. 언니에게서 느껴지는 일말의 신뢰감도 없었다.

남의 가정사에 얼마나 관심들이 많은지, 소문은 빠르게 퍼졌다. 언니의 아는 사람들은 나를 맹목적으로 헐뜯기 시작했다. 소문의 진상은 이미 사람들의 관심사가 아니었다. 그저 소문에 이런저런 말을 얹어 가며 평가하고 수군거리기 바빴다. 마치 스포츠 경기를 관전하는 정도의 가벼운 관심사였을 거다. 내가 없는 자리에서 무슨 얘기를 어떻게 하는 건지 궁금하지도 않았다. 나에게 대놓고 안 좋은 소리를 하는 사람들도 있었기 때문에, 굳이 다른 사람들이 얼마나 왜곡된 시선으로 나를 바라보는지를 알고 싶지는 않았다.

"인생 그렇게 사는 거 아닙니다. 어디 할 짓이 없어서 언니 남편을 뺏어 가지구 같이 살아요? 다른 사람들이 더럽다고 안 해요?"
"그건 아무리 생각해도 너무 막장 아니에요? 그렇게 살면 좋아요?"

감당하기 힘든 독설이었다. 언니가 나와 은우에게 무슨 상처를 얼마나 어떻게 줬는지 모르고 하는 소리였다. 하지만 한편으로는 그런 생각도 들었다. 그들이 언니와 아는 사람이고, 그래서 나를 찾아와 더 괴롭히는 것일 수도 있겠다는. 언니는 사람들을 말로 조종하는 능력이 탁월했다. 물론 그 말들은 하나같이 허언이었고. 얼마나 말로 사람을 잘 구슬렸으면 언니가 돈을 떼먹은 사람이 나 하나만 있는 것도 아닌데 하나같이 내가 원인 제공자인 양 몰아가고 있었다. 나와 은우가 같이 생활하고 있는 것과 언니가 내 돈을 떼먹고 주지 않는 건 엄연히 다른 문제인데도.

더럽고 치사하다는 이유로 그냥 그 돈을 포기할 수 있을 정도의 재력이 된다면 모르겠지만, 그럴 수도 없었고 그렇게 생각하는 것도 분했다. 요행으로 얻은 돈도 아닌데 내가 왜 그 돈을 포기해야 하는가. 그런데 언니가 그 돈을 포기하고 싶다는 생각을 갖게 만들었다. 언니를 죽은 사람이라고 생각을 해 버리는 게 더 나을 수도 있겠다는 생각도 그날 처음 했었다.

"정란아. 언니 약 먹었어. 너한테 못 할 짓 한 것도 많고, 너무 괴로워서 이 세상 뜨려고."

약을 먹었는지 안 먹었는지를 알 수는 없지만, 분명 무책임한 선택이었으며 동생한테 할 말도 아니었다. 그간 꿨던 돈을 갚을 능력이 없어서 그런 선택을 한 것이든, 아니면 나의 여린 심성을 건드려 또 돈을 빼돌릴 심산인 것이든. 내가 언제까지고 자기한테 유순할 거라고 생각했던 언니를 생각하니 웃기면서도 속이 부글부글 끓었다. 언니가 약을 먹든 말든 상관하지 말자고 몇 번이고 다짐했다. 그리고 그 마음을 언니에게 알릴 필요도 있었다. 여러 해를 지나는 동안 언니에게 사사건건 호구 잡혀 왔으니까.

"안 궁금해. 언니가 자살하든 말든 나 신경 안 써. 인연 끊을 거니까 그렇게 알아. 그러니까 다시는 전화하지 마. 나 이제 언니 얼굴 안 보고 싶어."

수화기를 부술 것처럼 내려놓았다. 언니에게 쏘아붙여 놓고 전화를 끊고 나니 골이 띵했다. 그건 아마 말하는 동안 숨조차 제대로 쉬지 못할 정도로 긴장 상태였기 때문일 거다. 그도 그럴 것이, 핏줄이라는 이유 하나만으로 너무 많은 걸 짊어지고 있었다. 언니도 내가 힘들 때 도와줘야 공평한 건데, 그랬던 적이 한 번도 없었다.

그 무렵 은우와도 인연을 아예 끊어 버렸다. 더 이상 이 사람들과 엮이고 싶지 않았다. 팔자가 꼬였든, 상성이 더럽게 맞지 않았든 뭐 하나는 심하게 어긋나있다고 생각했다. 내가 끊어 내지 않으면 평생 이렇게 휘말릴 것 같았다.

"이제 이모부는 안 와?"
"왜? 보고 싶어, 이모부?"
"응. 같이 빵집도 가고 싶고, 놀이공원도 가고 싶어. 맨날맨날 이모부랑 같이 하던 거잖아."
"엄마랑 같이하면 되지. 이번 주말에 자연농원 갈까?"
"둘이서만…? 이모부랑도 같이 가고 싶은데."

아무것도 모르는 딸은 이모부를 종종 그리워했다. 틈만 나면 이모부는 언제 오는 거냐며 물었다. 나는 안 올 거라는 말 말고는 아이에게 해 줄 수 있는 말이 없었다. '왜' 못 오는 건지에 대해서는 설명할 수 없었다. 이해시킬 자신도, 엄두도 나지 않았다. 죄 없는 아이에게 언니와 은우에 대해 부정적인 말을 쏟아 내며 덩달아 감정을 소모시키고 싶지도 않았다. 마음을 추스르는 건 온전히 내 몫이었다.

하지만 역시 사람 인연이 그리 쉽게 끊어지는 건 아니었다. 정확히 말하자면 다른 사람들과의 인연은 머리카락 끊어지듯 쉽게 끊어지는데 형부와 언니는 자꾸만 내 인생에 끼어들어 걸리적거렸다. 들려오는 소문이 두통을 유발했다. 언니가 변호사를 사서 은우에게 내용증명을 보냈다는 것이다. 전화로 소식을 전해 들은 나는 띵해진 머리를 싸맸다.

"말이 돼? 나랑 이모부랑 그런 사이 아니라는 거 해명한 지가 언젠데 아직도 물고 늘어진다고?"
"변호사까지 샀댄다. 수임료 받으면 움직이는 게 변호사라지만 사실 확인은 좀 해 봐야 하는 거 아니니? 나도 소식 듣고 어찌나 기가 막히던지."
"지가 바람피워 놓고 왜 나한테 자꾸 탓을 돌리는데? 나 진짜 미치고 팔짝 뛰겠어."

내용증명을 보내는 이유는 터무니없는 걸 넘어섰다. 나와 은우가 불륜 관계라 결혼 생활을 유지할 수 없었기 때문에 파국에 치달았으니 백억을 내놓으라는 것이었다. 평생에 한 번 만져 볼까 말까 한 큰 액수를 적어 놓은 언니의 뻔뻔함에 혀를 내둘렀다. 의도가 다분했다. 돈이 아쉬워지니까 은우와 나의 바짓가랑이를 잡고 늘어지는 거다. 사실이었다면 내가 은우와 인연을 끊을 생각도 하지 않았겠지. 내용증명에 적힌 것들은 하나부터 열까지 다 언니가 만들어 낸 허상이었다.

"너무 걱정하지 마. 내용증명 하나 보냈다고 돈 다 줘야 하는 것도 아니고, 엄밀히 따지면 네 돈 나가는 것도 아닌데."
"그건 그런데, 화나잖아."
"형부랑도 연 끊었다면서. 무슨 상관이야, 그럼."

맞는 말이었다. 관계를 유지할수록 수렁에 빠지는 것 같은 느낌이 싫어 더는 얼굴 보는 일 없을 거라 다짐했었다. 친구의 말을 듣고 다시 마음을 굳게 다잡았다. 나하고는 더 이상 상관없는 일이다. 신경 끄면 그만이다, 하고.

그때도 지금처럼 수신자가 누군지를 알 수 있으면 참 좋았으련만, 당시 가정용 전화기는 그 정도 수준까지 발전한 건 아니었다. 허무하게도 은우의 전화를 받아 버렸다. 그리고 언니에게서 내용증명을 받았다는 소식 때문에 매몰차게 수화기를 내려놓지 않고 머뭇거렸다. 바보처럼.

"그…… 정란아."
"……."
"우리 잠깐 봐야 하지 않겠어?"

좋게 말하면 공감 능력이 뛰어난 거고, 나쁘게 말하면 오지랖이 넓다. 아무리 재력가인 은우라 할지라도 백억은 결코 적은 돈이 아닐 것이다. 지금만 해도 큰돈인데 그 당시에는 천문학적인 액수처럼 느낄 법한 금액이었다. 나는 또 냉정하게 쳐 내지 못하고 은우가 만나자고 하는 곳으로 갔다. 카페에 먼저 도착해서 커피를 시켜 놓고 앉아 있는 은우는, 어쩐지 많이 야윈 것처럼 보였다. 안색도 꽤 수척했다.

"잘 지냈어?"
"어떻게 대답해 주면 될까?"
"……."
"잘 지냈어. 이모부랑 언니 안 보고 살아서."
"정란아."

마음이 쓰였지만 애써 아무렇지 않은 척 대답했다. 시간이 지나면 알아서 사그라질 줄 알았던 마음이었건만, 애석하게도 그렇지만은 않은 것 같았다. 오랜만에 만난 은우는 오랜 시간 할 말을 고르고 골랐다. 내가 조금만 더 못됐더라면 "할 말 없음 나 간다." 하고 자리를 박차고 나갈 수 있었을 텐데.

"파주에 있는 집, 아예 주려고. 희란이한테."
"……뭐라고?"
"그렇게 안 하면 지구 끝까지 쫓아올 사람이잖아."
"그래도, 그게 얼만데."

이러니까 언니가 은우를 집요하게 따라다니지. 절로 한숨이 나왔다. 아니, 그 전에 언니의 성격이 종잡을 수 없게 유별나다는 걸 그 누구보다도 잘 알고 있었기 때문에 은우가 아주 이해가 되지 않는 것도 아니긴 했다. 그래도,

"돈도 오천씩이나 해 주겠다고? 뭘 잘했다고?"
"사람이 하루아침에 바뀔 것도 아니고, 알아서 살라고 내버려 두기엔 워낙 대책 없는 사람이니까."
"이모부 재산에 기여한 바가 요만큼도 없는데 무슨 돈을 그만큼이나 줘? 오천만 원이 다른 집 개 이름도 아니고."

숨이 턱턱 막혔다. 그때부터는 은우의 마음을 이해하기 싫었다. 한편으론 이미 구제불능이 되어 버린 언니를 외면할 수 없다는 점에서 은우에게 동병상련을 느꼈던 것도 같다. 친구가 말하길, 아무리 많이 쳐 줘도 삼천이랬다. 그런데 은우는 언니에게 돈 오천만 원에 집까지 아예 줘 버리겠다고 말하고 있었다.

"이게 끝일 거야."

"아니, 그래도 이모부가 손해 보는 게 너무……."

"이혼할 거야."

은우의 말에 심장이 철렁 내려앉았다. 진작 해야 한다고는 생각했지만 막상 얘기를 들으니 피부에 와닿지는 않았다. 그렇지. 이게 맞는 거지. 나도 언니를 더 이상 안 보고 살 작정이었으니 은우도 인생이 더 어긋나기 전에 끊어 내는 게 맞았다. 마지막이라고 생각하니 언니에게 그만한 재산을 준다는 게 조금은 이해가 될 것도 같았다. 은우는 며칠 후에 진짜로 이혼을 했고, 집을 언니에게 넘겼다. 나한테 일러 줬던 액수의 돈도 언니의 손에 쥐여 주었다. 그래야 언니가 잠자코 이혼해 줄 것 같았을 거다.

"잘했어, 이모부. 이제 언니도 알아서 지가 지 돈 벌고 살아야 돼."

"정란아. 나는……."

"이제 이모부랑 만나는 일 더는 없을 거야. 같은 동네 살아도 마주칠 일 없을 거야. 이 관계에 너무 지쳐 버렸어."

이혼하고 왔다는 말을 나에게 전하는 은우는, 어쩐지 조금의 희망을 갖고 있었던 것 같기도 했다. 나를 좋아했고, 나도 그 마음을 모르지 않았고. 법적으로 다시 미혼이 되었으니 나와 다시 이어질 가능성을 아예 배제하지는 않았을 거다. '이렇게 오랜 시간 우직하게 정란이의 곁을 지켜 주면 언젠가는 정란이가 내 마음을 알아주겠지' 하는, 미련하고도 고집스러운 생각.

"나를 진짜 생각한다면, 더는 잡지 말아 줘. 너무 힘들다. 부탁이야."

그 말을 끝으로 일어섰다. 그때의 내가 정말 진심 같아 보였는지, 은우도 더는 전화를 하지 않았다. 비워진 마음이 편안한 한편으로 가끔씩 헛헛해지기도 했다. 이런 게 미운 정인가, 싶으면서도 무탈한 하루하루에 감사했다. 앓던 이를 빼내 버린 거지. 앓던 이도 이라고 끙끙거리고 사는 것보단 낫지 않은가.

같은 일산에 살면서도 한 번을 안 마주친다는 게 의외면서도, 궁금한 마음이 들었다. 아무리 사람들과 어울리지 않는 성격이라지만, 그래도 한 번쯤은 마주칠 수 있을 줄 알았다. 아니, 눈에 안 보이는 게 속 편하고 좋은 거지. 무슨 생각을 하는 거야. 널뛰는 마음에 고개를 내저었다. 가게를 더 열심히 운영했고, 미용 학원 수업에 몰두했다.

하지만 열심히 사는 것만으로는 내 팔자를 더 나은 방향으로 고치기엔 역부족이었던 걸까. 우연이라는 이름의 장난으로 은우는 다시 내 앞에 나타났다. 학원에서 수업을 듣고, 염색약 때문에 습진이 생겨 쓰라린 손가락 때문에 약국에 가려던 참이었다.

"정란이 오랜만이네."

어떻게 이렇게 딱 마주칠 수 있을까. 은우를 다시 보게 된다면 머리가 지끈거릴 줄 알았는데 의외로 초연했다. 내가 아니면 딱히 만날 사람도 없는 은우는 전보다 더 위축되어 보였다. 마음 쓰이게. 이쯤 되니 운명이라는 게 실재하는구나 하는 생각이 들었다. 그리고 운명을 거스를 수 없다는 무력감도 함께 느꼈다.

"응. 잘 지냈어요?"
"어떻게 대답해야 좋을지 모르겠네."

"……."

"잘 지내진 않았어."

그 이후로 은우와 다시 왕래하면서 지냈다. 소란한 집안 사정을 아는 지인들에게는 은우와 다시 연락을 하고 지낸다는 사실을 숨겼다. 나 없으면 그 누구와도 만나지 않고 외로이 지낼 거라는 시혜적인 마음이기도 했고, 가족이라곤 나에게 온전히 의지해야 하는 어린 딸뿐인 것이 힘들어서이기도 했다. 지극히 필요 여부만을 따진 결정이었다. 은우에게도 내가 필요할 거고, 나도 은우가 필요한 상황이었으니까.

"연락해."

"… 그래도 돼?"

"정연이가 많이 보고 싶어 해."

"알았어."

아버지

: 아버지와 언니 이야기

밑도 끝도 없이 둘도 없는 동생을 괴롭히는 못된 언니. 힘들여 번 돈을 꿔놓고 갚지도 않는 사기꾼. 언니를 한 줄로 설명한다고 하면 온갖 부정적인 것들밖에는 떠오르지 않았다. 내가 눈으로 직접 보고 느낀 사실이니 틀린 말도 아니었다.

언니는 참 특이했다. 아버지한테는 둘도 없는 효녀였다. 어릴 적부터 용돈 한 번 쥐여 준 적 없었고, 따뜻한 말 한마디는커녕 여자를 갈아치울 때마다 나와 언니를 짐짝 옮기듯 멋대로 서울에 데리고 가서 고생만 시킨 아버지가 좋을 리 없었다. 그런데도 언니는 아빠의 일이라면 무조건 두 손 걷어붙이고 나섰다. 있으나 마나 한, 조금도 신경 쓰고 싶지 않은 사람인데. 도대체 왜. 아빠한테 하는 것에 반만이라도 나한테 해 보라는 말이 턱 밑까지 차오를 때가 한두 번이 아니었다.

"너 병원 좀 와."
"언니 어디 아파?"
"나는 말고, 아부지가."

아버지가 마흔 중반 되던 해였다. 백혈병 진단을 받았으니 치료가 시급하다는 얘기를 언니에게 전해 들었다. 칼 맞아 죽지 않으면 다행일 정도로 부정적인 여론만이 그득한 언니가 왜 아버지 하나만큼은 끔찍이 아끼는지 알 턱이 없었다. 여러모로 반감이 드는 건 어쩔 수 없었다. 아무리 천륜이라고 해도 최소한의 아버지 노릇조차 하지 않은 사람에게 '낳았다'는 이유만으로 선의를 베풀고 싶지 않았다.

"워낙 급성이라, 이대로라면 길어야 한 달입니다."
"이상하잖아요. 우리 아빠 그동안 얼마나 멀쩡했는데요. 근데 인제 와서 갑자기 이렇게 시름시름 앓다 죽는다고요?"

"백혈병이라는 게 그렇습니다. 워낙 빠르게 진행돼서, 환자분들과 가족분들이 마음의 준비를 하실 새도 없이 악화되어 버리는 경우가 많아요."

"다른 방법은요?"

"… 의사로서 유감입니다."

미웠다. 딸들에게 한 번도 아버지 행세를 해 본 적 없는 사람, 죽어 없어져도 상관없다고 생각했는데. 살날이 한 달도 채 남지 않았다고 하니 눈앞에 흐려졌다. 내가 아직도 미성숙하다는 것을, 같은 핏줄이라는 것을 느끼게 하는 아버지가 원망스러웠다. 해소되지 못한 감정의 찌꺼기가 굴러다니면서 생채기를 냈다. 그냥 어디서 소리 소문 없이 죽기라도 하지, 이런 몹쓸 병에 걸려 와서는 나를 신경 쓰이게 하나 싶었다.

"생활 능력이 어떻게 되시는지 여쭤봐도 될까요?"

"그건 왜요?"

"얼마의 병원비를 상환할 수 있는지를 여쭤보는 겁니다."

의사가 하는 말은 지극히 현실적이었다. 병원도 결국 이윤 추구가 목적이었으니 죽어 가는 사람 살리겠다고 손해를 봐 가면서까지 수술을 감행할 필요는 없었다. 그때 언니는 다급하게 손을 들었다.

"우리 남편이 돈이 많아요."

"… 그렇습니까?"

"재력가예요. 제 동생 생활비까지 다 대주고, 조카 양육비도 다 해 주고 그래요."

언니는 절박했다. 굳이 따지자면 은우의 돈이었지 언니의 돈도 아니었고, 아버지의 병원비를 은우의 돈으로 지급한다는 것도 상의된 내용이 아니었으니 의사에게 섣불리 장담할 수 있는 것도 아니었다. 하지만 거기서 "형부가 그렇다는 거지 우리가 금전적으로 여유롭다는 건 아니에요. 우린 돈 없으니까 우리 아빠 죽든 말든 그냥 내버려두세요."라고 할 정도로 독하지 못했다.

"그렇다면 치료를 시도해 보겠습니다. 치료 과정이 많이 버겁다고 느끼실 수 있습니다, 옆에서 잘 지켜봐 주시고, 힘도 북돋아 주세요."

돈이 있다고 하자 주치의에게서 인간적인 말들이 튀어나왔다. 블랙코미디가 따로 없었다. 언니는 형부의 돈으로 아버지가 치료를 받도록 했다. 갖은 치료 끝에 점차 호전되었고, 일상생활에도 지장이 없을 정도로 쾌차했다. 그래서 아버지가 이날 입때껏 살아 있을 수 있는 것이다. 아버지는 언니가 자길 살렸다고 생각하지만, 정확히 말하자면 은우의 돈이 아버지를 살렸다.

아버지가 퇴원한 이후에도 언니는 은우의 돈으로 효도를 했다. 생활비를 다 주는 것도 모자라 집까지 해 줬다. 딸들한테 한 번도 부모다운 부모였던 적 없는 아버지가 호강하며 노후를 보내는 게 가당키나 한가. 못마땅했고, 분했다. 내가 고통스러운 삶을 보내 온 것만큼 아버지도 끔찍하게 고통스러웠으면 싶었던 적도 있었다.

"아버지. 차 바꿀 때 되지 않았어?"

그러던 차에 언니가 아버지와 통화하는 내용을 들은 적이 있었다. 은우의 돈을 마음대로 쓰려 하는 언니도 마음에 들지 않았고, 해 준다고 납죽 받아먹는 아버지도 얄미웠다. 언니가 통화를 하는 동안 옆에서 계속 구시렁 댔다. 은우에게 미안하지도 않을까. 하긴, 그걸 아는 사람이라면 애초부터 이따위로 살지도 않았을 터였다.

"아니, 아직 10년도 더 탈 만한 걸 왜 바꿔?"

"내가 바꿔 준다는데 왜 이렇게 말이 많아. 넌 아빠가 좋은 차 타는 게 그렇게 아니꼽냐?"

"언니 돈도 아니잖아. 병원비야 일단 사람은 살리고 봐야 하니까 그렇다고 쳐. 집도… 그래. 살 곳도 마땅치 않았고 모시는 것도 말이 쉬운 거니까 그것까지도 이해해. 근데 차를 뭐 그렇게까지 자주 바꿔 주냐고."

"그러는 너는 아버지한테 뭘 해 주고나 말해. 네깟 게 무슨 상관이냐고, 진짜."

표면적으론 언니가 둘도 없는 효녀였지만, 죄다 은우의 돈이었으니 그건 은우가 하는 효도나 마찬가지였다. 부전여전 아니랄까 봐, 아버지나 딸이나 은우의 등골을 빼먹고 있는 꼴에 환멸이 났다. 나도 은우에게 생활비와 딸 양육비를 받고 있다는 사실이 역겹게 느껴지기도 했다.

언니가 아버지에게 하던 지원과 연락을 모두 끊을 수밖에 없었던 건 은우와 이혼을 하면서부터다. 저 쓰기 바쁜, 사치스러운 사람이었으니 당연한 수순이었다. 나는 아버지가 미워 생전 연락도 안 하고 지냈다. 아버지를 떠올리는 것만으로도 몸서리치게 싫었기 때문에 나를 천애고아라고 생각하고 살았다.

"여보세요."

"어. 정란이냐?"

그런데 어떻게 알았는지 아버지에게서 연락이 다 왔다. 아버지와 연락을 끊은 지 상당히 오래된 상태였고, 그래서 아버지가 우리 집 전화번호를 알고 있다는 것이 생소하게 느껴졌다. 아마 아버지에게 이것저것 해 주던 언니가 알려 준 것이었으리라. 아버지 대접을 하고 싶지 않아 남의 집 아저씨 대하듯 무감각하게 대꾸하고 끊어 버리고 싶었다.

"왜 전화하셨어요? 제 전화번호는 어떻게 아시고."
"희란이가 연락이 안 되네. 무슨 일 있는지 알아?"

아버지는 뱅뱅 돌리는 말 없이 언니의 행방부터 물었다. 목소리 듣는 것만으로도 화가 나는 사람이었지만, 그래도 내가 필요한 일이 생겼을까 싶어 조금은 떨리기도 했는데. 그냥 돈줄이 끊겨서 전화를 하신 거였다.

말이 안 통하는 사람이라는 건 알고 있었다. 말이 통했더라면 아버지를 미워할 일도 없었을 거다. 그런 와중에도 딸 된 도리는 해야겠어서, 통장에 다달이 돈을 부쳐 드렸다. 내가 어릴 적부터 아버지는 생활 능력이 좋지 않았고, 그간 언니가 은우의 돈으로 아버지의 허영심을 부풀려 놨을 테니 별다른 요행 없이 돈이 마련되었으면 하는 마음이 있었을 거다. 그러니 양심도 없이 남은 딸자식한테 전화를 건 거지.

딸이 한 살씩 먹어갈 때마다 아버지가 인간도 못 된다는 걸 느꼈다. 많이 컸다는 생각만으로도 왈칵 눈물이 쏟아지고, 내가 조금 박하게 살더라도 딸한테는 좋은 것만 해 주고 싶던데. 아버지는 살면서 한 번이라도 그런 마음을 가져 본 적이 있었을까.

"우리 정연이, 생일 선물로 갖고 싶은 거 있어?"

"음… 엄마랑 같이 돈가스 먹으러 가는 거."

"그거 말고. 선물 있잖아, 선물."

"정연이한테는 그게 제일 좋은 선물이야."

장난감 대신 엄마와 함께하는 시간을 선물해 달라고, 그게 제일 좋다고 말하는 딸아이였다. 나는 딸의 또래들이 어떤 장난감을 좋아하는지를 미리 찾아본 후에 생일날 몇 박스를 사다가 딸의 품에 안겨 줬었다. 그래 놓고도 딸의 취향에 맞지 않을까 봐 몇 날 며칠을 잘 갖고 노는지 지켜봤었다. 그게 바로 부모의 마음이었다. 그런데 아버지는 그냥 타고나길 돌연변이였던 건가. 나는 아버지에게서 뭔가를 받아 본 기억이 없었다. 으레 TV 드라마에서 단골로 등장하던 "아버지가 나한테 해 준 게 뭐야?"와 같은 대사를 한 백 번 해도 모자람이 없을 정도였다. 기본적인 생활권은 물론 인권조차 보장받지 못했다. 아버지가 한 일이라곤 새엄마들에게 아주 다채로운 학대를 받게 한 것이 전부였다. 그걸 생각하면 울컥 화가 치밀었다. 콱 죽어 버렸으면 싶다가도, 악독한 마음을 갖는 내가 싫어 숨이 막혔다.

"아빠가 십 원짜리 한 장이라도 주길 했어, 뭘 했어. 사고나 안 치면 다행이었지. 사귀던 아줌마랑 헤어지거나 자기가 처리 못 하는 일 생길 때만 나나 언니한테 연락해서 해 달라고 그랬잖아. 내가 왜 아버지가 싼 똥을 치우고 다녀야 하는데? 진짜 너무 밉고 싫어. 학원을 보내 달란 것도 아니었잖아. 그냥 다른 집처럼, 걱정 없이 학생답게 학교 다니고… 그렇게 살고 싶었던 건데. 등록금도 내가 벌어서 낸 거야. 그 어린 나이에, 일을 하면 뭐 얼마나 할 수 있다고."

마음을 터놓을 수 있는 몇 안 되는 친구들을 붙잡고 아버지를 욕한 적도 많았다. 그게 아니면 억하심정을 풀 재간이 없었다. 마음껏 미워하고, 때로는 저주도 하고, 그러다가 나를 이 모양 이 꼴로 만든 아버지를 원망하고 내 처지를 비관하며 수없이 많이 울었다. 친구들의 말도 나를 위로해 주지 못했다. 친구들도 나와 같은 아픔을 겪었으면 하는 마음은 아니었다. 나의 아픔을 겪은 적이 없는 친구들은 내 일에 마음 깊이 공감할 수 없었고, 그러다 보니 밑바닥에 깔린 생각까지 탈탈 털어 내도 시원한 마음이 들지는 않았다. 결국엔 내 아버지고, 내가 끝까지 짊어지고 가야 할 내 부모라는 건 변하지 않았다는 것이다.

남편

부부는 전생의 원수였다는 말이 있다. 나는 그 말에 전적으로 공감한다. 공감한다는 사실 자체만으로 처참한 감정을 느껴야 했지만, 오죽 속을 썩였어야지. 남자 보는 눈이 없었던 건지, 아님 원래 인복이 지지리도 없었던 건지. 남편과 함께하면서 행복했던 기억이 찰나라도 있었나 생각해 보면, 떠오르는 것이 단 한 순간도 없었다. 그러기도 쉽지 않은데.

언니가 일하는 가게에서 함께 일하면서 원철을 만났다. 친구 하나를 데리고 가게에 술을 마시러 왔었다. 나는 원철의 파트너로, 언니는 원철 친구의 파트너로 앉았다.

"오빠들, 우리 가게 온 적 있어요?"
"아니. 처음인데."
"처음이야? 이런 데가 처음인 건 아니겠지? 왠지 여기저기 자주 드나들어 봤을 것 같은데."
"아니야. 여기가 처음이야."
"에이, 거짓말. 우리 눈엔 다 보여요. 그치?"
"우리 언니 촉 좋아요. 거짓말해도 다 보여요."

우리 자매에게는 돈 버는 자리였으니 술자리가 화기애애해지는 건 당연했다. 원철은 곱상한 미소년 이미지였다. 수줍음을 타는 것 같으면서도 할 말은 하는 모습이 기억에 남았다. 원철과 그의 친구는 우리 자매와 두 살 차이가 났다. 또래들의 술자리는 자연히 손님보다는 친구와 술을 마시는 분위기로 흘러갔다.

"잘 가! 이건 우리 집 전화번호."
"놀러 가도 돼?"

"당연하죠. 그러라고 주는 거예요."

　가게에서의 만남을 거듭할수록 밖에서 따로 만나고 싶다는 생각이 들었다. 친구니까. 등록금이 없어 학교생활에 전념하기 힘들었으니 친구도 그리 많지 않았고, 그래서 더더욱 친구를 만들고 싶다는 생각이 컸다. 원철과 전화도 자주 하고, 나중에 집으로 놀러 오면 간단하게 요리를 해서 같이 나눠 먹으며 시간을 보냈다. 나도 언니와 함께 원철의 집에 자주 놀러 갔다.

　"누구세요?"
　"저 원철 오빠랑 친한 동생인데. 원철 오빠 안에 있어요?"
　"원철이 지금 일 나갔어요. 저녁은 돼야 들어와요."

　원철은 상가에서 전자제품 파는 일을 했다. 원철이 밖에 나가 돈을 벌고, 원철의 형은 대학생 신분으로 공부를 했다. 원철이 번 돈으로 학비와 생활비를 모두 충당하는 중이었다.

　"형님이 있었구나."
　"응. 엄밀히 따지자면 내 친형은 아니지만."
　"친형이 아닌 거면……."
　"어머니가 달라."

　배가 다르다는 이유로 서먹하거나 아예 척을 질 수도 있는 사이였다. 팔은 안으로 굽는다고, 다른 여자와 배가 맞아 낳은 아들을 신경 쓰지 않는 어머니를 보면서 자랐다면 자연히 없는 존재처럼 여길 수도 있었을 거다. 하지만 원철은 소외당하는 형을 가만히 두지 않았다. 여느 형제들이 그렇듯 끌어 주었고, 서로 의지하며 커 가야겠다고 생각했단다. 여의치 않은 가

정환경 속에서도 형제들끼리 끈끈한 정을 이어오는 것이 언니와 나를 보는 것 같아 마음이 아렸다. 형부가 나를 사랑한다는 사실을 알기 전까지는 언니도 나에게 언니 노릇을 제대로 했었으니까.

남 일 같지 않아, 집으로 되돌아와 이불을 덮고 누워서도 자꾸만 생각이 났다. 형제끼리 안간힘을 다해 오늘을 살아 내는 모습에서 무턱대고 정을 느꼈다. 나와 비슷한 상처가 있을 거라는 생각이 들었고, 그것들을 하나하나 보듬어 주고 싶었다.

"공부 안 하고 일하는 거에 대해서 후회한 적 있어?"
"가끔 하지. 나도 욕심이 있었으니까."

굳이 사귀자는 말 없이도 원철과 나는 자연스레 연애라는 걸 했다. 워낙 어릴 적이라 설익은 감정이었다. 사랑보다는 사랑놀음 내지는 소꿉장난 같은 개념이었던 것 같다. 많은 남자를 상대하는 일을 하면서 손님의 의중이나 감정을 파악하는 데 도가 터 있었기 때문에 원철이 나를 좋아한다는 것 정도는 가늠이 되었다. 싫지 않아 굳이 밀어내지는 않았던 거다.

원철의 형은 물론 원철도 타고난 공부 머리가 있어 공부를 잘했다. 잘하는 만큼 공부로 성공할 자신도 있었다고 했다. 학창 시절에는 수학 천재소리를 들으며 전교권을 차지했을 정도였으니, 공부 대신 생활전선에 뛰어든 것이 후회되지 않는다면 거짓말이었을 거다. 자신 있는 학업을 포기하고 형을 뒷바라지해야겠다는 결심을 하기 전에 제 꿈을 포기하는 것이 얼마나 가슴에 사무쳤을까. 내 위로 조금은 더 행복한 인생을 살 수 있었으면 좋겠다는 생각이 들었고, 언제고 옆에 있어 줘야겠다는 약간의 의무감이 들 때도 있었다.

원철의 집은 우리 모두의 아지트였다. 전자제품 가게가 모여 있는 상가에서는 비디오 기계를 빌리는 것이 쉬웠다. 원철이 퇴근길에 빌려 온 비디오 기계로 날 잡고 온종일 다양한 장르의 영화를 보는 것이 낙이었다. 밖에서 새어 들어오는 빛을 커튼으로 막고, 아침부터 자정이 꼬박 넘어가도록 계속되는 취미였다. 그곳이 여느 극장 못지않은 훌륭한 영화관이자 추억의 장소가 되어 주었다.

"오빠가 비디오 기계 빌려 놨대. 이따 같이 가자."
"너 혼자 가."
"왜? 약속 있어?"
"너도 알잖아, 그 사람. 갑자기 보자 그래서 나갔다 들어오려고."

언젠가부터 언니는 원철의 집에 놀러 가지 않았다. 언니가 말하는 그 사람은 남자친구였다. 남자친구고, 사랑하는 사이라고 하기엔 민망한 사이였다. 언니의 남자친구는 엄연히 가정이 있는 사람이었으니까.

언니는 유부남 애인을 만나면서도 계속 가게로 나갔다. 매 시간마다 많은 남자 손님을 받아야 하는 일인데, 언니의 애인도 언니가 가게에 계속 나가는 것에 대해 별다른 얘기를 하지는 않는 눈치였다. 따지고 보면 언니의 애인도 가정이 있는 사람이었으니 떳떳하지 못한 입장이긴 했다. 아니면 일을 계속할 수 있도록 언니가 설득을 잘했다거나.

"우리 지금까지 얼마나 모았어?"
"은행 가서 확인해 보니까 500 좀 넘더라."
"진짜? 벌써 부자 된 기분이네. 죽어라 일한 보람이 있다."
"그래도 가게 하나 내려면 멀었어. 더 벌어야 돼."

술집에서 일을 하면서 언니와 공동의 목표를 세웠다. 빨리 돈을 모아서 우리 둘의 이름으로 가게를 내는 것. 그땐 남이 차린 가게의 직원 개념이었고, 아무리 많은 돈을 받는다고 해도 액수가 일정한 상한선 이상을 넘지 않았기 때문에 가게를 내는 것이 더욱 간절했다. 돈을 많이 버는 것. 없이 살아온 세월이 길었던 나에게 유일하고도 간절한, 단 하나의 목표였다. 어차피 원철과 내가 만난 곳도 술집이었기 때문에 내가 언니와 함께 가게를 차리는 것에 대해서 이견은 없었다. 미래를 약속한 사이도 아니었을뿐더러 연애 감정이라고 해 봤자 어린 애들이 엄마 아빠 역할놀이 하는 것과 다를 바 없는, 그냥 오빠 동생 사이였다. 서로 왕래가 없으면 끊기는 사이. 너는 너, 나는 나. 원철과의 관계는 그때까지만 해도 딱 그 정도였다.

"뭐야. 술집에서 일하는데 술이 이렇게 빨리 올라와? 이래 가지고 오래 일하겠어?"

"아, 제가 잠을 도통 못 자서요. 원래는 이렇게까지 못 마시지는 않는데……."

"정신 좀 차려 봐. 우리 여기 온 지 한 시간도 안 됐다고."

처음 가게에서 일을 시작했을 때는 원래 하던 일을 그만두지 못한 상태였다. 상고에 다녔던 나는 셈에 능했고, 서울 소재의 고등학교 행정실에서 일을 하고 있다가 언니의 제안에 밤에도 가게에 나가 일을 시작한 것이다. 요즘에야 세상이 많이 좋아져서 모든 직원의 월급을 은행이 알아서 쏴 준다지만, 그때까지만 해도 지폐를 하나하나 세서 월급봉투에 담아 주는 시스템이었다. 액수에 차이가 나는 건 아닐까 하는 마음에 많은 교직원들의 월급봉투에 담긴 돈을 재차 확인하다 보면 새벽까지 남아 일을 하는 건 당연한 수순이었다.

날이 저물어도 도통 꺼지지 않는 행정실의 불을 보던 이사장님이 퇴근길에 행정실로 들어온 적이 있었다. 나는 잠을 자지 못해 몽롱해진 눈으로 간신히 고개를 꾸벅 숙였다. 병든 닭 같은 내 모습이 이사장님이 보기에 안쓰러웠던 모양이다.

"퇴근 안 해?"
"아직 처리할 일이 많아서요."
"매일 야근하는 것 같던데. 괜찮겠어?"

이사장님의 걱정에는 진심이 가득 담겨 있었다. 괜찮을 리 없었다. 들이는 노동과 시간에 비해 월급이 터무니없이 적었다. 어느 세월에 월급을 올리고 돈을 모을지 막막하기만 했다.

"그러지 말고, 내 비서로 일하는 건 어때? 그럼 월급도 더 받을 수 있을 텐데. 푸시는 내가 한번 해 볼게."

이사장님은 내 인생에서 유일하게 빛 같은 존재였다. 조금의 그늘도 없이 찬란하기만 한. 형부도 나에게 오랜 세월 헌신했지만, 이사장님처럼 아무런 대가도 바라지 않고 주기만 하는 사람은 처음이었다. 뱉은 말은 꼭 지키는 사람이었던 이사장님은 며칠 후에 정말 나에게 비서 자리를 내어 주었다. 행정실에서보다 일도 많지 않았고, 시간도 많이 남았으며, 퇴근 시간도 빨랐다.

"네가 희란이 동생이야? 이야, 똑같이 생겼네."
"쌍둥이라서 그래요."
"그치? 아는데도 신기해서. 손님들도 쌍둥이라고 하면 아무래도 흥미 있어 할 거고, 초이스되는 경우도 많을 거야. 잘해 보자고."

"잘 부탁드립니다. 앞으로 열심히 할게요."

이사장님의 비서가 되면서부터 투잡을 뛰었다. 낮에는 학교 이사장실에서, 밤에는 술집에서 하루가 멀다고 일만 했다. 술집을 다니면서부터는 학교 월급과는 비교도 할 수 없을 정도로 높은 액수가 통장에 찍혔다. 언니와 나는 일란성 쌍둥이였지만 각기 다른 매력을 갖고 있었다. 언니는 인상이 날카로웠고, 나는 상대적으로 언니보다 유했다. 손님들이 그 부분을 흥미롭게 봤던 것 같다. 아담하고 귀엽다는 둥, 예쁘다는 둥, 손님들에게 칭찬을 들으면 자존감이 일시적으로 높아졌다. 그래 봤자 술에 절어 한껏 고취된 기분으로 하는 말이었지만.

솔직히 체면을 생각하면 학교 교직원으로 남는 것이 훨씬 나았다. 불법인 데다 웃음을 파는 술집 종업원이 사람들의 시선에 좋게 비칠 리가 없다는 건 그 당시에도 알고 있었다. 사회적 지위보다 돈을 좇기로 결심한 나는 학교를 관두기로 결심했다. 퇴근하기 30분 전에 사직서를 썼고, 이사장님에게 인사를 하러 간 김에 전해 드렸다. 퇴근하자마자 바로 가게에 출근을 해야 했기 때문에 마음이 바빴다.

"이사장님, 이만 들어가 보겠습니다. 아…… 그리고 이거."
"이게 뭐야?"
"아무래도 이게 맞는 것 같아서요."
"사직서? 내가 지금 잘못 보고 있는 거지?"

이사장님은 잠시 제 눈을 의심했다. 이사장님의 행동이 너무나도 이해가 되었다. 편하게 일할 수 있도록 파격적인 인사 조치까지도 감행했는데 일을 그만둔다고 하니 어리둥절할 수밖에.

"갑자기 왜? 혹시 일하면서 불편한 점이라도 있었어? 내가 뭐 불편하게 했나?"

"그런 건 아니에요."

"그럼 뭐야? 혹시 집에 무슨 일이라도 생긴 거야……?"

다는 아니지만, 이사장님은 내 박복한 집안 사정을 어느 정도 알고 있었다. 그래서 힘닿는 선에서는 어떻게든 도움을 주려고 애썼다. 하지만 다달이 월급을 받아 가면서 한가하게 경력이나 쌓고 있을 시간이 나에게는 없었다. 언니와 함께 가게를 세우려면 밤에 나가는 가게 일에 집중하는 것이 최선이었다. 학교에서 받는 월급보다 가게에서 받는 돈이 열 배는 더 되었다. 결코 무시할 수 없는 액수였고, 이사장님이 아무리 내 편의를 봐준다고 해도 충당할 수 없는 액수였다. 이사장님에게는 죄송했지만, 학교를 관두는 것만이 최선이었다. 밤낮없이 일을 했다간 모아 놓은 돈을 쓰지도 못하고 젊은 나이에 요절할 것 같았다.

"내가 어떻게 힘을 써 주려고 해도 김 비서가 원하는 만큼을 충당시켜 주지 못하는 것 같아서, 마냥 잡기도 미안하고… 마지막으로 이거라도 해주고 싶어서. 받아."

"이게 뭐예요 이사장님……?"

결국 나를 사직 처리하는 것으로 결정한 이사장님은 내가 딸 같다는 이유로 선물을 주시겠다고 했다. 곧 내 손에 쥐어진 건 열쇠였다.

"언니랑 둘이서 남의 집에 얹혀산다고 그랬지? 얼마나 각별한 사이인지는 모르겠지만, 피도 안 섞인 남의 집에서 계속 신세 지고 살면 그 집에서도 결국 아쉬운 소리가 나오게 되어 있어. 여기서 언니랑 둘이 같이 두 다리 쭉 뻗고 편하게 살아. 눈치 보지 말고."

"집이라고요? 이렇게까지 안 해 주셔도 괜찮아요, 이사장님. 사실 너무 과분한 것 같아요. 저 이 학교에 일 다니는 동안 이사장님한테 매번 신세만 졌는데… 또 이렇게 받기만 하면 너무 죄송하잖아요."

"일 야물딱지게 안 했으면 이런 것도 안 해 주고 그냥 보냈겠지. 그냥 내가 해 주고 싶어서 그래. 돈 벌어 놨다 뭐 하겠어. 다 쓰지도 못할 거 내 마음대로 내가 아끼는 사람들한테 베풀고 사는 거지."

"그래도 이건……."

"부담 갖지 말고 받아 줘. 내 성의라 생각하고."

언니를 데리고 살라며 이사장님이 내어준 집은 방 두 칸짜리의 소담하고 아늑한 곳이었다. 집을 처음 돌아보면서 이사장님이 언젠가 했던 말씀이 생각났다. '내 집안 사정을 듣기 전에도 이사님은 거처가 여의치 않으면 당신의 집으로 들어와 살라고 했다. 놀고 있는 방도 많고, 가사도우미 아주머니도 있으니 편할 거라고. 그걸 깨달으니 이사장님에게 한없이 죄송한 마음도 들었고, 학교를 그만두지 말아야 하나 하는 마음이 뒤늦게 다시 들기도 했다. 내가 처음 구두로 그만둔다고 했던 날, 아쉽다며 집까지 찾아와 나를 설득까지 했었으니까.

"월급이 소소한 거라면 될 수 있는 대로 올려 줄게. 내가 할 수 있는 선에서 최대치로. 그러니까 그만두는 거 다시 한번만 잘 생각해 봐."

그렇다고 이사장님에게 술집에서 받는 만큼의 액수를 말할 수는 없었다. 이사장님은 내가 돈을 벌기 위해 술집에 매일 출근 도장을 찍고 있다는 사실을 몰랐다. 사실을 밝혀서 이사장님을 실망시키고 싶지 않았으니 그만두는 이유로 둘러댈 수 있을 만한 것이 월급뿐이었다. 죄송스러운 마음에 반년을 더 다녔다. 그 반년 동안은 무슨 정신으로 살았는지 모를 정도로 잠을 자지 못했다. 내 일상에 취해 있었다고 보는 게 맞겠다.

내가 그만두는 것이 못내 안타까웠던 이사장님은 나를 전임강사로 직급을 올려 주었다. 사립이었으니 이사장님의 입맛에 맞게 인사이동을 하는 것이 수월했다. 직책에 맞는 여러 개의 수당이 때맞춰 지급되었다. 하지만 티끌 모아 티끌이라고, 술집에서 받는 돈에 비하면 턱없이 적은 돈이었다.

그때 내가 학교 대신 술집을 그만뒀더라면 지금보다는 여생이 편해졌을까. 어려서 사리 분별에 능하지 않았던 나는 결국 돈을 택했다. 언니와의 약속을 저버릴 수 없었다. 언니와 함께 차곡차곡 모으던 돈이 어느덧 800만 원에 육박하던 시점이었다.

"학교는 아예 그만둔 거야?"
"응. 학교에 가게 일에… 정신 진짜 없었잖아. 이러다 죽겠다 싶어서 학교에 사직서 냈지. 언니랑 한 약속 꼭 지키고 싶으니까 가게 일에 더 집중해 보려고."
"그래…? 그렇구나."

달가워할 줄 알았다. 투잡을 뛰느라 피곤한 나머지 술집에서 한 번씩 넋을 놓고 있을 때가 더러 있었다. 학교를 그만두고 가게 일에만 전념한다면 함께 일하는 언니도 편해질 텐데, 왜 이렇게까지 반응이 뜨뜻미지근한지 알 수 없었다. 그리고 얼마 지나지 않아 언니의 반응이 왜 그랬는지 알아차릴 수 있었다.

"고객님께서 주신 30만 원 통장에 넣어 드렸습니다. 영수증 확인해 주세요."

언제나 그랬듯 덜 먹고 덜 쓰면서 모은 돈을 은행에 부치러 갔던 날이었다. 돈을 부치고, 돈이 얼마나 모였는지를 눈으로 확인하는 일이 가장 보람찼다. 그날도 영수증에 찍힌 총액을 보고 돈 버는 보람을 느낄 참이었다. 그런데, 통장에 찍힌 돈은 놀라우리만치 소박했다.

"총액이 왜 이래요? 제가 넣은 돈이 전부잖아요?"
"네, 맞습니다."
"그럴 리가 없어요. 800이 넘어가야 하는데 그 돈 다 어디 갔냐구요."
"최근 통장 내역 뽑아 드릴까요?"
"네. 아니, 그전 것도요. 6개월 치 뽑아 주세요."

머릿속이 하얘졌다. 나와 언니가 힘들여 번 피 같은 돈을 누가 가져갔을까. 여차하면 신고할 마음으로 은행원이 입출금 내역을 뽑아 주기를 기다렸다. 잠시 후 은행원에게서 입출금 내역서를 받았다. 입금 내역만 줄지어 있는 그 내역서에서 거금이 인출되어 있었다. 800만 원. 통장에 있던 잔액 전부였다. 하얘졌던 머릿속이 노래졌다. 머리가 팽글 돌고 다리에 힘이 풀렸다. 맛이 갔다고 표현하는 게 제일 적절할 것이다.

뭘 하고 싶은 의욕도 없었고, 갈 곳이라곤 가게가 전부였다. 일을 나가겠다고 했으니 내가 맛이 가 있든 어쩌든 출근은 해야 했다. 출근 준비를 하려고 돌아간 집에는 루즈를 바르는 데 열중하고 있는 언니가 있었다.

"언니. 혹시 통장에 돈 다 인출했어? 혹시 가게 계약한 거야?"

"아. 그거 내 남자친구한테 줬어."

"뭐?"

내가 잘못 들었나 했다. 왜 일면식조차 없는 언니의 남자친구에게 내 노동의 대가를 홀라당 갖다 바쳐야 했던 걸까. 정신이 나가선 멍하니 언니만 쳐다보고 있다가 "왜?"라는 물음이 입 밖으로 겨우 새어 나왔다.

"빌려달래서."

절망한 내 표정을 보고도 언니의 대답은 심플했다. 머리칼을 다 뜯어 버리고 싶었다. 하지만 그럴 힘도 없어 그 자리에 맥없이 주저앉았다. 왜 그랬냐고 묻기도 전에 언니가 명분을 덕지덕지 갖다 붙였다. 하지만 언제까지나 추측일 뿐이었다.

"가게 연다고 하던데, 지금 부족해서 잠깐 갖다 썼을걸? 수입 생기는 대로 준댔어. 아니다. 차 사는 데 보탰나? 차 산다고 그랬던 것 같은데."

모든 의욕을 잃어버렸다. 일을 하는 목적이 한순간에 증발해 버렸다. 언니가 미웠고 한동안 보고 싶지도 않았다. 그 남자에 대해서 알면 얼마나 안다고. 갚을 능력이 되는지 안 되는지 확인해 보지도 않았으면서. 그 돈이 어떤 돈인데 그걸 아무런 대가도 없이 주냔 말이다.

위로가 필요했다. 그런데 옆에 있어 줄 사람이 마땅치 않았다. 그래서 찾아간 집이 남편네였다. 함께 지냈던 시간이 많은 만큼 나를 마음 깊이 이해해 줄 거라 믿었다. 남편이 상가에 일을 나가면 남편의 형과 그의 여자친구와 셋이서 함께 놀았다. 그리고 남편이 퇴근하면 넷이서 비디오를 보면서 시간을 보냈다. 그렇게 일주일 동안은 모든 것을 잊고 싶어 노는 것에 열중했다.

"정란아. 안정란."

내가 일주일은 안 보여야 찾으러 오는구나. 내가 있는 곳을 찾아온 언니의 목소리를 들으면서 그런 반감부터 들었다. 언니도 면목이 없어서 나를 찾을 엄두를 못 내고 있던 것일지도 모르겠다. 하지만 워낙 액수가 컸을뿐더러 나와 조금의 상의도 없이 벌인 일이니 사소한 행동거지 하나하나가 다 밉살스럽게 보일 수밖에 없었다.

언제고 원철의 집에서 지낼 수만은 없는 노릇이라 일단 집으로 따라 들어갔다. 언니의 남자친구에게는 결국 돈을 돌려받지 못했다. 언니는 꼭 돈을 돌려받겠다고 했지만 역시 말뿐이었다. 기대는 안 했지만, 실망은 컸다. 그 큰 금액이 통째로 사라졌다는 사실을 확인 사살당한 느낌. 그 이후로는 가물에 콩 나듯 출근하던 가게에도 발길을 끊었다. 친아버지보다도 더 나를 딸처럼 대해주던 이사장님의 말을 들을 걸 그랬다는 생각이 그제야 들었다. 지금까지 저지른 실수 중 가장 후회되는 것을 고르라고 하면 학교를 그만두고 술집을 택한 것이 다섯 손가락 안에 꼽히는 바보짓일 거다.

"저녁 만드는 거야?"
"응. 오늘 원철이 오빠랑 오빠 여자친구도 오는 거 아니야? 양 많아서 준비 시간도 오래 걸릴 것 같고, 그래서 그냥 일찍 준비하는 거야."

가게에 나가지 않는 대신 집에서 살림만 했다. 그때부터는 원철이 우리 집에 자주 놀러 왔다. 원철의 형과 그의 여자친구도 우리 집을 아지트 삼아 자주 왔다. 원철에게는 형 말고도 남동생과 여동생이 하나씩 있었는데, 그 아이들도 우리 집에 놀러 오곤 했다. 공부 머리가 좋은 건 유전인 건지 원철의 두 동생들도 명문대에 다녔다. 남매들 중 원철만이 고졸이었다.

사람들을 데리고 와서 떠들썩하게 놀든 어쩌든 언니는 나한테 군소리를 하지 않았다. 안 했다기보다는 못 했다는 표현이 적절할 것이다. 무슨 짓을 하고 놀든 간에 언니는 잠자코 출근 준비를 마친 다음 가게에 나갔고, 여느 때처럼 일을 마친 후 술담배 냄새를 폴폴 풍기며 들어와선 쓰러져 잠을 잤다. 그러거나 말거나, 언니가 뭘 하든지 간에 그냥 그렇게 내버려두는 것이 피차 마음은 편했다. 언니와 나 사이의 대화는 절간 못지않게 조용하거나 간결했다. 꼭 필요한 말 아니면 굳이 하지는 않았다.

"있잖아, 정란아. 가게에 되게 이상한 손님이 왔어."

굳이 하지 않아도 될 얘기를 먼저 꺼낸 건 언니였다. 이상하다고 하니 어디가 얼마나 이상한지 궁금하긴 했다. 달갑지 않은 마음을 걷어내고 언니와 대화를 이어 나가기로 했다.

"어떻길래 그래?"
"되게 웃겨. 이런 데 생전에 안 올 것처럼, 쪼끄맣고 샌님같이 생겨 가지고는 한 번 오더니 나만 찾는대. 그것도 혼자 와서. 진짜 웃기지 않아?"

내가 직접 경험한 사람은 아니었으니 이상한지도 웃긴지도 잘 모르겠어서 그냥 그렇구나 하고 말았다. 심드렁한 내 앞에서 언니는 그 손님과의 일화를 이것저것 얘기했지만, 역시 나의 관심을 끌기엔 역부족이었다. 선물을 주는지, 돈을 주는지, 그걸 직원들과 어떻게 나누는지 알 바 아니라고 생각하며 흘려들었다.

언니는 그 이후로도 줄곧 그 손님에 대해서 얘기를 늘어놓았다. 늘 운을 띄우는 건 '이상하다'는 감상이었지만, 그때의 내가 보기에 언니는 그 손님에게 관심이든 뭐든 긍정적인 쪽의 감정이 있는 것 같았다. 그래서 언니가 그 사람을 집으로 데려오겠다고 했을 때도 그냥 '그렇구나. 그래라.' 하고 말았다.

그 남자가 집으로 온다고 했던 날이었다. 관심이 없다고는 했지만, 그래도 이성이 온다고 하니 은근히 신경이 쓰이는 건 사실이었다. 집에서 입고 있어도 과하지 않으면서 예쁜 옷을 찾아 입는다고 옷장을 뒤적거렸었다.

"어, 왔나 보다. 같이 나가 볼래? 얼마나 웃긴지 한번 봐 봐."

초인종 소리를 듣고 언니가 퍼뜩 몸을 일으켰다. 하도 언니에게서 얘기를 많이 들은 사람이었으니 나도 궁금해지긴 했다. 어떻게 생겼고, 뭘 하는 사람인지 알고 싶어졌다.

"아… 안, 안녕하세요. 저, 저, 저는…….."

언니의 말대로 첫인상이 웃기긴 했다. 황당한 한편으로 당황스럽기도 했다. 키도 작고 체구도 작아서는, 얼굴도 뽀얀 게 정말 고생 한 번 해본 적 없는 도련님 같았다. 손에 들린 커다란 과일 바구니까지, 우리 집과는 전혀 어울리지 않는 모습이었다.

"아니, 무슨… 어르신 집에 인사드리러 와요? 아님 결혼 승낙?"

놀리고 싶은 마음이 들었다. 과장 조금 더 보태서 제 몸집만 한 과일 바구니를 들고 와선, 얼굴을 발갛게 물들이고 선 모습이 귀여워서였다. 이런 집도, 남의 집에 방문하는 것도 다 처음인 것 같았다. 세상 물정 모르는 이 도련님이 바로 은우였다. 남편인 원철보다 두 살이 더 많았다.

"오빠는 이름이 뭐예요?"
"저… 백은우입니다."
"직업이 뭐예요? 대학생?"
"아, 군대 다녀왔고요. 지금은 휴학 중에 있습니다."

은우는 경직되어 있지만 내가 묻는 말에 꼬박꼬박 착실하게도 대답했다. 밥을 먹고 나서 디저트를 나눠 먹을 때까지도 은우는 긴장을 좀처럼 풀지 못했다. 한번 괴롭히면 큰일 날 것처럼 펄쩍 뛰며 어쩔 줄 몰라 하는 게 웃겼다. 희한한 건, 그래 놓고 이틀 뒤에 또 우리 집에 과일 바구니를 들고 놀러 왔다. 일전에 가져다준 과일을 다 먹지도 못했는데.

"혼자 왔네요? 언니랑 같이 올 줄 알았는데."
"어… 이, 이제는 정란이랑도 아는 사이니까."

귀 끝을 발갛게 물들이면서도 꽤 친근하게 말을 붙이는 은우가 싫지 않았다. 은우를 위해서 밥을 해 주고, 같이 나눠 먹고, 디저트로 과일을 깎아 먹고. 그렇게 보내는 시간이 많아졌다. 은우를 집에 인사시킨 건 언니인데, 언니까지 셋이서 함께 노는 일은 드물었다. 언니는 은우가 우리 집에 드나들든 말든 신경 쓰지 않았다. 나와 은우가 단둘이 있는 시간이 많았다. 매일 아침에 와서 오후가 될 때까지 놀다가 집에 가곤 했다.

"오빠. 안 가? 이제 곧 해 지는데."

기온이 떨어지면서 해도 점차 짧아지는 11월이었다. 오후가 되면 집에 가던 은우는 해가 기우는데도 갈 생각을 않았다.

"아, 갈게."

뒷머리를 긁적이던 은우는 서둘러 일어나 가방과 옷가지를 챙겼다. 급하게 나가길래 빠트리는 건 없는지 함께 확인해 주고, 대문까지 배웅도 해줬다. 아무도 없는 집안이 진공 상태처럼 고요했다. 은우가 가고 난 자리를 청소하고, 노느라 미뤄뒀던 설거지를 뒤늦게 하고, 고요한 집을 TV 소리로 메꿨다.

거세진 바람에 창틀이 덜컹거렸다. 겨울이 성큼 찾아왔구나 싶어 현관을 열어 보았다. 쌀쌀하지만 개운한 바람이 코끝에 닿았다. 언니가 퇴근하는 새벽녘이 제법 쌀쌀하겠구나. 그런 생각을 하면서 도로 문을 닫으려던 참이었다. 야트막한 담벼락 너머로 무언가가 위아래로 움직이고 있는 것이 보였다. 자세히 보니 동그마한 뒤통수였다. 그 뒤통수의 주인공은 제자리에서 발을 동동 구르고 있는 것처럼 보였다. 설마.

"은우 오빠?"

내 목소리를 들은 뒤통수가 잽싸게 담벼락 아래로 쑥 들어갔다. 하지만 이내 내가 눈치챘다는 사실을 인정하고 다시 불쑥 일어났다. 내 예상대로 은우였다.

"뭐야. 이럴 거면 왜 나갔어. 추운데!"

"정란이 네가 가라고 하니까."

은우의 코끝이 발갛게 얼어 있었다. 우리 집을 나간 이후로 귀가하지 않고 담벼락 너머에 계속 서 있었던 모양이었다. 가고 싶지 않아 하던 사람을 억지로 내보낸 것 같아 미안해졌다. 다시 들어오라며 대문을 열어 주니까 은우가 순순히 안으로 들어왔다. 언 몸을 녹이라고 꿀물을 타 줬다. 머그잔에 손을 녹이는 은우가 귀여우면서도 안쓰럽게 느껴졌다.

저녁이라도 먹여서 보내야겠다는 마음으로 냉장고 안에 찬거리가 있는지를 확인해 보고 있는데, 초인종이 울렸다. 새벽녘에 퇴근을 하는 언니는 아닐 터였다. 요리를 해야 하는 나 대신 은우가 나가 보겠다고 했다. 왠지 누군지 알 것 같아 은우에게 앉으라고 하고 내가 대문을 열러 나갔다.

"문 여는 게 왜 이렇게 늦어?"

원철이었다. 내가 은우에게 앉아 있으라고 한 건 낯을 가리는 은우의 성격을 잘 알아서였다. 상대적으로 키가 큰 원철을 마주한다면 또 고장 난 태엽 인형처럼 삐걱거릴 게 뻔했다.

"이 사람은 누구? 초면인데."

"인사해. 은우 오빠야. 나랑 친한 오빠. 같이 저녁이나 먹고 가."

쭈뼛쭈뼛 자리에서 일어난 은우가 원철을 향해 정중하게 인사했다. 하지만 내가 처음 본 인상이랑은 조금의 차이가 있었다. 얼굴을 붉게 물들이지도, 안면 근육이 경직되지도 않은 채였다. 어딘가 모르게 좀 무뚝뚝해 보였던 것도 없잖아 있었던 것 같다.

"정란이는 어쩌다 알게 됐어요?"
"희란이랑 아는 사이였다가 집에 놀러 오게 됐어요."
"그 가게에서 알았겠네?"
"네. 그쪽도 가게 갔다가 알게 된 거예요?"

그날 저녁 식사에 묘한 긴장감이 돌았다. 마음 편히 식사를 할 수가 없겠다 싶을 정도였다. 둘의 눈치를 보느라 밥이 어느 구멍으로 들어가는지도 몰랐다. 그날 우리 집에서 하룻밤을 자고 나간 원철은 그날 이후로 아예 퇴근을 우리 집으로 했다. 은우란 사람이 우리 집에 매일같이 드나든다는 걸 안 이후로부터 쭉 그랬다. 그땐 둘 다 친한 오빠라고만 생각했으니 그게 신경전인지 뭔지 알 턱이 없었다. 복작복작한 집안 분위기가 싫지 않았을 뿐이다.

"갔다 올게. 집 잘 지키고."
"뭘 새삼스럽게. 은우 오빠도 있는데 무슨 걱정이야. 빨리 일 나가. 늦겠다."

원철은 출근하는 것이 영 내키지 않는 눈치였다. 누가 노는 것보다 일 나가는 걸 좋아하겠냐마는, 집을 나서기 전에 나한테 하는 당부의 말이 점차 길어졌다. 그것도 제가 집을 비운 사이 나와 은우의 사이에 무슨 일이 일어날까 봐 경계한 것이었으리라.

둘의 사랑싸움을 시대순으로 경쟁을 붙여 보자면, 그 당시에는 더 볼 것도 없이 은우의 승리였을 것이다. 원철은 결국 상가에 일을 하러 나가야 했고, 은우는 나와 온종일 시간을 보냈으니까. 오락실에서 같이 게임도 하고, 쇼핑을 하러 나가서 서로에게 잘 어울리는 옷을 골라 주기도 하고, 여하튼 할 수 있는 유희거리는 다 즐겼다. 언니는 돈 800을 죄다 갖다 바친 그 유부남과 살림을 차렸는지 집에 들어오지 않았다. 내 돈을 그렇게 홀라당 다 잃어버린 주제에 생활비조차 부쳐 주지 않았다.

"이게 다 뭐야?"
"너 생활비 하라고 주는 거야. 얼마 안 돼. 더 줘야 하는데."
"내가 이 돈을 받아도 되는 건가……."
"나랑 원철이 놀러 오면 밥도 같이 해 먹고 그러는데, 당연히 줘야지."

은우와 원철은 나에게 생활비 명목으로 돈을 쥐여 줬다. 없어도 괜찮다고, 내가 알아서 하겠다고 거절하고 싶었지만, 그러지 못하고 잠자코 받고 있는 게 자존심이 좀 상했다. 그 돈을 거절할 수 있을 정도로 여유가 없었고, 선택지도 없었기 때문이었다. 몇 달은 두 남자가 주는 생활비 덕분에 밥상도 나름 풍요로웠고, '오늘은 또 무슨 재간으로 돈 없이 하루를 보내나.' 하는 걱정을 덜 수 있어 다행이었다.

"원철 오빠. 상가 일은 잘 돼가?"
"잘 모르겠어. 단골손님들 계시긴 한데 좀 들쭉날쭉해. 자영업이 다 그렇지 뭐."

사실 원철보다는 은우가 더 마음에 갔다. 둘 다 나에게 생활비를 줬지만, 개중에서도 은우가 더 여유가 있어 보여서였다. 친한 오빠 동생 사이로 지내온 시간이 있어서인지 사실 둘 모두 남자로 느껴진 적은 없었다. 마음속에 은우의 자리가 생겨난 건 그럴 만한 사건이 있었다.

"첫눈에 보고 반했어. 대문 여는 순간 정란이 네가 보이는데, 너무 아름답다는 생각이 들더라고. 그리고, 지금도 많이 좋아해 정란아."

은우는 나와 처음 만나던 그날부터 나를 좋아하고 있었다고 했다. 첫눈에 반한다는 건 말이 쉽지 경우의 수는 적지 않다고 생각했다. 그래서 은우의 고백에 잠깐 반신반의했었다. 꽤 오랫동안 고뇌했다. 원철도 적잖이 나에게 잘해 줬기 때문이었다. 은우처럼 큰돈을 쓰는 건 아니었어도, 20대 초반의 나이에 맞게, 나에게 해 줄 수 있는 것을 해 줬다. 물론 은우에 비하면 오빠 동생 사이에서 챙겨 줄 수 있는 일반적인 수준이었다. 어릴 때부터 사랑이란 걸 제대로 받아 본 적은 물론 그럴 기회도 없었고, 그래서 정에 약했다. 나를 아껴 주는 두 남자 중 하나를 섣불리 고르기가 주저되었다.

"고백에 대한 답은 언제 들을 수 있는 거야?"
"마음이 혼란해. 이기적이라고 생각할지도 모르겠지만, 두 사람 중에 하나를 놓칠 수 있을까 하는 마음도 들어."
"기다릴게."
"오래 기다리게 하고 싶지는 않은데."

은우는 한눈에 보기에도 부티라는 게 났다. 피부도 샌님처럼 뽀얬고 입고 다니는 옷들도 하나같이 원단이 좋아 보였다. 명품에 대해 잘 모르는 나이였음에도 은우가 입은 옷들이 꽤 값나가는 브랜드라는 게 느껴졌다. 둘 중에 하나를 선택해야 한다면 역시 은우였다. 다분히 속물의 시각에서 결정한 거지만, 속물이 아니면 이 세상을 살아갈 수가 없다고 생각했다.

집 안에 나와 은우가 단둘이 있을 때였다. 다진 마늘을 왕창 넣은 순두부찌개가 먹고 싶다는 은우의 말에 머리를 맞대고 앉아 마늘을 함께 까고 있었다. 손을 벨까 봐 상대적으로 무딘 과도를 은우에게 쥐어 줬었는데, 곱게 큰 도련님은 마늘 한 알을 까는 데도 오랜 시간이 걸렸다. 한 면에 붙은 투명하고 얇은 껍질을 떼어내다가 몇 번이고 마늘을 손에서 놓쳤다. 그런데도 못 하겠다는 말은 하지 않았다. 그게 기특하게 느껴졌다.

"근데 은우 오빠. 앞으로는 집에 오지 마. 내가 부르기 전까지."
"왜 그래야 되는지 물어봐도 될까? 내가 무슨 실수 같은 거 했어…?"

은우의 표정이 오묘해졌다. 어깨가 바람이 빠진 듯 축 늘어지는 것도 보였다. 마늘을 다 까고 나면 저녁 준비도 같이하려고 했는데, 갑자기 집에 발길을 끊으라고 말하니 충분히 당황스러웠을 터였다.

"내가 원철 오빠를 정리할게. 우리 관계는, 내가 원철 오빠랑 헤어지고 나서 다시 만나서 얘기해 보자."
"원철이랑 헤어진다는 소리야…?"
"그래 보려고. 그러니까 정리 다 될 때까지는 집으로 오지 마."

은우는 끄덕였지만, 석연찮은 표정이었다. 혹시 모를 일을 대비해서 동행하고 싶은데 내가 혼자서 간다고 하니 걱정이 되었던 탓이다. 내 딴에는 원철을 단칼에 정리하겠다고 말하는 것이 은우를 안심시켜 주는 방법이라 생각했었다. 그리고 애당초 원철과는 깊은 사이가 아니었으니 대화로 해결하면 된다고도 생각했다.

원철의 집으로 갔다. 원철의 형은 학교 수업을 들으러 가고 없었다. 이제는 이 집에 다시 올 일이 없을 거라 생각했다. 헤어지고 나서도 친한 오빠 동생 사이로 지낼 수는 있겠지만, 그조차도 은우가 달갑지 않아 할 거라 생각했다. 내가 은우를 진심으로 사랑하게 되는 날이 온다면, 은우가 싫어하는 일을 굳이 하고 싶지는 않을 것 같았다. 그게 연인 간 예의이기도 했으니까.

"무슨 일이야, 연락도 없이?"
"할 말 있어서 왔어."

나를 본 원철은 평소처럼 웃는 얼굴로 나를 반겼다. 정에 약한 나는 그 모습을 보고 말하기를 잠깐 망설였다. 그래도 나를 기다릴 은우를 생각하며 간신히 운을 띄웠다. 더 늦기 전에 말해야 한다. 그게 두 남자 모두를 위하는 길이었다.

"오빠. 나 마음이… 은우 오빠한테로 가는 것 같아."
"무슨 말이야 그게?"
"그런 것 같은 게 아니라 확신이 섰어. 나 은우 오빠를 더 좋아해."
"그럼 이제까지 나랑 한 건 뭔데?"

원철의 눈빛에 배신감이 묻어났다. 글쎄. 피차 배신감을 가질 정도로 깊은 사이는 아니었는데. 친한 오빠 동생과 연인 사이 그 어드메쯤 아니었나.

"나랑 결혼도 하고, 우리 닮은 애도 낳고. 그러기로 한 거 아니었어? 지금 나만 병신 만드는 거야?"

원철의 목소리는 점차 높아져 갔다. 예상하지 못한 반응이었다. 결혼이니 출산이니 하는 무겁고 진중한 얘기들은 원철과 한 적이 없었다. 원철의 앞이라고 해서 다른 이성들과는 다르게 더 신경을 기울이지도 않았다. 원철도 그간 나에게 그런 말을 꺼내지 않았었다. 그런데 갑자기 이렇게 화를 내다니. 그의 감정선을 도저히 종잡을 수 없었다.

"그동안 너 만나면서 허비했던 시간은 어떻게 보상할 건데? 너 만나면서 내가 얼마나 헌신했는지 알아? 그걸 알면 네가 나한테 이렇게 못 하지."

"오빠야말로 무슨 말 하는 거야? 우리 그 정도 아니었잖아."

"아무튼 나는 절대로 못 헤어지니까 그렇게 알아. 절대 안 돼. 하늘이 두 쪽 나는 한이 있어도 안 돼!"

물리적으로 따져 봐도 그리 길지 않은 기간이었다. 그런데 뭘 근거로 원철이 나한테 나에게 소유권을 주장하다시피 하는지 알 수 없었다. 원철이 이렇게 우악스럽게 나올수록 내 마음은 은우에게로 더욱 기울어져 간다는 걸 원철은 알지 못했다. 그러니까 계속 나한테 그렇게 투박하고 거칠게 대했지. 아예 방방 뛰면서 성을 내는 원철을 두고 집으로 돌아갔다. 그거나 말거나. 저렇게 화내면 뭐 어쩔 건데. 나는 이미 당신이 아니라 다른 사람을 사랑한다고 말을 전했고, 그걸로 됐다고 생각했다. 사랑은 쌍방이 통해야 하는 거고, 나는 원철의 그런 태도에 질린 상태였으니까.

은우에게는 원철이 나에게 그런 패악을 부렸다는 사실을 전하지는 않았다. 은우에게 많이 의지하기도 했지만, 그만큼 은우를 보듬어 주고 싶은 마음도 그때는 있었다. 체구가 작고 숫기가 없는 성격이라 그랬던 것 같다. 서로가 서로를 챙겨 주는 것만큼 이상적인 관계가 있을까. 처음엔 언니가 데리고 온 남자였지만, 나는 은우와 꽤 좋은 관계가 될 수 있다고 생각했다.

"네, 여보세요?"

얼마 지나지 않아 모르는 사람에게서 전화 한 통이 왔다. 그 전화가 나를 은우에게로 더 기울게 만들었다.

"아가씨. 나 원철이 엄만데, 잠깐 집으로 와요. 얘기 좀 하자구."
"저는 더 이상 할 말이 없는데요."
"그냥 좀 오라니까? 어른이 오라는데 왜 토를 달지?"

원철의 어머니라고 밝힌 그 여자는 나이를 앞세워 내 기를 죽이려 들었다. 내 입장에서는 이미 끝난 사이였고, 남남처럼 살라고 해도 살 수 있는 사람이었다. 그러니 원철의 어머니가 나에게 어른 행세를 하면서 꾸지람을 뱉어도 굳이 그녀의 말에 따라 줄 필요는 없었다. 이참에 그냥 확실히 종지부를 찍는 것이 속 편하고 좋겠다는 생각이 들었다.

"알았어요. 지금 당장 가면 되죠? 주소 말씀해 주시면 찾아갈게요."

그래서 당장 간다고 했다. 원철에게 말했던 것처럼 내 생각을 간결하게 전하고, 어떤 반응이 나오든지 간에 신경 쓰지 않을 작정이었다. 원철의 본가는 아파트였지만, 외부도 내부도 다 허름했다. 부유한 은우와 비교가 되어서 더 그래 보였을 수도 있겠지만, 원철이 그다지 부유한 편이 아니라는 게 집만 보고도 느껴졌다.

"안녕하세요."
"아가씨가 안정란이야? 우리 원철이랑 만난다는?"
"얘기를 어떻게 들으셨는지는 모르겠는데, 지금은 그런 사이 아니에요."

현관문 앞에 서서 팔짱을 척 낀 원철의 어머니는 나를 머리끝에서 발끝까지 못마땅해 죽겠다는 얼굴로 훑었다. 굳이 직접 물어 확인하지 않고도 짐작이 됐다. '네깟 게 감히 내 아들을 넘봐?' 하는 메시지를 온몸으로 티 내고 있다는 게. 저건 필시 내가 술집 여자라는 걸 알고 있기 때문에 나오는 눈빛일 터였다. 나도 떳떳하지 못한 일이라는 걸 인지하며 살고 있었기 때문에 굳이 주눅이 들지는 않았다. 원철의 어머니는 예상대로 나에게 모진 말을 퍼붓기 시작했다.

"어디서 근본도 없는 년이 내 아들을 꼬드겨서 조신한 여자로 신분 세탁을 하려고 해? 우리 아들을 내가 얼마나 귀하게 키웠는지 알아? 네년이랑은 비교도 안 되게 능력도 좋고, 할 줄 아는 것도 많고, 머리도 좋다구. 근본 없는 애가 쉽게 넘볼 수 있는 그런 사람이 아니란 말이야, 내 아들이! 알기나 해?"

그 엄마에 그 아들이었다. 그래서 헤어져 주겠다는데 왜 이렇게 온몸이 부들부들 떨릴 정도로 소리를 지르는지 이해가 가지 않았다. 도리어 정신을 못 차리고 나처럼 수준 미달인 여자를 사랑하는 제 아들을 잡도리하는 것이 맞지 않나.

이 아줌마가 왜 나한테 이렇게까지 하는가. 안 봐도 비디오였다. 원철은 내가 저를 만나 주지 않는다는 이유로 어머니에게 온갖 생떼를 부렸을 거다. 식음을 전폐하고, 방 안에 누워서 나오지도 않고, 저만의 슬픔에 잠겨서 그렇게 어머니를 걱정시켰겠지. 하지만 그건 내가 원철을 그렇게 만든 것이 아니라 본인이 감정 컨트롤을 잘하지 못한 탓이었다. 나를 만나면서 미래까지 꿈꾸고 있었더라면 최소한 나한테 언질이라도 해 줄 수 있는 거 아닌가. 나에 대한 마음이 언제, 어디서부터 진중해지기 시작한 건지조차 종잡을 수 없는데.

"아, 아드님이 그렇게 훌륭하셔서 근본 없는 여자가 일하는 술집에 그렇게 자주 들락거렸나 봐요?"라고 비아냥대고 싶었다. 제 아들이 못난 걸 나에게 화풀이하고 있는 것으로밖엔 보이지 않았다. 비웃음이 나오려는 걸 간신히 참았다. 그런 것도 어른이라고, 그때까지만 해도 겉으로 내 감정을 드러내지는 않았다. 그게 내 눈앞에 있는 중년의 여자보다 더 성숙한 처사라는 생각도 들었다. 하지만 동시에 발끈하는 마음도 있었다. 그냥 흔하디흔한 20대 남녀의 이별에 왜 이렇게까지 감 놔라 배 놔라인지.

"그럼 지금 아주머니가 보시는 자리에서 담판 지을게요. 뭐든 확실한 게 좋잖아요. 아들 간수 잘 못하신 건 아주머니 책임 같긴 한데, 무슨 수습이라도 바라듯이 다 제 잘못이라고 하시니 별수 있나요."

"뭐야? 못 배워먹어서 말하는 것 좀 봐. 너희 부모가 그렇게 가르쳤니?"

"잘 아시네요. 부모님한테서 배운 게 없어요. 가르쳐 주려고 하시는 분이 없었거든요."

원철의 어머니가 나에게 소리를 지르든 말든, 원하는 대로 해주고 집에 가야겠다 싶었다. 내가 그렇게 미워 죽겠다는데 확실히 헤어져 드려야지. 나는 곧장 그 집 거실로 달려가 우리 집으로 전화를 걸었다. 내 집에 원철이 와 있을 거라고 확신했기 때문이었다. 곧바로 전화가 연결되었고, 역시나 원철의 목소리가 들려왔다.

"정란아. 어떻게 됐어? 마음 바꾸기로 한 거야?"

"내가 그럴 거라고 생각했어?"

"… 아니야? 어떻게 아닐 수가 있어?"

"나 오빠 어머니 만나서 헤어진다고 말했어. 나더러 근본 없는 년이라고 하길래 나도 맞받아쳤어."

"진짜 너 왜 자꾸 이래?"

"오빠야말로 더 추해지기 전에 여기서 그만 좀 해. 얼마나 험한 꼴 봐야 나 놔줄 건데?"

더 듣기도 싫어 전화를 끊었다. 이 집안과 얽히는 일을 다시는 만들지 말아야겠다 다짐하면서 집을 나섰다. 그러고 나니 갈 곳이 없었다. 집에는 원철이 눌러앉아선 내가 오기를 기다리고 있을 터였다. 그것도 단단히 벼르는 얼굴로.

갈 곳이 없었다. 아버지와 네 번째 엄마가 사는 집이 떠올랐지만 최선은 아니었다. 어차피 잠수가 목적이었기 때문에 생명에 위협을 느끼지 않는 곳이면 충분했다. 아버지도 네 번째 엄마도 꼴사나웠지만 별수 없었다. 원철이 잠잠해지기 전까지만 있을 거라고, 그렇게 스스로를 달랬다.

가게도 나가지 않았다. 필요에 의한 일 아니면 집 밖으로 나가지도 않았다. 네 번째 엄마는 그런 나를 공기 취급했다. 밥상을 차려도 나에게 먹으란 소리 한 번을 하지 않았고, 그나마 아버지가 불러 주면 식탁에 가서 겸상을 하곤 했다. 숨이 막힌다거나 하는 느낌은 받지 않았다. 어차피 네 번째 엄마는 그런 사람이었다.

설거지와 바닥 청소 같은 최소한의 집안일만 하고 방에 누워있는 것이 주된 일상이었다. 그날도 밥을 먹고 이만하면 소화가 다 됐다 싶을 무렵에 드러누워 잠을 청하려고 눈을 감았다. 문고리 달칵거리는 소리가 들리더니 누군가가 발로 종아리를 찼다. 네 번째 엄마였다. 그건 내가 방 밖을 나갈 일이 생겼다는 걸 의미했다.

"정란아, 너 왜 여기 있어. 나랑 같이 가야지."

최악이었다. 현관문을 열어 보니 원철이 서 있었다. 제발 나를 놔 달라고 소리라도 지르고 싶은 심정이었다. 헤어지잔 말을 몇 번이나 해야 이 사람이 알아들을까. 답답함에 머리까지 지끈거렸다. 그리고 내가 남자에 시달리는 모습을 보여 주고 싶지는 않았다. 집으로 돌아갈 수밖에 없었다. 지긋지긋한 굴레에서 언제쯤 빠져나갈 수 있을까. 무력감을 느꼈다.

원철은 집착도 모자라 감시까지 하기 시작했다. 가까운 시장으로 장을 보러 가도 범인을 전담 마크하는 형사처럼 따라붙었다. 원철이 살아 있는 한 내 자유는 이제 없다는 생각이 들 정도로 내가 어디서 뭘 하는지를 실시간으로 알고 싶어 했다. 나를 만나기 전에는 도대체 어떻게 살았나 싶을 정도로 자기 삶이 없었다.

"가게 안 나가? 사람들도 좀 만나고 해."
"만나고 있잖아, 너."
"오빠 때문에 숨통이 터질 것 같아. 왜 이렇게까지 하는 거야? 이렇게 하면 내가 오빠한테 순종하게 될 거라 생각하는 거야? 그런 사람이 세상 천지에 있을 거라 생각해?"
"언젠가는 내 마음 알아 줄 거라고 생각해."

원철과는 대화 자체가 되지 않았기 때문에 '당신에게 질렸다'는 말을 여러 표현을 들어 말해도 들어먹질 않았다. 좋았던 감정마저도 죄다 사그라들었다. 언니조차 들어오지 않는 그 집에서 나는 원철과 거의 동거하다시피 했다. 동거라기보단 자웅동체라도 된 것 같았다는 감상이 더 맞는 표현이겠다. 화장실 들어갈 때 빼곤 내가 뭘 하든 그림자처럼 졸졸 쫓아다녔으니까.

원철을 정리하겠다고 해 놓고 계속 연락이 없었으니 은우도 속이 타들어 갔을 거다. 내 연락을 기다리던 은우도 집으로 찾아왔다. 내 힘으로는 원철을 떼어 낼 수 없었기 때문에 은우가 반가울 줄 알았다. 하지만 한 놈은 답을 빨리 내놓으라고 성화고, 다른 한 놈은 저놈에게 넘어갈 생각하지 말라고 으름장을 놓고 있었으니 머리가 터질 것 같았다. 환장한다는 표현이 이럴 때 쓰라고 만들어진 거구나 싶었다. 그도 그럴 것이, 틈만 나면 둘은 나를 사이에 두고 서로를 노려보며 신경전을 벌였다.

"둘 다 좀 나갈래?"

한계에 다다랐다고 생각했을 때 무의식이 뱉은 말이었다. 은우도, 원철도 나를 주목했다. 이젠 나를 쳐다보는 그 모습마저 부담스럽게 느껴졌다.

"마음 좀 정리되면 부를게. 제발 좀 나가. 둘 다 나 평생 안 보고 싶으면 그렇게 해."

망설이는 둘의 등을 있는 힘껏 떠밀었다. 보통 두 남자의 사랑을 동시에 받는 드라마 속 여주인공은 비등비등하게 잘난 남자들 사이에서 누굴 고를지 고민하던데, 나는 소득 없이 마음고생만 하는 것 같아 진저리가 났다. 그때 은우도 밀어냈어야 했는데, 원철이 하도 거머리처럼 굴어서 상대적으로 은우가 마냥 좋은 사람처럼 느껴졌다.

둘 다 선택하지 않았어야 했다. 아예 다른 남자를 만났더라면 파란만장한 사건에 휘말리며 살지는 않았을 텐데. 세상에 운명이라는 게 정말 있다면 신을 원망하고 저주했을 거다. 복이 없어도 유분수지 어떻게 이렇게까지 한 사람의 인생을 골치 아프게 꼬아 놓을 수 있냐고.

"여보세요. 오빠 잘 지냈어?"

마음을 정리하고 말고 할 것도 없었다. 둘을 내보낸 건 마음 정리보다는 심신 안정에 더 목적이 있었다. 원철 대신 은우를 골라야겠다고 이미 마음을 먹은 상태였기 때문에 며칠이 지나고 은우에게 전화를 걸었다.

"아버지 집에서 나갈 거야."

은우도, 원철도 나를 찾아오는 게 싫어 다시 아버지의 집으로 피신을 가 있던 상태였다. 원철은 이미 전적이 있었기 때문에 아버지의 집에 있다고 해도 언제 또 나를 찾아와 괴롭힐지 알 수 없었다. 은우를 택하기로 마음먹었다면 일관된 태도라도 보여서 단념시키는 게 이로웠다.

은우는 집을 나오겠다는 나의 말에 곧바로 반포에 있는 아파트를 얻었다. 그곳에서 단둘이 살자는 거다. 부유한 은우가 사랑을 표현하는 방법은 역시 온갖 호화스러운 것들을 베풀어 주는 것이었다. 생전에 들어 보지도 못한 고급 요리도, 값나가는 비싼 명품 옷과 가방도 은우는 눈 하나 깜짝하지 않고 나를 위해 척척 사다 주었다. 그런 공주 대접은 처음이었다. 여자이기 전에 사람으로서 귀한 대우를 받으면 마음이 너그러워질 수밖에 없다. 게다가 박한 유년 시절을 보낸 사람에게는 정말 거부할 수 없는 매력으로 다가온다. 그 반포 아파트 안에서 잠자리도 했으니, 은우와 나는 누가 봐도 신혼부부의 모습이었다.

"안정란 너 무슨 일이냐? 남자 잘 만났다고 생각은 했는데 완전 성공했네?"
"집 넓고 너무 좋다. 너 맨날 행복해졌음 좋겠다고 속으로 빌고 그랬는데, 잘된 것 같아. 너무 다행이고 보기 좋다."

고등학교 동문인 친구들도 은우와 내가 사는 아파트에 놀러 왔다. 남편이 능력이 좋다는 둥, 내가 남편을 잘 만났다는 둥 칭찬이 쏟아지면 은우는 귀를 빨갛게 붉히면서도 좋아했다. 친구들도 나처럼 은우를 은우 오빠라고 불렀다. 나도 은우를 사랑하고 있었기 때문에 그런 친구들의 말들이 싫지는 않았다.

반포 아파트에서의 생활은 깨가 쏟아졌지만, 한 번씩 언니가 생각이 났다. 몇 번이고 언니와 내가 살던 집에 가봐도 사람이 드나든 흔적을 한 번도 본 적 없었다.

"원래 살던 집을 정리해야 하나."
"왜?"
"언니 안 들어온 지 너무 오래됐으니까. 연락도 아예 안 되고. 연락처를 모르니 내가 전화를 걸 수도 없고."

내가 두 남자 사이에서 그 소란을 겪는 동안에도 언니는 집에 도통 들어올 생각을 하지 않았다. 그 유부남 남자친구와 살림을 차렸다 해도 한 번씩 집에 짐을 가지러라도 올 수는 있었을 텐데, 어째 한 번을 안 왔다. 나는 물론이거니와 은우도 언니와 연락이 닿지 않는다고 했다. 걱정은 됐지만, 연락이 닿지 않는 상황에서 내가 취할 수 있는 조치는 없었다. 그때까지도 800만 원을 남자친구에게 홀라당 줘 버린 언니를 미워했고, 얼굴을 안 보고 사는 것이 차라리 다행이라고 생각해 버렸다.

근 4개월가량을 세상에 둘만 남겨진 것처럼, 은우와 나는 뜨겁게 서로를 원하며 살았다. 은우는 나에게 부모님을 만나러 가자고 했다. 그땐 가정을 꾸리고, 아이를 낳고 하는 것들이 잘 와닿지 않았다. 그런 상태에서 은우의 부모님을 만나도 될까 싶었다. 원철에게 된통 당한 적이 있어 상대방에게 확신을 주는 행동을 섣부르게 하고 싶지 않았다.

"엄마. 제 여자친구예요. 정란아, 인사해. 우리 엄마야. 이쪽은 우리 아빠."
"안녕하세요. 은우 오빠 여자친구 안정란이라고 합니다."

내심 은우의 집이 궁금했다. 별달리 바쁘게 사는 것도 아닌 것 같은데 그 많은 돈이 어디서 나왔는지에 대해서 늘 의문을 갖고 있었다. 은우의 손에 이끌려 간 곳은 서초동이었다. 부자들이 득시글하다는 동네였다. 그리고 은우의 집안도 예상대로 잘사는 집이었다. 외관부터가 낡았던 원철의 집안과는 차원이 달랐다. 은우를 택하길 잘했다는 생각을 다시금 했었다. 그때는.

은우는 나와 정말 오래도록 함께할 생각이었는지 친척집에도 나를 데리고 다녔다. 나를 여자친구라고 알리고 싶은 사람이라면 나를 데리고 가 인사를 하게 했다. 은우의 가족뿐만 아니라 친척에 친구들까지 알게 되면서 나는 안정을 찾아 갔다. 내 옆에서 함께 생사고락을 함께할 수 있는 가족이 있다는 것은 참 든든하다고, 은우를 보면서 생각했다. 혹시나 언니가 돌아올 것 같아 계속 빈집으로 뒀던 집도 정리해야겠다고 생각했다.

"가져올 짐은? 있어?"
"가봐야 알 것 같아. 옷가지 말고는 딱히 없지 않을까?"
"내가 사 주면 되니까, 집에 가보고 필요 없는 건 오늘 다 버려 버리자."
"나야 좋지."

은우의 차를 타고 언니와 살던 집으로 갔다. 예전 집으로 향하는 길이 새롭고도 설렜다. 집안이 온통 먼지 구덩이겠구나. 발을 디디면 양말에 온통 뽀얗게 먼지가 붙어 있겠지. 어느 세월에 치우지? 그런 걱정을 하면서도 입가에 미소가 번졌다.

하지만 집 앞에 도착하자마자 왠지 모를 위화감을 느꼈다. 내가 살 때와는 분위기가 묘하게 달라져 있었다. 하지만 그게 무엇인지 파악하기는 어려웠다. 대문을 열어 보려는데 철컥 하고 안에서 여는 소리가 들렸다. 생판 처음 보는 중년의 남자가 물뿌리개를 들고 서 있었다.

"누구세요?"
"저 여기 사는 사람인데요."
"네? 집 잘못 찾으신 거 아닌가요?"
"그럴 리가 없는데요."
"무슨 소리예요? 부동산 가서 계약서에 도장까지 찍었는데."

처음엔 귀신한테 홀린 줄 알았다. 아니면 진짜 내가 집을 잘못 찾아 놓고 괜한 소리를 하고 있는 건가 하는 착각이 들기도 했다. 하지만 어디를 봐도 그 집은 나와 언니가 지내던 집이 맞았다. 나와 은우는 집주인이라고 주장하는 사람이 계약을 맺었다는 근처 부동산을 찾아갔다. 깐깐해 보이는 여자 공인중개사가 나와 은우를 맞아 주었다.

"아, 그 집이요? 내놓은 지 꽤 되셨잖아요. 언니분이 집 내놓지 않으셨어요?"

심장이 내려앉았다. 오늘 하루가 모두 통째로 꿈이길 바랐다. 날 예뻐하던 이사장님이 나 살라고 내어준 보증금이었는데.

"그게 언젠가요?"
"한두 달 정도 됐을걸요? 혹시 무슨 문제라도?"
"아닙니다. 죄송해요."

파랗게 질린 채로 은우를 데리고 부동산을 도망치듯 빠져나왔다. 동생의 돈을 허락도 없이 맘대로 가져갈 위인이라는 걸 모르는 것도 아니었다. 이전의 만행으로 이미 학습이 된 상태였는데, 도대체 왜 난 그동안 안일했던 걸까.

정신이 아득해졌고, 현실을 받아들여야겠다고 다짐한 순간부터 더 슬퍼졌다. 왜 나와 언니는 정상적인 자매처럼 자랄 수 없는 걸까. 서로 의지하고 보듬어 주는 사이까지는 아니더라도 최소한 서로에게 해가 될 일은 하지 말아야 하는 거 아닌가. 으레 암묵적으로 사이가 돈독해야 한다는 인식이 있다. 외형이 닮은 만큼 서로에게 함부로 대하지 못한다는 거다. 그런데 언니는 나한테 이렇게까지 치졸할까. 은우의 위로에도 다친 마음은 치유되지 않았다.

그 뒤로는 잠잠하게 지나가나 했다. 아무 일도 일어나지 않는다고 해서 평안함을 느끼지는 않았다. 내 우울의 근원은 언니가 다시 돌아와야 해결되는 것이었다. 하지만 나는 그 고요조차 느끼지 못한 채 또 다른 일에 소용돌이처럼 휘말렸다.

"문 열어! 좋은 말로 할 때 문 열어!"

조용하던 집안이 별안간 소란해졌다. 주먹에 발까지 동원한 모양인지 바깥에서 거친 노크 소리가 들렸다. 또 일어날 소란이 있나, 생각하며 문을 열었다. 잠시 잊고 살았던 얼굴이 서 있었다. 원철과 그의 어머니, 그리고 40대 정도로 보이는 살벌한 인상의 남자.

"감히 연락도 안 하고 잠적을 해? 다른 남자랑 살림을 차려? 내 아들을 얼마나 우습게 보면 이런 화냥년 같은 짓을 저질러?"

"정란아. 나 너 없이 안 되겠다고 했잖아. 지금 내 꼴 안 보여? 나 너 없어서 하루하루 폐인처럼 살고 있는데. 나 한 번만 다시 봐 주라. 은우 형 말고 다시 나랑 시작해."

끈질긴 모자였다. 동행한 다른 남자는 나를 위협할 목적으로 데리고 온 것 같았다. 문을 여는 순간부터 나를 죽어라 노려보고 있었다. 온몸의 피가 빠져나가는 기분이었다. 머리가 차갑게 식었다. 대응할 가치조차 느끼지 못했다.

"첫 남자친구는 우리 원철이잖아. 그러면 책임지고 계속 만나야지. 여자가 정절의 개념도 없이 이 남자 저 남자 만나고 다녀도 되겠어? 그러지 말고 우리 아들이랑 계속 만나 줘. 이러다 우리 원철이 죽겠어."

자식 이기는 부모 없다지만, 원철의 어머니가 하는 행동은 그저 오지랖에 불과했다. 성인 남녀의 연애사에 부모가 끼어들면 상황이 나아질지도 모른다고 생각하는 것부터 잘못된 것이었다. 게다가 처음에 나를 만났을 때는 제 아들과 헤어져 달라고 했었다. 왜 인제 와서 양심도 없이, 그것도 협박을 가하면서까지 원철과 만나라고 강요하는 건지. 사이코드라마의 한복판에 서 있는 기분이었다.

"삼촌! 어떻게 좀 해 봐. 원철이가 이 아가씨 아니면 목매고 죽겠다잖아!"

원철의 어머니에게 삼촌이라 불린 그 조폭은 철제로 된 문을 주먹으로 있는 힘껏 쾅쾅 두드렸다. 그 소란에 앞집 살던 사람도 문을 열고 나와 상황을 지켜보았다. 살집이 두둑한 조폭의 손이 내 어깨 위로 턱 올라왔다. 그러고는 조금씩 은근하게 힘을 주어 내 어깨를 움켜쥐었다. 직접적인 폭력 없이도 위압감을 느낄 수 있다는 걸 그날 처음 알았다.

"이렇게 나오면 피곤해지지. 몇 대 맞으면 원철이랑 재결합하고 싶다는 마음이 들 텐데, 왜 이렇게까지 고집을 부릴까. 아가씨?"

당시의 나는 지금의 딸보다도 한참 어린 나이였다. 쪽수에까지 밀리는 상황이었으니 마냥 무섭기만 했다. 마땅한 대책을 세울 깜냥도 되지 못했고, 이럴 때 어떻게 해야 하는지 일러 줄 어른도 주변에 없었다. 그리고 나 하나 때문에 죄 없는 은우가 다치게 될까 봐 두려웠다.

"알았어요. 다시 만날게요. 그러니까 제발 돌아가 주세요."
"그 말을 어떻게 믿고 돌아가?"
"지금 집 위치까지 알고 계시잖아요. 그런데 어떻게 도망을 가요? 수일 내로 짐 싸서 여기 나갈 거고, 은우 오빠랑도 끝낼 테니까 오늘은 제발 이쯤에서 멈춰 주세요. 지금 앞집에서도 보고 계시잖아요."

그날의 나는 지치다 못해 너덜너덜해져 있었다. 처음에는 이 사람들을 손절해야겠다는 마음이었지만, 물리적인 외압 때문에 결국 두 손 두 발을 다 드는 것 말고는 방법이 없었다. 내 잘못은 아니었어도 은우까지 덩달아 위협을 받게 된 것이 미안해서 눈물이 났다.

"어떡해? 나 그 집으로 가기 싫어. 진짜 원철 오빠랑 결혼하게 될까 봐 무서워."

"기다리고 있을게. 그리고 기다리는 것 말고 할 수 있는 게 없어서 미안해."

"기다리지 마. 오빠가 안 다쳤으면 하는데…… 이 사람들이 언제까지 나를 괴롭힐지, 언제 나를 놔줄지 장담할 수 있는 상황이 아니잖아."

"정란아."

"나는 오빠한테 돌아오겠다는 말 못 해. 어떻게든 해보겠지만….."

"그래도 기다릴게."

은우는 제힘으로 나를 구제해 줄 수 없다는 것에 한없이 미안해했다. 나보다 먼저 태어났다 해도, 은우 또한 어린 나이였다. 나는 은우의 기다리겠다는 말에 다시금 흔들렸다. 그리고 용기를 내기로 했다. 원철을 만나 다시설득해야겠다고 생각했다. 누군가가 나를 기다리고 있다는 사실은, 그것만으로도 나에게 용기를 북돋아 주었다.

"기껏 찾아와서 한다는 얘기가 헤어지자는 말이야? 넌 그것밖에 할 말이 없냐, 나한테?"

면역이 됐는지, 원철의 반응에도 기가 빨리지는 않았다. 그저 무슨 말을 하든지 씨알도 먹히지 않는 원철의 모습에 답답함만 느꼈다. 오죽했으면 내가 잘되고 나면 꼭 은혜를 갚겠다고 빌었겠는가. 은혜를 갚겠다는 약속을 기록한 계약서를 쓴다 하더라도 괜찮았다. 그런 말도 안 되는 계약으로 원철을 벗어날 수 있다면 기꺼이 할 의향이 있었다. 내가 이 집을 나가서 원철에게 은혜 갚을 일이 생겼으면 좋겠다는 생각마저 들었다. 원철과 함께 산다면 정말 미쳐 버릴지도 모르겠구나 싶었다.

나는 원철의 집에서 며칠 동안 밖에도 나가지 못한 채 집에 갇혀 있었다. 언제는 내 집에 와서 막아내더니, 제집에 내가 들어와 있으니 아주 자기 세상에 납신 것 같았다. 근처에 산책을 하러 나갈 때도 눈치를 봐야 했다. 내가 어떤 마음을 갖고 있든 원철에게는 그다지 중요한 게 아니었다. 이미 혼자 머릿속에서 결혼식 입장에 신혼여행까지 다 다녀온 원철은 나에게 웬 열쇠 하나를 보여 주었다.

"여기 어디게."
"몰라. 모르겠는데."
"우리 신혼집. 내가 전세로 얻어 놨어. 지금 같이 가 보자. 너랑 내가 살 집이잖아."

이러다 진짜 어영부영 결혼을 하게 되는 걸까. 은우와의 생이별도 미안했고, 사랑하지도 않는 사람이 나를 이렇게까지 강압적으로 대할 거라고는 생각하지 못했다. 강압으로서 얻어낸 마음이 무슨 가치가 있다고.

나 혼자 힘으로는 어쩔 수 없었으니 은우가 도와줄 차례였다. 나는 원철이 잠깐 화장실에 간 사이에 빠르게 은우에게 전화를 걸었다. 은우도 나를 기다리고 있었던 건지 신호음 한 번이 다 울리기도 전에 잽싸게 전화를 받았다.

"오빠, 나 지금 길게 얘기 못 해. 그냥 듣기만 해. 나 다음 달에 마포로 이사 가. 원철 오빠가 신혼집 얻었다고 같이 살자 그러더라. 아직 정확히 어딘지는 모르겠는데, 오빠한테는 꼭 알려야 할 것 같아서."
"마포 정확히 어딘지는 모르고?"
"응. 오빠가 나 좀 도와줬음 좋겠어. 나 좀 꺼내 줘. 제발, 부탁이야."

"알았어. 원철이 나오기 전에 끊어."
"고마워."

전화를 끊고 나서 몇 초 뒤에 원철이 나왔다. 심장이 벌렁벌렁거려서 혼났다. 원철에게 표정을 들키지 않으려고 열심히 딴청을 피우면서 마음을 가라앉혔다. 남은 건 은우가 오기만을 기다리는 일뿐.

원철에게 휘둘리는 것 말고 별다른 일과가 없었으니 하루하루가 길게 느껴졌다. 눈물도 말라 버려서 슬픔에 잠겨도 눈물은 나오지 않았고 심란해서 잠조차 오지 않았다. 은우는 어디쯤 있을까. 은우가 과연 나를 찾을 수 있을까. 이 많은 집들 사이에서, 나를. 거의 불가능에 가깝지 않을까. 집으로 아무도 찾아오지 않는다는 걸 하루하루 실감할 때마다 점점 생각이 부정적으로 기울었다.

"저희 신문 안 시켰다니까요?"

그러던 어느 날, 낯선 이의 기척이 들렸다. 문밖에서 노크를 한 외부인이 누구인지 알 수는 없었지만, 왠지 심장이 요동치는 걸 느꼈다. 곧 원철이 문을 열었고, 원철의 위를 은우가 덮쳤다. 원철이 은우보다 키도 덩치도 컸다. 나는 은우가 크게 다칠까 봐 무서웠다.

"너 도대체 정란이를 어떻게 한 거야! 왜 여기에 정란이가 있냐고!"
"내가 사랑하는 사람이 내 집에 있는 게 뭐가 그렇게 큰 잘못이라고 갑자기 찾아와서 이 행패야? 저리 안 꺼져?"
"그래. 네가 죽든 내가 죽든 오늘 둘 중 하나는 죽어야 끝나겠네. 안 그래?"

"바라던 바야. 너 하나 죽이는 것쯤은 일도 아니거든."

"내가 그런다고 눈 하나 깜짝할 줄 알아?"

둘의 몸싸움은 점점 격해져 갔다. 치고받고 싸우면서 바닥을 몇 번이고 굴렀다. 마음 같아선 은우를 데리고 그곳을 빠져나가고 싶었지만 그럴 만한 힘이 없어 끼어들 생각조차 못 했다. 가만히 지켜보고 있다간 은우의 얼굴이 곤죽처럼 될 것만 같았다. 내 고집대로 밀고 나갈 수 없었다. 강압으로 사람의 마음을 잡아둘 수는 없어도 상황을 바꿀 수는 있구나. 거기까지 생각이 미치자 형용할 수 없는 무력감이 다시금 찾아왔다.

"그만! 그만해! 원철 오빠, 그냥 나랑 살자. 계속 이렇게 지내자. 정말 사람 하나 죽일 셈이야? 제발. 내가 이렇게 빌게……."

원철이 나를 사랑한다는 걸 다행으로 여겨야 하나. 눈물로 호소하자 싸움은 허무하게도 끝이 났다. 겨우 몸을 가눈 은우는 나와 원철을 번갈아 쳐다보았다. 마음이 찢어질 것처럼 아팠다. 미안해서 마음 놓고 울 수도 없었다. 은우는 다리를 절면서 집으로 돌아갔다.

나를 쟁취한 원철은 나에게 더더욱 날 선 태도로 일관했다. 왜 이렇게까지 옥죄인 삶을 살아야 할까. 언제까지 이 모양 이 꼴로 살아야 할까. 그러면서도 호시탐탐 원철과 헤어질 기회만 노렸다. 반포 아파트에 사는 동안 은우와 정이 많이 들었다. 납량특집에서 돌아보지 말라고 하면 꼭 한 번은 돌아보게 되듯이, 원철이 은우를 만나지 못하게 하니까 은우에 대한 마음이 자꾸만 커져 갔다.

의지만으로 안 되는 일이 있다는 걸, 원철과 살면서 처절하게 학습하는 중이었다. 갇혀 사는 나날이 많아질수록 은우에 대한 그리움도 옅어져 갔다. 어차피 내가 힘쓴다고 될 일이 아니라는 걸 너무나도 잘 알았으니까. 내가 은우를 원할수록 서로가 위험해진다면 이대로 놓아 주는 것이 맞는 거니까.

이렇게 갑갑하게 살다가 죽겠구나 싶은 생각이 들 때쯤 은우의 소식을 전해 들었다. 다행히도 원철은 같은 성별의 친구하고는 전화를 할 수 있게 해 줬는데, 그때 친구에게 은우가 어떻게 지내는지를 알아봐 달라고 부탁했었다. 며칠 뒤에 다시 전화를 건 친구는 웬일로 말을 자꾸 돌렸다.

"왜 이렇게 뜸을 들여? 내가 얼마나 은우 오빠 소식 기다렸는지 알잖아. 이러다 원철 오빠 오면 얘기 더 듣지도 못해. 빨리 말해. 어떻게 지내고 있는데?"

"어떻게 말을 해 줘야 될지 모르겠네. 얘기를 듣긴 했는데, 나도 당황스러워서 많이……."

"빨리 말해. 나 속 타 없어지겠어."

"그게… 네 언니랑 만나고 있어, 그 오빠."

잘못 봤거나, 다른 사람을 은우로 착각했거나. 둘 중 하나일 줄 알았다. 나를 구하기 위해 맨몸으로 원철에게 달려든 그때의 은우를 계속 기억하고 있었는데.

"거짓말. 그게 말이 돼? 잘못 본 거 아니야? 그런 거지?"

"미안해. 내가 본 게 맞아… 나 그때 너 반포 살 때 그 아파트 가서 직접 얼굴 봤잖아. 맞아, 은우 오빠야. 너희 언니, 그때 사귀던 유부남이랑 헤어지고 은우 오빠 만난다나 봐."

신소리처럼 들릴 수도 있겠지만, 친구가 차라리 귀신에 홀린 것이었으면 했다. 은우는 나에게 마지막 희망이었고, 그 누구에게도 뺏기기 싫은 사람이었다. 그런데, 은우 오빠가 나 아닌 다른 사람을 만나다니. 그것도 나를 몇 번이고 등쳐먹었던 나의 언니라니. 나와 닮은 구석이라곤 그나마 껍데기 하나뿐일 텐데, 도대체 왜.

가슴팍에 찬물을 끼얹으며 소리 지르고 싶었다. 내가 은우를 기다린 세월은 도대체 무엇일까. 순식간에 바보가 되었다는 생각에 온몸이 와들와들 떨렸다. 4개월 동안 나와 은우가 했던 건 사랑이 아니었나. 그저 외로워서 몸이 달아오른 남녀가 저지른 찰나의 불장난이었나. 서운하다는 말로는 표현할 수 없는 감정들이 불쑥불쑥 올라와 나를 괴롭혔다. 걸음을 내디딜수록 인생이 늪으로 빠지는 기분이었다.

"은우 형 소식 들었어? 이제 그 형도 좀 행복하게 잘 살 수 있겠네."

어디서 소식을 들었는지, 원철의 표정도 한결 편안해졌다. 그런 원철을 보면서 살의를 느꼈다. 나와 은우를 기어이 갈라놓은 원철을 죽어서도 용서할 수 없겠다는 생각이 들었다. 매일 밤 잠들기 전에 꿈속에서라도 원철을 죽일 수 있게 해 달라고 빌었다. 하지만 몇 번을 빌어도 꿈에는 원철이 나오지 않았다. 이젠 순응을 해야 할 때였다. 강압에 의한 것이었어도 선택은 내 몫이었다. 원철에게 완전히 나를 허락한 날부터 나는 비로소 조금이나마 자유로워질 수 있었다.

언니도 미웠다. 처음 우리 집에 은우를 데리고 왔을 때는 그렇게 없는 사람처럼 방치를 하더니. 왜 인제 와서, 뭐가 아쉬워서 은우를 만난단 말인가. 돈 문제로 나에게 두 번이나 제동을 건 언니였기에 은우와 언니가 사

권다는 사실조차 증오스럽게 느껴졌다.

"이 동네 살기 괜찮지? 살기 좋은 데 찾으려고 되게 오래 발품 팔았어."

내가 어떤 생각을 갖고 있는지 원철은 안중에도 없었다. 나와 살림을 차린 원철은 내내 싱글벙글이었다. 나는 영혼이라곤 없는 인형처럼 원철의 손에 이끌려 마포구 월세방으로 들어갔다. 그곳에서 원철과 단둘이 살았다. 은우와 함께 살던 반포 아파트와는 판이하게 다른 곳이었다.

은우와 사귀게 된 언니는 또 아무 일도 없다는 듯 나를 보러 마포구로 왔다. 너무 미운데, 또 친자매라 그런지 안 보고 살 수는 없다는 생각이 들었다. 그리고 동생한테 몹쓸 짓을 그렇게 해 놓고도 태연하게 나타날 수 있는 언니가 참 뻔뻔하고 대단하다고 생각했다.

"여기가 너랑 원철 오빠랑 지내는 데야? 둘이 살기 아늑하고 좋다."
"사람 사는 데가 다 똑같지."

내심 언니가 놀러 올 때 은우를 데리고 왔으면 좋겠다고 생각했다. 하지만 나와 은우의 역사를 알고 있는지 우리 집에 놀러 올 때는 늘 언니 혼자서만 왔다. 은우의 얘기는 늘 언니를 통해서만 들을 수 있었다. 어쩌면 당연했고, 다행이기도 했다. 아직도 은우가 나를 사랑해서 마음을 다치는 것보다는 훨씬 나았다.

"나도 은우 오빠랑 둘이 살거든. 역시 집에는 남자가 꼭 한 명씩은 있어야 돼. 그치? 자매 둘이서 사는 것보다는 훨씬 더 든든하기도 하고."

언니는 나한테 은우와 동거한다는 얘기를 흘렸다. 은연중인 척했지만, 일부러 나 들으라고 하는 소리처럼 들렸다. 나와 원철의 사이, 언니와 은우의 사이를 확실히 못 박는 방법으로 더는 허튼 마음을 먹지 않도록 하려는 의도였을 거다. 시간이 해결해 준다는 말이 아예 없는 말은 아니었던 모양인지, 놀랍게도 그렇게 슬프지는 않았다. 어차피 상황은 이렇게 되었고, 미운 마음도 야속한 마음도 들지 않았다. 그냥 언니와 은우가 둘이서 편하게 잘 살았으면 했다.

도대체 무슨 생각을 하고 사는지, 어딜 그렇게 돌아다니는지, 앞으로 어떻게 살아갈 건지. 언니에게 묻고 싶은 게 정말 많았지만 물어 본 적이 없었다. 사소한 사생활까지도 오롯이 언니의 영역이지 내가 참견할 건 아니라고 생각했다. 다 언니의 말이 맞는 말처럼 느껴졌고, 거짓말이라고 의심해 본 적이 한 번도 없었다. 5분 차이로 태어난 것도 자매라고 언니 대접을 해 준 거다.

그래서 언니가 은우를 택했는지, 어떻게 둘이 다시 만나게 되었는지는 물어볼 생각을 하지 않았다. 지금 생각해 보면 언니는 정말 신통한 사람이었다. 내가 어디에 살든지, 알려 주지도 않았는데 연락처를 알아내어 전화를 하고 동네로 잘 찾아왔다. 심부름센터에 돈을 주고 나의 거처를 알아내 달라고 요청을 한다는 게 가장 합리적인 의심이었지만, 굳이 물어보지는 않았다. 다시 나를 찾아와 다른 사람에 대해 떠드는 언니는, '이제 더 이상 너와 은우 오빠가 이어질 수 없다'고 벽을 치는 것처럼 느껴졌다. 내가 한 선택이 눈물 나게 후회가 돼도, 돌이킬 수 없는 현실이었다.

이혼

: 남편과 헤어진 이야기

미우나 고우나 내 남편이었다. 함께 부부의 연을 이어가기로 한 이상 한 배를 탄 부부이기에 서로가 잘살기를 응원해야 했다. 남편이 무턱대고 사업에 뛰어드는 것까지도.

경제권이 없는 나는 원철의 사업에 이래라저래라 관여할 수 없었다. 원철은 상가 일을 그만두고 친구와 동업을 하겠다고 했다. 의료기구 총판 사업이었고, 원철은 총판을 담당했다. 사업을 해 본 적도 없고 어려서 세상 물정을 잘 모르는 시절이었지만, 그런 내 눈에도 남편의 사업은 시원찮았다. 들이는 돈에 비해 수입이 턱없이 적었다. 사업의 목적은 어쨌든 이윤 추구인데, 쓰는 돈의 비율이 더 많은 날이 자꾸만 많아졌다. 몇 달째 수입이 없으니 점차 불안해졌다. 내 배 속에 원철의 아이가 있었기 때문에 수입이 더욱 간절했다.

"흑자인 날이 오긴 하는 거야?"
"기다려 봐. 원래 사업이라는 게 초기엔 투자를 많이 해야 하는 거야."
"그래도 이게 벌써 몇 달째야. 최소한의 생활은 돼야 할 거 아냐."
"그럼 이렇게 하자. 확실하게 마지막으로 투자한다 생각하고 지금 사는 월세방을 일단 정리하는 거야."
"… 보증금을 날려 먹겠다는 소리야?"
"무작정 날리겠다는 게 아니잖아. 투자금이 필요하니까 그런 거지."

한 달 한 달을 겨우 넘겼다. 말일이 지나고 또 다음 달이 되면 또 어떻게 살아가야 할지를 걱정했다. 월세를 낼 돈조차 빠듯해서 여기저기 손을 벌리는 날도 더러 있었다. 이만하면 성공할 사업이 아니니 빠른 시일 내에 정리하고 본업으로 돌아가는 게 좋을 것 같은데, 원철은 좀처럼 미련을 버리지 못했다. 월세 보증금을 건드리면서 남편은 확실하게 투자해야 한다고 힘주어 말했지만, 그건 그냥 투자금을 끌어올 수 있을 만한 곳이 없다는 걸 의미했다.

월세방을 정리하고 남편이 사업을 하는 회사에 들어갔다. 배는 불러 오는데 잠자리는 전과 비교도 할 수 없이 불편해졌다. 의료기구 총판 사무실에 무거워진 몸을 뉘어 억지로 잠을 청했지만, 그마저도 배가 점차 불러올수록 어려워졌다.

"언니 나 정란인데… 혹시 내 부탁 좀 들어줄 수 있어?"
"뭔데? 들어 줄 수 있는 거면 들어 줄게."
"저기… 나 돈 좀."

돈이 없으니 결국 제일 먼저 생각나는 게 언니였다. 정확히 말하자면 은우의 돈이 필요한 것이었다. 은우에게 미안한 점이 많아서 어떻게든 내 힘으로 살아 보려고 했는데, 도움을 청하지 않고는 당장 먹고사는 문제를 해결할 수는 없었다. 만삭의 몸으로 집도 아닌 사무실에서 생활해야 한다는 것이 못 견디게 처참했다. 은우에게 죄책감을 느꼈지만, 뻔뻔해져야 했다. 없이 사는 입장에서는 그래야 했다.

"은우 오빠가 네 통장으로 돈 부쳤어. 확인해 보고 더 필요하면 말하래."
"응. 고마워."

내 사정을 들은 은우는 나에게 돈을 빌려주었다. 사실 말이 빌려주는 거지 돌려받을 생각을 하지는 않고 있다는 걸 알고 있었다. 나는 예정일을 불과 며칠 앞둔 만삭이었고, 남편이란 놈은 제가 벌여 놓은 사업을 수습하느라 나는 이미 안중에도 없었으니 인간으로서 연민도 느꼈을 거다.

은우의 제안이었는지, 언니의 제안이었는지는 모른다. 언니는 며칠 후 나에게 전화를 걸어 집으로 들어오라고 했다. 불편한 사무실에서 애를 낳을 수는 없는 노릇이었다. 원철의 아이를 밴 채로 은우를 마주하면 마음이 불편할 줄 알았는데, 순응하고 나서 오랜 시간이 지난 후라 그런지 생각보다는 무덤덤했다. 물론 약간의 부채감은 있었지만.

"정란이 오랜만이다. 배 많이 불렀네."
"응. 당장 내일 애 나온다고 해도 이상하지 않을 정도야."
"내 집이다 생각하고 편히 쉬어. 임신하면 최대한 안정을 취하면서 지내야 한다며."
"고마워."

몇 개월 만에 다시 은우를 마주한 감정은, 묘했다. 반가운 반면 창피하기도 했다. 어쨌든 사실 관계만 놓고 보면 은우를 버리고 원철을 택한 것이었으니, '이왕 그렇게 되어 버린 거 잘살기라도 하지'라는 생각이 들 수밖에 없었을 거다. 그런데 집도 절도 없어 애를 밴 채로 집에 들어왔으니. 은우의 마음도 많이 복잡했을 터였다.

아이는 언니의 집에서 출산했다. 품에 안긴 아이를 보면서, 못난 부모 때문에 첫 단추부터 잘못 끼는 게 아닌가 하는 마음에 미안해졌다. 그즈음 어음을 잘못 받아 원철의 사업은 회생 불능 수준으로 쫄딱 망해 버렸다. 진작 일어날 일이었으며, 오히려 망할 사업을 붙들고 용케 여태 잘 버텼다 하는 생각뿐이었다.

"안녕! 우리 정연이 보러 왔어."
"응. 밥은?"

"여기서 먹어야지."

오갈 데 없어진 건 원철도 마찬가지였다. 원철은 갓 태어난 딸을 핑계로 언니의 집에 드나들기 시작했다. 올 때마다 공복 상태였고, 딸을 보다가 밥을 먹고 잠까지 해결하고 갔다. 원철은 아이가 태어나기 이전에도 오긴 했지만 빈도수가 그렇게 많지는 않았다. 아이가 태어난 이후에는 노골적으로 매일매일 언니의 집에 와서 시간을 죽이다 갔다. 매일 오다가, 살림살이를 한두 가지씩 들고 오다가, 결국에는 아예 눌러앉았다. 빚이라도 내서 아내랑 딸을 데리고 나갈 생각을 해야 하는데, 원철의 사전에 염치라는 건 없는 모양이었다.

나는 나의 20대를 감히 '조졌다'고 표현하고 싶다. 원철이라는 남자 때문에 이리저리 휘둘리다가 결국 사랑하는 사람과 이어지지도 못한 채 코가 꿰었는데, 잘하고 있던 가게까지 접어 가면서 감행한 사업은 돈만 깨먹고 처참하게 망했다. 그리고 기약 없이 계속 남의 집에 얹혀살면서 눈칫밥을 먹게 만들었다. 선택에 따른 책임은 너무나도 무거웠다. 내 의지로, 오롯이 나만의 생각으로 하게 된 선택이 아니었기 때문에 더 억울했다.

맑은 물

: 아픈 언니 이야기

애증. 나와 한날한시에 태어난 쌍둥이 언니를 떠올리면 가장 먼저 느끼는 감정이다. 나와 함께 고생하며 자라서 짠했던 반면, 나한테 못되게 군 적이 많아 미울 때도 있었으니까.

얼굴은 판박이지만, 언니와 나는 성격이 많이 달랐다. 언니는 자기밖에 모르는 이기적인 사람이었다. 좋게 말하면 자기 주관이 뚜렷한 거지만, 나쁘게 말하면 자기 주관만 옳다고 생각했다. 정말 사소한 것도 나에게 문제가 있는 것처럼 꼬투리를 잡아 걸고넘어지기 일쑤였다. 이를테면 옷 가게에 같이 가서 옷을 고를 때도 비난하다시피 지적을 해 댔다.

"손님한테는 블랙보다는 화이트 컬러가 더 잘 받으실 것 같아요. 이 옷이 또, 화이트 컬러가 좀 더 고급진 느낌은 더 들거든요."
"아, 근데 막 입는 용도로 사는 거라 까만 게 더 나을 것 같긴 한데⋯⋯."
"까만 것도 예쁘고 잘 어울리세요. 그런데 잘 나가기는 흰색이 더 잘 나가서 말씀드리는 거예요, 손님. 그리고 제가 옷 가게 하면서 사람들 엄청 많이 보잖아요. 뭐가 더 잘 어울리는지는 제가 진짜 잘 알아요."

으레 나누는 옷 가게 주인과 손님의 대화라고 생각했다. 나보다 안목이 있는 사람의 조언을 듣고 옷을 고르면 더 합리적이지 않을까 싶은 마음에 듣고 있었던 건데, 언니는 답답하다는 듯 화를 버럭 냈다.

"딱 봐도 모르겠어? 흰색이 수량이 많이 남아서 팔아넘기려는 거잖아. 그리고 막 입을 티 사는 거라며. 그럼 당연히 까만 걸 사야지. 뭘 그렇게 쓸데없이 망설이는데?"

얼굴이 화끈거렸다. 옷 가게 주인이 얼마나 무안할지는 조금도 고려하지 않은, 정말 기분 내키는 대로 질러 버린 말이었다. 나는 그곳에 더 있을 수 없어 옷 가게 주인에게 고개 숙여 사과하곤 뛰쳐나갔다. 곧바로 따라 나온 언니는 내 기분이 어떤지는 안중에 없었다. 나를 바보 취급하기 바빴다.

"너 볼 때마다 속이 터진다, 터져. 그렇게 우유부단해서 세상 어떻게 살래? 자기주장이 뚜렷해야지. 그러다 모르는 사람이 등쳐먹고 너 이용해 먹고 그러는 거야. 너 정신 차려."

옷 고르는 것에 시간을 쏟는 것이 이렇게까지 독설을 들을 일인가. 백번 양보해서 나 잘되라고 하는 쓴소리일 수도 있었지만, 매몰찬 말투 때문인지 내게는 독설처럼 들렸다. 자존감을 갉아먹었고 나 자신을 점점 위축시켰다. 우리 언니 불쌍해서 어쩌냐고 10년 동안 매일 밤 눈물로 지새웠으면서도 언니에 대한 미움이 가끔 불쑥 고개를 쳐드는 이유였다.

그래도 언니는 쌍둥이로 태어난 걸 다행이라고 생각했을지도 모른다는 생각이 든다. 나마저 없었더라면 언니는 정말 힘들었을 테니까. 내가 병에 걸렸을 때도 언니가 내 옆에 있어 줬을까 하는 생각도 든다. 내 반쪽과도 같았던 언니는 별이 되어 나보다 먼저 하늘에 가 버렸다. 관상동맥증후군이라는 병이 한 사람을 죽음으로까지 내몰 수 있다는 걸, 언니 때문에 처음 알았다.

중병으로 병원에 먼저 실려 간 건 언니보다 내가 먼저였다. 어릴 적부터 맞으면서, 못 먹으면서 크고 커서는 돈 버느라 잠도 제대로 자지 못하면서 몸과 마음을 혹사시켜서 벌이라도 받은 걸까. 심장이 조여 들어가는 고통과 함께 퓨즈가 나가듯 그 자리에서 쓰러졌고, 일어나 보니 병원이었다.

"조금만 더 늦었으면 정말 돌아가실 뻔했습니다. 급성 심근경색이셨어요. 신고자분이 정말 대처를 잘해 주신 거예요, 이건."

"아……. 심근경색이요?"

"네. 평소에 건강하다고 생각하면서 생활하시는데, 고령이시거나 술담배 자주 하시는 분들한테는 종종 나타나요."

"나이는 그렇다 쳐도 술담배를 즐기는 편은 아닌데요."

"당뇨나 고혈압을 지병으로 갖고 계시거나, 아니면 가족력이 있는 경우가 많은데…… 혹시 환자분 가족들 중에서 심장질환 있으신 분 있으세요?"

말할 수 없었다. 새엄마를 찾았을 때만 나를 서울로 데리고 올라가던 아버지였다. 옆에서 지켜볼 기회나 시간이 있어야 아버지의 몸 상태가 이상하다는 걸 알 수 있었을 텐데. 어머니는 아예 얼굴조차 볼 시간이 없었기 때문에 가족력이 있는지 없는지는 끝끝내 파악할 수 없었다.

"어떤 병명이든 원인을 알아내기가 힘든 게 현실입니다. 우선 안정 취하시고, 몸에 무리 가는 일 절대 삼가시고요. 평소에 건강관리 유념하세요. 그리고 또 발생할 수 있는 일이니 가급적이면 혼자 계시지 마시고 곁에 도와줄 사람 한두 분 정도는 두셔야 합니다."

"네. 그럴게요."

"검사 결과 보니까 핏줄 하나는 아예 막혀 있고, 몇 가닥은 막히기 직전이에요. 그래도 이 정도면 약을 복용해서 개선하실 수 있습니다. 약 처방해 드릴 테니까 시간 맞춰서 꼭 챙겨 드세요."

바보 같지만, 사실 그렇게 죽음의 문턱에 다다르고 나서야 내가 죽을 만큼 무리하며 살아가고 있었다는 걸 깨달았다. 몸에 스텐트를 박는 시술을 한 뒤 겨우 한숨을 돌릴 수 있었다. 물론 이제 숨이 다하는 순간까지 평생을 조심하고 관리해야 하는 병이기에 조심스러운 게 사실이었다.

집으로 돌아온 후에도 다시 똑같은 증상을 겪지 않으려고 니트로글리세린이라는 약을 복용하기 시작했다. 내가 심근경색으로 병원을 오갈 당시의 언니는 건강한 편이었다. 언니에게는 봉창 두드리는 소리겠지만, 언니에게도 충분히 발생할 수 있는 일이라 생각했다. 나는 조금의 짐작도 없이 쓰러졌지만, 언니는 어느 정도 마음의 준비가 되어 있길 바랐다.

"언니도 조심해. 심근경색이 가족력이 있는 병이라 언니도 걸릴 수 있대."
"넌 굳이 그런 악담을 퍼부어야겠어?"
"혹시 모르니까 조심하자는 차원이잖아."
"됐어, 됐어. 네가 이렇게 말 안 해 줘도 충분히 겁난다고. 그래, 진짜 가족력 때문에 내가 똑같이 아프게 됐다고 해 보자. 그렇다고 내가 심근경색 왔을 때 할 수 있는 일이 있어? 너처럼 주변에 재수 좋게 신고해 줄 사람 있으면 사는 거고 아니면 죽는 거 아니야?"

언니의 생각이 답답하게 느껴졌지만 아주 틀린 말도 아니었다. 언니를 공연히 불안하게만 만든 것 같아 미안해졌다. 그리고 정확히 1년 후에 언니도 심근경색으로 응급실에 실려 갔다. 가족력이 있는 게 맞았는데, 언니가 같은 병명으로 실려 가게 되면서 몸소 깨달았다. 중년의 나이에도 부모의 조언이 필요한 때가 있구나. 새삼스레 씁쓸해졌다.

언니는 어릴 때부터 혈관 기형을 갖고 태어났다. 의사의 말로는 영유아의 나이에도 수술이 가능하다고 했지만, 아버지와 작은아버지가 머슴살이 해서 받아온 쌀조차 우리 가족의 몫이 아니었으니 수술은 사치였다. 허무하게 수술 시기를 놓쳤고, 30대 중반부터 증상이 나타나기 시작했다. 신우

염도 자주 생겼다. 언니는 옆구리에서 등까지 타들어 가는 듯 아프다며 고통스러워했다. 사타구니에 줄을 박아 혈관을 막는 색전술이라는 시술을 받았지만 병에 차도는 없었다.

입원도 밥 먹듯 했다. 스스로 소변을 보지 못해 병원에서 소변을 뽑아내야 했고, 그 횟수는 시간이 지날수록 잦아졌다. 한 달에 한 번, 보름에 한 번, 일주일에 한 번, 이틀에 한 번. 그 지난한 과정을 거치면서 언니의 몸은 점차 약해지고 있었다. 열은 40도까지 올라가고, 나는 그럴 때마다 언니가 잘못되기라도 할까 봐 눈물을 그렁그렁 달고 언니를 병원까지 데리고 갔다.

"소변이 역류하면 감염이 생기는 건 시간문제예요. 패혈증이 생기면 돌아가실 수도 있습니다."

"죽을 수도 있다고요……? 우리 언니가요?"

"말씀드리는 저도 마음이 무겁습니다만, 그렇습니다. 이제부터는 환자분 돌보실 때 더 신경 써 주셔야 합니다."

주치의의 표정도 어두워져 갔다. 예후가 좋지 않아 낙관적인 말은 들을 수 없었다. 아버지가 백혈병으로 한 달 시한부 판정을 받았을 때처럼, 병원비 상환 능력의 여부로 완치 여부도 결정이 나는 거였다면 오죽이나 좋았을까.

첫 수술부터 워낙 오랜 시간이 걸리는 대수술이었다. 언니의 작고 가녀린 몸을 그렇게 오랜 시간 헤집었으니 당연히 그 수술이 마지막 수술일 줄 알았다. 통원치료만 받으면 되겠지, 하는 안일한 마음으로 언니를 데리고 다시 증평으로 내려갔다. 지방이라 집값이 저렴했다. 작은 일에도 은우의 허락이 떨어져야 움직였지만, 내 마음을 움직인 건 언니가 그 집을 너무 마음에 들어해서였다. 원래 갖고 있던 돈에 대출금을 좀 더 얹어 은우 모르게 집을 샀다. 전세나 월세가 아닌, 내가 처음으로 장만한 집이었다.

하지만 한 번으로 끝날 줄 알았던 큰 수술이 일상처럼 이어졌다. 언니는 그 힘겨운 수술을 몇 번이고 견뎌 냈다. 기형 혈관들을 잘라내고, 잘라낸 부분들을 레이저로 지져서 막는 수술이 몇 번이고 반복되었다. 후유증으로 언니는 다리를 절게 되었다. 장애 판정을 받을 정도로.

“언니 아직 걷는 거 어색해. 휠체어 타고 가. 목발이라도 짚던가.”
“내가 왜 휠체어를 타? 목발은 왜 짚어? 나 봐. 걸을 수 있잖아.”
“그러다 다친다니까?”
“놔 봐. 부축하지 말라고 했다.”

언니는 자신이 장애인이 되었다는 사실을 인정하지 못했다. 매번 벽을 짚고 걷다가 앞으로 고꾸라질 뻔해도 언니는 내내 고집스러웠다. 마음이 아팠지만, 그렇게 억지로 걸음을 걷다가 휘청거리기라도 하는 날이면 내 심장도 함께 철렁했다.

언니의 병세는 점차 심각해졌지만 그렇다고 사람이 유약해지거나 하지는 않았다. 나에게만 그런 것일지도 모르겠지만, 틈만 나면 형부와 내 사이를 이간질하고 못된 말을 계속 일삼았다. 같이 살기 싫다며 아픈 와중에도 집을 나가겠다고 우기기도 했다.

“내가 보기 싫은 거면 최대한 안 마주치게 내가 조심하면 되는 거잖아. 그래도 집을 굳이 나가야겠어? 잘 생각해 봐.”
“어. 난 꼭 이놈의 집구석 나가 버릴 거니까 나 살 데 마련해줘, 빨리.”

굳이 또 아픈 몸으로 나가겠다고 하니 자존심 상하고 기분도 나빠서 언니의 집을 또 해 줬다. 여태 병원에 데려다주고 돌봐 주고 한 게 나였는데. 집 나가면 병원까지 언니를 데리고 가는 나와 상훈만 더 힘들어지는 거다. 상훈은 내가 운영하는 카페에서 일하던 직원으로, 내 언니가 아프다는 소식을 듣고 한달음에 달려와 준 사람이었다. 상훈의 역할은 언니를 병원까지 차로 데려다주고, 데리러 가는 것이었다. 한집에서 살면 언니를 바로 차에 태우고 가면 되지만, 언니가 독립을 했으니 상훈과 함께 차를 끌고 언니 집으로 가서 언니를 태우고 병원까지 가야 했다. 나와 상훈이는 언니를 위해 그 불편한 동선을 감수했다.

"집 다시 들어올 생각 없어? 언니 아플 때 수발들어 줄 사람도 없고,"
"없어. 추호도 없어. 지금 너무 편하고 좋은데 왜 그래?"

언니는 내 말꼬리까지 잘라먹고 아득바득 혼자 사는 게 편하다고 우겼다. 부축을 받아야 생활하기 좋을 텐데도. 수술로 목숨을 겨우 부지하고 있던 언니는, 수술을 한 번 더 하면 걸음걸이가 정상으로 돌아올 거라 믿었다. 그리고 그게 곧이라고 생각했다.

"선생님. 수술을 한 번 더 해 보는 건 어떨까요? 저 보통 사람처럼 다시 똑바로 걷고 싶어요."
"지금 환자분 몸이 많이 쇠약해지셔서, 다시 수술을 한다는 건……."
"혈관을 수술했는데 왜 다리를 절어요? 이거 분명 잘못된 거잖아요. 다시 원상복구할 수 있는 거잖아요. 네? 선생님. 제발 저 좀 살 수 있게 해 주세요."
"수술을 한다고 해도 백 퍼센트 예전처럼 걸을 수 있다는 보장은 못 드리겠습니다. 좀 반신반의 상태긴 하지만, 한번 해 봅시다."

대답하는 주치의의 표정은 그다지 밝지 않았다. 대답이 흔쾌한 것은 더더욱 아니었다.

수술은 다섯 시간에서 여섯 시간이 걸렸다. 가뜩이나 약한 몸에 칼을 또 댔다. 메말라가는 나무를 보는 것 같았다. 말라비틀어진 이파리가 하나둘 맥없이 떨어지는 것처럼, 수술실에서 나오는 언니는 마치 죽어 있는 것처럼 보였다. 내가 해 줄 수 있는 건 아무것도 없었다. 불쌍하고 안쓰러워서 어떡하냐며 우는 것 말고는.

수술을 마치고도 언니의 걸음걸이는 나아지지 않았다. 내가 의지할 수 있는 유일한 대상이었던 언니였기에 죽지 않은 것만으로도 하늘에 감사드렸다. 이기적인 쌍둥이 동생의 생각이었을지도 모른다. 그때까지만 해도 그 수술이 언니의 생명에 지장을 줄 거라는 건 상상도 못 했다. 퇴원한 언니와 함께 집으로 돌아온 이후에는 실밥이 고스란히 보이는 부위마다 드레싱을 해 줬다. 상처가 아물 때가 되면 병원으로 가 실밥을 뽑았다. 꿰맨 자리에서 맑은 물이 새어 나왔다. 그때까지만 해도 나는 그게 뭔지 몰랐다.

"정란아. 나 머리가 너무 아파."
"일어날 수는 있겠어? 밥 차려 왔는데. 이럴 때일수록 잘 먹어야지."
"못 일어나겠어. 몸에 도저히 힘이 안 들어가."

언니는 또 구급차를 타야 했다. 인상을 쓴 채 누워 있는 언니의 손을 꼭 잡았다. 눈앞이 캄캄한 와중에도 언니를 진정시켜야 한다는 것이 나를 미치게 했다. 병원에 도착하고 나서야 언니에게서 새어 나오는 그 맑은 물이 뭔지를 알 수 있었다.

"뇌척수액입니다."

"뇌척수액이라고요? 그럼 이제 우리 언니 어떡해요?"

"지금 바로 수술하셔야 합니다. 더 큰 불상사를 막아야 합니다."

퇴원하고 나서 언니도 나처럼 약으로 조절하며 살 수 있었으면 얼마나 좋았을까. 언니의 심근경색은 관상동맥증후군으로 발전했다. 이름부터 낯선 병이었다. 나는 그 병명을 그날 병원에서 처음 들었다.

나는 눈물이 범벅된 얼굴로 발을 동동거렸다. 떨리는 손으로 보호자란에 사인을 한 후 언니는 수술실 안으로 빨려 들어가다시피 했다. 그게 언니의 세 번째 수술이었다. 그때까지만 해도 혼자 살겠다고 우겨 대는 언니 때문에 나하고 상훈만 고생했다. 그러는 동안 언니의 병은 병대로 심해졌고 아프다고 말하는 빈도수도 많아졌다. 결국 언니는 나가 산 지 6개월 만에 다시 집으로 들어왔다. 딱 죽기 직전이었다, 그때가.

세 번째 수술 후 반나절이 지나고 나서야 언니는 수술실에서 나왔다. 마취가 깨자마자 밀려드는 고통에 언니는 손이 하얘지도록 침대 난간을 부여잡았다. 언니가 너무 아파하지 않기를 기도하면서 우는 것 말고는 내가 해 줄 수 있는 게 없다는 사실이 절망적이었다. 허리에서 엉덩이까지, 몇 바늘을 꿰맸는지 모를 정도로 긴 봉합 부위에는 시간이 지나도 새살이 돋지 않았다. 언니의 몸이 그만큼 약해져 있다는 걸 의미했다. 수술을 했음에도 맑은 물은 자꾸만 새어 나왔다. 나는 그보다 더 많은 눈물을 흘렸다. 물론 언니보다는 덜 고통스러웠을 테지만.

언니가 힘든 시간을 보내는 동안 의지할 수 있는 대상은 나뿐이었다. 그리고 그건 나도 마찬가지였다. 우리가 무슨 죄를 지으면 이런 수난을 다

겪냐고, 서로 부둥켜안고 울기도 많이 울었다. 언니도 언니였지만, 10년의
세월 동안 언니를 간호하면서 나도 내 삶을 잃어 갔다. 천애고아도 아니었
고, 아버지는 물론 친척들도 새엄마도 있었지만 언니가 퇴원한 후 외래진
료를 받을 때가 되어서야 한 번씩 병원에 얼굴을 비쳤다. 마치 직장 동료
의 아버지 병문안을 오듯, 30분 남짓한 찰나의 시간 동안만 있다가 가 버
렸다. 은우는 가끔 돈만 부쳐 줄 뿐 병원에는 오지 않았다. 원망스러운 한
편으론 이해가 되기도 했다. 언니가 오죽 은우를 괴롭게 했어야지.

소의 경막을 이식하기로 했다. 새살이 돋지 않으니 짐승의 살갗이라도
빌려 막자는 것이었다. 하지만 예후는 좋지 않았다. 돼지 경막으로 막아도
봤지만 소용이 없었다. 더 막막했던 건, 뇌척수액을 막는 수술은 언제까지
나 임시방편이었다. 혈관 상태를 개선하는 직접적인 수술을 하지는 못했
다. 여러 차례 수술을 거칠수록 언니는 심적으로도 많이 나약해져 있었다.
하루에도 몇 번씩 죽음의 그림자가 넘실대는 걸 느꼈고, 이보다 더 큰 수
술은 무서워서 못 하겠다며 울먹거렸다.

"환자분, 서울대학교병원 가셔서 꼭 수술받으세요. 버틴다고 되는 문제
가 아닙니다."
"그래도 잘못될까 봐 너무 무서운데……."
"강하게 말씀드릴게요. 지금 수술 안 받으시면 죽습니다."

언니처럼 위중한 환자를 돌볼 수 있는 큰 병원들 중 가장 가까운 청주
성모병원 의사는 언니를 몰아붙였다. 의사로서 당연히 해야 할 말이었지
만, 그 날 선 말들은 모두 언니의 심장에 협박으로 날아와 마구 할퀴었다.
수술도 무섭고, 죽는 것도 무섭고. 언니는 죽음의 위협에 손쉽게 놀아났다.
발 하나조차 디딜 수 없을 정도로 좁은 공간 같았을 터였다. 언니를 잃을

까 두려운 건 나도 마찬가지였지만, 그래도 나는 의사의 편에 더 가까웠다. 숨이 붙어 있는 동안 할 수 있는 조치는 다 취해 봐야 한다고 생각했다.

맑기만 했던 뇌척수액은 어느 순간부터 붉은빛을 띠었다. 의사는 피가 섞이기 시작해서 그렇다고 했다. 그게 관상동맥증후군의 증상 중 하나라는 말도 들었다. 그러면서 치료도 아닌 수술이 시급하다고 다시 강조하는데, 보호자로서 두려워하고 있는 언니를 지켜볼 수만은 없었다.

"아프잖아. 아파 죽을 것 같아서 무섭지? 그러면 수술을 받아야지. 의사 선생님도 받으라고 했고."
"견딜 만해."
"견딘다고 낫는 병이야, 이게? 이러나저러나 아플 거 수술 한 번 더 받아 보자는 거잖아."
"너 지금 나 죽으라고 굿하는 거지? 네가 나처럼 아파 봤어?"
"무슨 말을 그렇게 해?"

언니는 병환이 깊어질수록 짜증이 많아졌다. 가끔가다 욱해서 한 번씩 맞받아친 적도 있었지만, 대개 욕받이처럼 언니의 짜증을 가만히 들어 주었다. 의사에게서 언니가 얼마나 아픈지에 대한 얘기를 듣는 것만으로도 짐작이 되었다. 매 순간 끔찍한 고통을 참아 내고 있다는 걸.

"언제 와? 나 배고파서 죽겠다고."
"지금 차 탔어. 정 배고프면 오늘은 그냥 병원 밥 먹을래?"
"장난해? 그 맛대가리 없는 걸 나더러 어떻게 먹으라는 거야? 왜 이제 출발했어? 진짜 나 배고파 뒈지라는 거지?"

언니는 병원 밥을 절대 먹지 않았다. 내가 해 준 밥만을 고집했다. 밥이 걸려 있었으니 서울로 올라가는 빈도수가 자연히 많아질 수밖에 없었다. 증평에서 국과 반찬을 만들어 서울까지 바리바리 싸 들고 올라갔고 병원 근처의 마트에서 김을 사 가지고 들어와 상을 차려 주고 하룻밤을 간이침대에서 잤다. 냉장고에 반찬이 하나라도 떨어지는 날에는 곧장 불호령이 쏟아졌다. 간병인을 따로 두고 있음에도 내가 계속 고생했던 이유였다.

무려 일곱 차례나 수술을 하며 고생만 죽어라 했던 언니는 마흔아홉의 나이에 눈을 감았다. 그렇게 오랜 시간 동안 고통만 줬는데, 삶의 끝자락만이라도 좀 편안할 수는 없었던 걸까. '이젠 고통 없는 세상에서 편안할 것'이라는 사람들의 위로도 귀에 들어오지 않았다. 동강 난 마음의 파편들이 사라진 것처럼, 오랫동안 아팠다.

"얼마나 힘들었니. 정란이가 고생 많았지."
"그래. 희란 언니도 정말 많이 아프셨겠다."
"기운 내. 밥도 좀 먹고. 이럴 때일수록 잘 먹고 기운 차려야 하는 거 알지?"

언니의 장례식에 상주로서 완장을 찼다. 까만 상복을 입고 실핀에 흰 리본을 매달아 꽂고 얼마 없는 조문객들을 내 손으로 맞았다. 아이를 잃은 부모를 지칭하는 단어가 없는 이유가 아이를 잃은 부모의 슬픔은 말로 표현할 수 없을 만큼 슬퍼서라는데, 언니의 죽음 앞에서 아버지는 그렇게 슬퍼 보이지 않았다. 눈물을 쏟지도 않았고, 회한 섞인 푸념을 늘어놓지도 않았다. 딸자식 장례 치러 줄 능력도 없어서 내가 상주 노릇을 하는 걸 그대로 지켜보았다. 도와주지는 못할망정 구석에 앉아서 혼자 소주를 홀짝거리다가 졸다가 그랬다. 아버지한테 언니는 자식이라기보다 돈줄이었나.

그런 생각까지 들었다. 그래서 언니가 더 불쌍하게 느껴졌다.

발인 날이 다가올 때는 도통 잠을 이룰 수 없었다. 언니를 이제 완전히 보내야 한다는 걸 받아들일 수 없었다. 다리를 절게 됐을 때 언니가 그랬던 것처럼 현실을 부정하고 싶었다. 그렇게 나를 괴롭혔던 언니인데. 좀 미워해도 될 것 같은데. 관뚜껑을 열어 보면 잠에서 깬 언니가 반찬이 다 떨어졌다며 쨍알쨍알 투정을 부릴 것만 같았다. 하지만 이미 눈 감는 모습을 내 두 눈으로 직접 봤고, 삐- 하고 심장이 멎는 소리도 직접 들었다. 언니는 죽었고, 다시 살아 돌아오는 건 현실적으로 불가능했다.

"고인에게 마지막으로 인사 한 번씩 해 주세요."

발인실에서 장례지도사가 한 말이었다. 마지막. 그 말에 설움이 탁 터져 나왔다. 그렇게 평생을 모질게 굴어 놓고. 온갖 악다구니를 다 쓰길래 오래도록 생떼같이 살 줄 알았는데.

"언니 미안해. 내가 잘못했어. 언니 가지 마. 언니. 언니……."

뭐가 미안하고, 뭘 그렇게 잘못했는지 지금도 사실은 알지 못한다. 그냥 발인할 때가 되었고, 정말 마지막이라는 생각이 들면 나올 수도 있는 말이었지만, 그땐 정말 하늘이 무너지는 것처럼 절망적이었다. 남은 생 동안 나한테 받기만 한 아버지와 크게 다를 바 없는 사람이었는데, 왜였을까. 심장을 반절 뚝 떼서 내다 버린 느낌이었다.

언니가 죽은 달에 뜻밖의 부고를 또 들었다. 내가 학교에서 일을 하던 시절에는 나와 같은 동료였다가 세월이 흘러 행정과장이 된 분에게서 전해 온 소식이었다.

"정란 씨, 이사님 돌아가셨어요. 얼굴 못 뵌 지 오래됐어도 괜찮으니까 가는 길 배웅해 주러 가요. 그만한 분도 없었잖아요."

행정과장님이 우리 언니의 부고를 알 리 없었다. 알았다면 이사장님의 부고를 전하는 것도 조심스러웠을 테고, 섣불리 장례식장에 오라는 말도 못 했을 거다. 전화를 끊고 나서 내 감정은 끝을 모르는 곳으로 자꾸만 가라앉았다. 언니의 죽음으로 엎질러졌던 우울을 수습하기도 전에 들어 버린 소식이었다. 그 후로 지독한 우울증에 시달렸다. 정신을 차리기까지도 꽤 오랜 시간이 걸렸다.

고름

: 언니가 죽고 난 이후

자살 시도를 했다. 눈이 어찌나 오는지 베란다 난간에 서 있었다. 내가 천사가 되는 기분이었다. 성훈이가 순간 잡지 않았으면 빨려 날아가는 줄 알았다. 방바닥에 떨어지는 순간 딸의 모습을 봤다. 딸의 눈과 마주쳤다.

내 인생을 전원 스위치 내리듯 완전히 꺼 버릴 수는 없는 걸까. 언니가 죽은 이후로는 시간도 더디게 흘렀고 버석버석해진 감정은 이내 갈라져 피가 나는 것만 같았다. 아무렇지 않은 것 같았다가 갑자기 찾아오는 짙은 우울감에 눈이 감겨 떠지지 않을 정도로 울었다.

매일매일 죽고 싶었다. 언니의 완치를 목표로 그렇게 열심히 달려온 것도 아니었다. 언니는 예후가 계속 좋지 않았고, 어느 정도 마음의 준비도 마쳤었다. 그런데, 죽고 나니까 내가 잘못 생각하고 있었다는 생각이 들었다. 참 우습게도, 기적을 바랐다. 언니가 씻은 듯이 나아서 나와 방방곡곡을 자유롭게 여행할 수 있었으면 좋겠다고 생각했다.

슬픔은 병인 양 깊어져 갔다. 이 방 안에서 내 눈물에 잠겨 죽을 수도 있지 않을까. 그런 생각으로 울기만 했다. 울면 원래 막힌 가슴이 탁 트이는데, 이상하게 점점 숨이 턱턱 막히는 것만 같았다.

"엄마만 언니 잃은 거 아니야. 나도 이모 잃었어. 근데 엄마까지 내가 잃어야 돼?"

나에게 모질게 쏘아붙이는 딸은 나만큼이나 불안정해 보였다. 그렇지. 어머니는 원래 강해야 하는데. 딸이 더는 불안하지 않도록, 적당히 슬퍼하고 얼른 빠져나와야 하는데. 하지만 그렇게 마음을 먹을수록 스트레스만 더해졌다. 심지어 이겨 낼 의욕마저 사라졌다.

그래도 엄마니까. 딸의 말대로 남은 가족은 나 하나뿐이니까. 그 마음으로 다시 일어섰다. 한 번도 가 본 적이 없으니 '정신과 몇 번 들락거린다고 이겨 낼 수 있을까' 하는 의심과 '지푸라기 잡는 심정으로 가 보기나 하자'라는 간절함을 안고 갔다. 아예 모르는 사람에게 내 얘기를 털어놓는다는 것이 처음에는 참 쑥스러웠다.

"내가 과연 잘 살 수 있는지, 잘 살아도 되는지 모르겠어요. 여태 정말 애쓰면서 살았는데, 그 모든 것들이 아무짝에도 쓸모없는 휴지 조각이 되어 버린 것 같아요. 딸 생각해서라도 힘내야 하는데, 아무 의욕도 없고 그냥 죽을 날 받아 놓고 사는 사람 같아요."

내 병명은 조울증과 우울증이었다. 현대인들이 으레 감기처럼 걸리는 병이라는데, 감기가 원래 불치의 병이었나 싶었다. 내가 울고 소리치고 해도 죽은 언니는 돌아오지 않는데. 그 어떤 답도 줄 수 없는 언니를 미워했다가 미안해했다가를 반복했다. 내가 생각해도 부질없었다. 그런데도 부정적인 생각을 멈출 수 없는 나 자신이 혐오스러웠다. 그러면서 우울감은 지속되었다. 그리고 이런 나를 제어하지 못하는 정신과 의사에게 분노했다.

아버지는 도움이 되지 않았고, 도움을 받기도 싫었다. 낳아 준다고 다 아버지는 아니라는 걸 해가 갈수록 실감하고 있었다. 아버지는 나에게 최소한의 안부조차 묻지 않은 채 내가 준 카드를 생활비로 썼다. 카드 사용 내역이 실시간으로 나에게 날아오는 것을 보면서 '잘 살고 있구나' 느끼는 것이다. 그저 아버지는 아버지대로, 나는 나대로 사는 거라고 생각했다.

셀 수 없는 양의 항우울제를 지속적으로 복용했다. 이젠 좀 괜찮아졌는지 상담에 온갖 치료까지 곁들였다. 아마 할 수 있는 치료들을 다 동원했다 해도 과언이 아닐 것이다. 그래도 의사와 대화를 많이 하니까 더디게나마 나아지기 시작했다. 나와 친분이 조금도 없는 사람에게 털어놓는 것이 오히려 좋은 효과를 불러온 것 같았다.

"정신과 찾으시는 분들 중에 얘기 들어줄 사람 없어서 오시는 경우가 생각보다 많아요. 더 오래 걸릴 수도 있겠다고 생각은 했었는데, 안정란 환자분께서 빨리 잘 이겨 내시고 있는 것 같아서 다행입니다."

마음의 병을 이겨 내는 건 본인의 의지가 있어야 된다고들 한다. 하지만 내가 이겨 내는 방법은 별다를 게 없었다. 많이 울었고, 많이 아파했다. 내 감정을 똑바로 마주하면서. 그렇게 2년을 보내니 서서히 상처에 피딱지가 앉으면서 아물기 시작했다. 눈물을 흘릴 때마다, 언젠가 의사가 나에게 해 준 말을 기억했다.

"눈물은 고름 같은 거예요. 참을 필요 없고 그냥 짜내면 됩니다. '내가 왜 울지?' '이렇게까지 나약해도 되나?' 그런 생각 하지 마시고 그냥 눈물 나오면 충분히 우세요. 참으면 병 된다는 말이 괜히 나온 게 아니거든요."

나는 고름을 짜내듯 울었다. 그러고 나니 조금씩 힘이 붙기 시작했다. 내가 괜찮아질 때까지 곁을 지켜 주는 딸이 보였고, 아직도 숨이 붙어 있는 나 자신이 보였다. 이대로 가만히 있기엔 해야 할 것들이 아직도 많았다.

정신을 차리기 시작한 건 언니가 죽은 지 2년쯤 지난 후였다. 뭐라도 하자는 생각으로 수입 옷 가게를 차렸다. 옷과 함께 액세서리와 가방도 팔았다. 옷은 정품이었지만 액세서리와 가방은 명품 브랜드를 카피한 제품들이었다. 무늬는 옷 가게였지만 불법이었다. 명품으로 두르고 싶은 허영심

고름: 언니가 죽고 난 이후

은 있지만 지갑 사정이 그렇지 못한 사람들이 내 가게의 단골손님이 되었다. 매출은 예상대로 안정적이었다.

"합법적인 걸 할 수는 없는 거야? 넌 왜 맨날 불법적인 것만 해?"

은우는 내가 수입 옷 가게를 하는 것에 불만을 토로했다. 하고많은 것들 중에 왜 불법적인 것만 골라 하냐는 거다. 글쎄. 은우의 물음에 마땅히 대답할 말은 없었다. 그냥 살려고 이것저것 잡다 보니 그렇게 됐다고밖엔. 변명일지도 모른다. 아니, 변명이다. 그래도 가게를 바삐 운영하면서 마음에 생겼던 볼록한 흉터들은 거의 보이지 않을 정도로 옅어졌다.

남은 날들은 나 자신만을 생각하며 보내기로 했고, 그 수입 옷 가게는 나를 여태 일어서 있게 해 주는 힘을 주었다. 내 가게를 찾아 주는 사람들이 맘에 드는 것을 골라 갈 수 있도록 성심성의껏 응대할 것이고, 손님 한 명한 명을 만족시키면서 느끼는 소박한 성취감을 자양분으로 삼을 생각이다.

조연

: 나를 스쳐 간 사람들

인생을 살아가면서 많은 인연을 만났다. 오래됐다고 무조건 좋은 인연으로 남는 것도 아니고, 정말 예상치 못한 곳에서 만난 사람이 나의 인생에 좋은 영향을 미칠 수 있다는 걸 느끼면서 살았다. 당장 언니만 해도 같은 배에서 태어났는데도 돈이고 정신이고 나한테 온갖 것들을 착취해 갔다.

"오늘 밤에 일 있어? 없지?"
"가게 봐야 하긴 하는데."
"종업원들이 알아서 하겠지. 나랑 어디 좀 가자."

내가 남편과 별거하는 동안 언니는 자주 가던 호스트바에 나를 데리고 갔다. 겉모습이 번지르르한 호스트들에게 눈이 멀어서 간이고 쓸개고 다 갖다 바치던 언니였기에 처음에는 호스트바라는 곳에 거부감을 느꼈다. 가고 싶지 않다고는 했지만, 얼마나 좋길래 언니가 그렇게 목을 매나 하는 호기심도 들었다. 내가 이혼 후 재미도 없고 기력도 없이 사는 것 같다며 은우가 먼저 언니에게 나를 호스트바에 데리고 가라고 했다더라. 이럴 때 한번 가 보는 것도 나쁘지 않겠다 싶었다.

"내가 다 쏠게. 그냥 이참에 눈 딱 한 번 감고 가 봐. 남편도 없겠다, 인생한 번 사는데 좋은 건 다 누려 보고 가야지. 빨리 옷 입어. 예쁜 걸로 골라 입어라."

언니의 성화에 못 이기는 척 집을 나섰다. 남자들이 다니는 유흥업소를 비즈니스 클럽이라 칭할 정도로 사업을 논의할 때 아가씨들을 끼고 노는 일이 일상적이라는 건 알고 있었다. 하지만 호스트바는 기껏해야 언니에게서 듣는 얘기들이 전부였다. 직접 가 본 호스트바는 그야말로 신세계였다. 내부가 호화로운 장식으로 가득했고, 멀끔하게 생긴 남자들 수십 명이

나와 나의 초이스를 기다렸다. 마치 여왕이 된 것 같은 기분이었다.

"거 봐. 오길 잘했지?"
"응. 근데 내가 여기서 막 아무나 골라도 되는 건지 모르겠다."
"그러라고 서 있는 거지, 저 남자들이. 그만한 돈을 우리가 지불하잖아? 그러니까 빨리 골라 봐. 누가 맘에 드는데?"
"나 잘 모르겠어."
"쟤 예쁘게 생겼네. 쟤 데리고 놀아."

언니는 능숙한 손길로 호스트 하나를 지목했다. 언니의 손짓 한 번에 그 예쁘장한 남자가 내 옆에 앉았다. 그 친구가 훗날 내 카페에서 일하게 되는 직원이자 언니의 간호까지 도맡게 되는 상훈이었다.

"안녕하세요. 이런 데 처음이라서 뭘 어떻게 해야……."
"제가 술부터 따라 드릴게요, 누나."

넉살 좋게 웃은 상훈은 스트레이트 잔에 적당한 양의 양주를 채워 주었다. 이곳에서 일한 지 얼마 되지 않았다는 얘기를 들어서인지 언니의 파트너보다 더 앳돼 보였다. 막냇동생이 있어 본 적은 없었지만 마치 막냇동생인 양 신경이 쓰였다. 나는 언니와 함께 그 호스트바에 몇 번 더 갔다. 2차로 잠자리를 갖거나 값나가는 물건을 사 달라고 은근히 요구하는, 소위 공사를 치는 것이 상훈에게는 없었다. 그 점이 그를 더욱 좋게 보이게 만들었다. 이런 곳에서 일하게 하기 싫을 정도로.

"나랑 같이 일할 생각 없어?"
"네? 무슨 일이요?"

"여기 그만두고 내가 하는 가게 와서 일해. 지금처럼 밤낮 바뀌지 않아도 되는 일이야. 돈도 내가 두둑하게 줄게."

생활 패턴이 바뀌면 생체리듬도 깨져 피로를 더 느낀다. 그리고 상훈도 별반 다르지 않았던 모양인지 흔쾌히 내 제안을 받아들였다. 호스트바에서 일하고자 하는 사람들이 많은 건지 그 호스트바에서는 상훈을 순순히 놓아 주었고, 상훈은 내가 운영하는 카페에서 낮에 커피를 내리고 카운터를 보았다. 낮 장사는 상훈이 오픈 시간부터 오후 6시까지 도맡았고, 그다음에는 내가 나와서 술을 팔았다.

"안녕하세요. 저희 방송 출연 협조 요청드리고자 전화드렸습니다. 혹시 안정란 사장님 맞으세요?"
"네. 맞습니다. 어떤 방송 말씀하시는 거죠?"
"사장님 가게가 인테리어가 예뻐서 연인분들이 데이트하기에 좋은 장소로 요즘 화제라고 들어서요. 사장님 가게 좀 촬영하고 싶어서요."

인테리어에 공을 들인 보람이 있었다. 낮에 커피와 함께 간단한 식사 종류를 파는 카페는 그 근방에서 제일 예쁘기로 소문이 난 곳이었다. 방송에 내 카페가 몇 차례 나오면서 상훈은 더 바빠졌다. 그런데도 군소리 한 번 하지 않고 일을 착실하게 잘했다. 오히려 손님이 많을수록 저분들 덕분에 내가 돈을 받는 거 아니겠냐며 미소 짓는, 바보처럼 순박한 사람이었다. 할 수 있다면 내 곁에 오래도록 두고 싶었다. 그만큼 상훈도 나를 친누나처럼 잘 따랐다.

"누나, 저 할 말 있어요."
"뭔데? 무슨 안 좋은 일 생겼어? 표정이 좀 안 좋은 것 같은데."

"안 좋은 일은 아닌데. 아, 안 좋은 일 맞나……."

저녁 장사를 위해 출근한 어느 날 상훈이 나를 불렀다. 상훈의 표정이 밝지 않아서 집안에 큰일이 터진 줄 알았다. 은우가 나에게 그랬던 것처럼, 상훈을 도와야 할 일이 생긴다면 물심양면 도와줄 의향도 있었다.

"정말 죄송하지만, 누나가 너무 잘해 주셔서 너무나도 과분한 환경 속에서 다니고 있었는데… 이런 말씀 드려서 죄송해요. 저 그만둬야 할 것 같습니다."

"왜 미안해. 그만둘 수도 있는 거지. 더 좋은 데 있으면 그리로 가고 그러는 거야 원래."

"아니에요. 더 좋은 데를 찾아서 관두는 게 아니에요. 부산으로 내려가고 싶어서 그런 거예요."

상훈은 그만둔다는 말을 하면서도 미안해 어쩔 줄 몰라 했다. 왜 지방으로 내려가려고 하는지, 콕 집어 부산이라고 한 이유가 있는지 더 캐묻지는 않았다. 그리고 상훈이 이삿짐을 다 싸서 트럭에 실었을 때 조수석에 앉아 있던 상훈에게 따로 돈이 든 봉투를 챙겨 주었다. 상훈은 한껏 미안해하며 한사코 사양했다.

"갑자기 그만두는 애 뭐가 예쁘다고 이런 걸 주세요. 저는 받을 자격 없어요."

"고마워서 그래. 그리고 너 부산 내려가면 혼자서 정착도 해야 하는데 너 그럴 돈 있어? 그냥 내가 줄 때 받아."

함께 지내 온 세월이 2년이었다. 기간으로만 따지면 부산에서 정착할 수 있을 만큼의 액수를 선뜻 줄 정도로 막 가까운 사이는 아니었다. 하지만 그간 봐 온 상훈은 2년 동안 짜증 한 번 내지 않고 늘 성실한 사람이었다. 원래 그런 사람이었던 척 포장하는 것일 수도 있겠지만, 그런 척하는 건 어차피 오래가지 못한다. 상훈은 변함없이 진솔하고 건실한 직원이었다. 그런 직원에게 금전으로 마음을 표현하고 싶었던 것이다. 자본주의 사회고, 최고의 동기 부여는 돈이니까. 이왕 할 새 출발, 좀 든든한 마음으로 했으면 싶었던 거다.

생각해 보면, 사실 상훈이 부산으로 내려가겠다고 결정한 건 타의가 좀 더 많이 섞여 있었다. 많은 액수를 쥐여 준 것도 그 때문이었다. 이유는 언니였다. 언니는 늘 상훈을 싫어하는 티가 났다. 언니와 상훈은 성향 자체가 정반대였다. 상훈은 상황이 잘 돌아가지 않는다거나 상대방이 잘못을 저질렀을 때 꼭 입바른 소리로 불만을 토로했다. 바른 생활을 추구하는 상훈의 눈에 언니는 어떻게든 계도의 길을 걷게 해야 사람처럼 보였을지도 모른다.

"희란 누나, 이젠 쓸데없는 데에 돈 그만 쓰시면 안 돼요? 하루라도 더 빠를 때 적금 넣어 놔야죠."
"내 돈 내가 벌어 가지고 쓰는 건데 그게 무슨 잘못인데? 야, 안정란! 네가 보기에도 내가 정말 씀씀이가 헤퍼?"

언니는 상훈과 신경전이 발생하면 꼭 나를 불렀다. 그리고 나에게 잘잘못을 판가름해 달라는 소리를 주로 했다. 피는 물보다 진하고, 팔은 안으로 굽는다. 그래서인지 내가 언니를 두둔하는 말을 자주 했었다.

"그래. 여유 있을 때 그런 데도 놀러 가고 그러는 거지. 상훈이 너도 그냥 그런가 보다 해."

"사실 정란 누나처럼 사는 게 맞는 거잖아요. 일을 하는 것도 아니고, 그렇다고 집안일을 착실하게 하는 것도 아니면서 매일 사치만 부리는 건 좀 아니지 않아요?"

"어린 게 버르장머리 없이. 지금 너 말 다 했어?"

상훈은 늘 내 편이었다. 가끔은 대변인 같다고 해도 과언이 아니었다. 늘 내 편이 되어 주는 상훈이 언니에게는 눈엣가시였고, 상훈과 언니가 싸우다 언성이 높아지는 날이면 이웃집에서 시끄럽다고 찾아오는 일도 생겼다. 갈등이 깊어지도록 가만 지켜볼 수는 없었으니 둘 중 하나를 내보내야 겠다고 생각했다. 그리고 나는 내 편을 들어 주는 상훈에게 미안한 제안을 하게 됐다.

"그래도 내 언니고, 언니를 나가게 할 수는 없으니까… 그렇다고 지금 당장 나가라는 건 아냐. 내가 무슨 염치로 그래. 너 이사 갈 집 있는지 한번 확인만 해 볼래?"

성숙한 사고를 갖춘 상훈은 나를 이해한다며 오히려 위로를 해 줬다. 그 모습을 보니 좋은 사람까지 쫓아낼 수밖에 없게 만드는 언니가 더 미웠다. 상훈처럼 괜찮은 직원을 또 어디서 찾나 막막해졌다. 하지만 그럴 때일수록 일에 더 열중하는 편이 여러모로 좋을 것 같았다. 손 놓고 있으면 잡생각만 많아지니까.

가게는 계속 운영했다. 대신 다른 일도 겸했다. 내 가게가 이미 예쁜 카페로 소문이 많이 나 있었으니 그걸 활용해 보기로 한 것이다. 기존에 있던 빈 점포를 인수해서 리모델링을 한 다음 개업 후 일정 기간이 지나면 권리금을 붙여서 다시 파는 것을 시작했다. 자영업을 하는 사람이라면 깔끔하고 예쁜 가게가 손님들의 방문을 유도한다는 것을 너무나도 잘 알고 있기에 수요가 높았다. 평생 이렇게 일만 하다 갈 팔자인가 싶어 가끔 우울해지기도 했지만, 파리 날리는 것보단 나았다.

"우리 가게 단골이시네요. 자주 뵙는 것 같아요."
"여기 사장님이 미인이시니까 자꾸 오고 싶어지더라고요."

그리고 살다 보니 나에게 관심을 표하는 사람이 또 생겼다. 가게에 자주 오는, 나보다 10살이 많은 남자 건협이었다. 운수업을 하는데 직급이 상무라고 했다. 나는 그를 장난으로 그의 성씨와 직함을 붙여 이 상무라고 불렀다. 전남편보다도 나이가 한참 많았으니 당연히 나이가 주는 어른스러운 면모가 있을 거라는 기대감이 있었다. 답 없는 언니를 데리고 살기가 버거웠으니 이제는 좀 듬직한 남자를 만나 기대고 싶었다.

하지만 남자는 거기서 거기라는 걸 오래 지나지 않아 깨달았다. 만나봤자 시간 낭비라는 생각이 들었다. 나는 더 이상 시간 낭비를 하고 싶지 않았다. 가뜩이나 원철이라는 악연 때문에 고생했던 세월이었다.

"우리 인제 그만 만나. 그냥 혼자서 살래. 오빠가 성숙하지 못한 게 못 견디게 싫어."
"헤어지잔 소리가 그렇게 쉽게 나와? 그럴 거면 애초에 사귀질 말았어야지."
"맞는지 안 맞는지는 만나 봐야 알 수 있는 건데 무슨 말을 그렇게 해?"
"먼저 사람 마음 갖고 논 게 누군데 그래?"
"언제 또 갖고 놀았다고 그래?"

헤어지자고 하자 건협은 말도 안 되는 온갖 억지를 부리며 헤어지지 않겠다고 했다. 전남편 원철을 보는 것 같아 소름이 돋았다. 왜 나하고 엮이는 남자들은 하나같이 집착을 할까 싶어 괴로웠다. 건협은 한술 더 떠서 온갖 수단과 방법을 동원해 스토킹에 협박까지 일삼았다. 제일 비겁했던 건, 어린 딸을 이용한 협박이었다.

"정연이 어머니, 안녕하세요. 저 정연이 담임이에요."
"네, 안녕하세요. 무슨 일로 전화 주셨나요?"
"아, 다름이 아니라 오늘 정연이 아버지가 학교에 들어오셨더라고요. 그러면서 정연이를 찾는데…… 아무리 생각해도 께름칙해서요."

딸의 담임선생님은 나 혼자 딸을 키우고 있다는 사실을 알고 있었다. 그래서 이상하다는 걸 일찌감치 직감하고 나한테 전화를 했다. 원철이야 부성애라곤 눈을 씻고 찾아봐도 없는 사람이었으니 딸의 학교로 갔을 리 없었다. 그렇다면 영락없이 건협의 소행이었다.

"알려 주셔서 감사합니다. 제 딸 좀 집으로 돌려보내 주실 수 있으실까요?"

딸이 다치는 상상만으로도 눈이 멀 것처럼 아찔해졌다. 하교한 딸이 멀쩡한지 여기저기 샅샅이 훑곤 꼭 끌어안아 줬었다. 내 눈엔 여전히 아직까지도 아기지만, 그때의 딸은 이차성징을 겪어 조금씩 숙녀티가 덧입혀지는 시기였기 때문에 끔찍한 상상이 최악으로까지 치달았다. 놀란 나를 본 딸이 더 놀란 눈치였지만, 그새 많이 자랐다고 내 앞에서는 놀란 티를 보이지 않았다. 그래서 딸에게 더 미안했다. 그나마 다행이었던 건 그 시기가 딱 여름방학쯤이었다. 딸이 어딜 가 있든 학업에 지장이 가지는 않는다는 뜻이었다.

일산에 있는 가사도우미 장 여사에게 딸을 맡겼다. 원철에게도 생명의 위협을 느낀 적이 있었으니 이러다 내가 죽겠구나 싶은 생각도 전혀 과대망상이 아니었다. 스토킹을 피해 다른 곳으로 가야 했다. 연고지가 없는 내가 선택할 수 있는 목적지는 부산이었다. 상훈이 있는 곳이기도 했고, 내 가게에서 일했던 부산 출신 남자애가 또 하나 더 있었다. 10살 어린 나이의 남자애, 주영이었다.

"오늘도 전화 받을 때까지 계속 전화하더라. 벨 소리가 계속 울리는데 너무 무서웠어."
"그래요?"

주영에게 감정적인 교류를 원하는 건 무리겠구나 싶었다. 내가 협박을 당한다는데도 주영은 별 관심도, 걱정도 없어 보였다. 겁에 질린 나를 보고도 걱정된다는 말 한 번 해준 적이 없었다. 주영에게는 내가 그저 엄살을 피우는 것처럼 보였을지도 모른다. 집을 따로 마련해 달라거나, 나를 지켜 달라고 한 것도 아닌데. 머쓱해졌다.

부산에서는 오피스텔에서 3개월가량을 지냈다. 딸도 못 보고 혼자서만 지내려니까 외로움이 스멀스멀 올라왔다. 그리고 언젠가는 건협이 나를 찾아올 거라는 공포에 매일 악몽을 꿨다. 키다리 아저씨 노릇을 했던 은우가 자연스럽게 떠올랐다. 하지만 도움을 받기 싫어 혼자서 그 공포와 외로움을 모두 이겨 냈다.

거처를 다른 지역으로 옮겨야 하나 고민할 때쯤 언니에게 전화가 왔다. 언젠가부터는 한 번도 동생을 위할 줄 몰랐던 언니는 내가 걱정돼 죽겠다는 말투였다.

"너 만나는 남자 있지? 있으면 걔 지금 당장 정리해. 이상한 새끼 같으니까. 갑자기 내 앞에 불쑥 나타나 가지고는, 지 이름도 안 알려 주고 이 상무라고 말하면 알 거라고 그러는데… 뭔가 느낌이 싸해. 사귀는 사이 맞아? 헤어지자고 했는데 계속 미련 떠는 건 아니고?"

건협은 나와 연락이 되지 않자 언니에게 전화를 걸었다고 했다. 당시 은우와 언니는 이혼을 했고 그 이후로 언니는 소도시인 증평으로 이사를 갔는데, 그런 언니를 용케 찾아낸 것이다. 그것도 모자라 언니 말고도 다른 친척들에게까지 연락하는 광기를 보였단다. 지리적으로 먼 거리에 있음에도 건협의 공포가 한 걸음 성큼 다가온 느낌이었다.

"이럴 땐 식구가 옆에 있어야지. 옆에 아무도 없으니까 그 이 상무인지 뭔지가 더 날뛰는 거 아니겠어?"

당시에도 직감했다. 그건 언니의 생각이 아닐 거라고. 언니는 나를 미워하기 시작한 이후로는 미운 정마저도 베풀지 않았다. 당연히 은우가 언니를 설득했을 거라 생각했다.

나를 향한 은우의 마음은 건협의 귀에도 들어갔다. 건협과 내 사이가 단골손님과 사장일 적에 내 복잡한 연애사에 대해 말한 적이 있었다. 넓은 포용력으로 나를 감싸 줄 것 같아 털어놓은 얘기들이었는데, 내가 사람 보는 눈이 참 없었던 모양이다. 건협은 치졸하게도 그걸 이용했다. 언니를 흔들어 놓으려고 온갖 말을 다 지어냈다.

"당신, 정란이 언니씩이나 돼 가지고 이렇게 가만히 있어서 되겠어? 은우 씨 옆에 있을 사람은 당신인데 왜 지방에서 이러고 찌그러져 사느냐고.

지금 안정란 그 여자가 얼마나 막장으로 사는지 알아? 내가 밥해 먹고 옷해 입으라고 다달이 생활비 꼬박꼬박 줬는데 그걸 죄다 사치 부리는 데 쓰더라고. 은우 씨가 그 사실을 알아도 안정란을 좋다고 그러겠어?"

언니는 돈이라면 사족을 못 쓰는 사람이었다. 제 몸에 바르든 허공에 뿌리든 많은 돈이 필요했고, 그래서 사랑하지 않았음에도 은우를 선택했던 것이다. 재력이 좋은 은우와 다달이 생활비를 부쳐 주는 건협. 둘의 마음이 모두 나를 향하고 있다는 사실을 깨달았을 땐 아마 속에서 천불이 났을 것이다. 하지만 사실을 바로 잡을 새도 없이 건협은 거짓말로 언니를 포섭하려 들었다. 나는 건협에게 돈을 줬으면 줬지 받은 적은 없었다. 돈을 벌어도 나한테 쓸 돈은 먹고 죽으래도 없었다. 건협은 아내와 별거 상태이긴 했어도 가정이 있었고, 대학생 딸도 있었다. 그런 상황에서 저보다 열 살은 어린 데다 돈까지 잘 버는 여자를 놓치기는 또 싫었을 거다.

"이젠 당신 얼굴 보는 것도 무서워. 이런 식으로 마음을 얻어내는 게 무슨 의미가 있어? 제발 나 좀 그만 놔 줘. 너무 지친다."
"놔 달라니? 어떻게 잡고 있는 건데 내가 왜 놔? 여태 너 쫓아다닌 게 아까워서라도 절대 그렇게는 못 해 주지."

건협의 집착은 끝을 모르고 계속되었다. 은우는 언니를 시켜 자꾸 자기한테 연락을 하라는 말을 전했지만, 은우에게 도움을 받기는 싫었다. 언니의 입장에서는 제 남편이 처제에게 다른 마음을 먹었던 것이 이혼 사유였고, 이혼 후에는 언니에게 내 얘기를 의식적으로라도 하지 않는 것이 예의이긴 했다. 그런데도 은우가 자꾸 언니에게 연락을 해서 내 얘기를 하는 게 이해되지 않았다. 은우가 언니에게 내 얘기를 할수록 언니가 날 미워할 게 뻔했는데.

스토킹의 끝은 허무하리만치 간단했다. 너 죽고 나 죽자는 마음으로 건협에게 악다구니를 지르고, 험상궂게 생긴 지인들을 데리고 가서 위협하자 건협은 나를 더 이상 찾지 않았다. 그제야 마음 놓고 딸을 만날 수 있었고, 이래도 되나 싶을 정도로 고요한 평온이 찾아들었다. 언니의 충동질이 없었더라면 아마 더 오랜 시간 동안 건협에게 시달렸을 것이다. 고마운 일이었지만, 그 일 하나로 언니를 완전히 용서하기는 힘들었다. '내가 언니 때문에 얼마나 어떻게 힘들었는데 이런 소소한 일로 용서를 해?' 그런 생각으로 뻗댔다. 은우는 그런 나를 이해하지 못했다.

"희란이 안 본 지 오래되지 않았어? 한번 내려가 봐. 희란이가 너 보고 싶대. 쌍둥이가 이만하면 오래 떨어져 살았지. 만나. 만나서 회포도 풀고, 고맙다는 인사도 하고."
"언니 안 보고 싶어. 이번 일 한 번 때문에 그동안 내가 힘들었던 걸 다 잊고 언니랑 다시 잘 지내야만 하는 거야?"
"그래서 안 만나겠다는 거야?"
"다신 안 만나고 싶다니까?"

수화기 너머 은우의 목소리가 좀 더 격양되었다. 이렇게까지 화낼 일인가 싶을 정도로.

"너 구해 준 사람이야. 봐, 이럴 때는 진짜 가족밖에 없잖아. 아무리 그래도 친언니는 친언니고, 밉든 곱든 같이 살아야지."

가족이라는 단어에 마음이 또 손쉽게 누그러졌다. 건협은 딸을 빌미로 협박까지 했으니 원철보다도 더 악질이었고, 언니가 개입하지 않았더라면 딸이든 나든 초상을 치렀을지도 모를 일이었다. 밉더라도 고맙다는 말은 해야 했다. 나는 은우가 일러 준 대로 언니가 있다는 곳에 가기로 했다. 충북 증평. 저보다 한참 젊은 남자친구와 함께 내려가 동거를 하고 있다고 했다. 꼴뚜기가 증평에서 살고 있었기 때문에 언니도 증평에 터를 잡기로 했다는 것이다. 생판 모르는 데서 살 수 없었으니까.

"주영아, 가게 좀 잘 봐줘. 나 가볼 데가 있어서. 며칠 걸릴지도 몰라."
"어디 가시는데요?"
"언니 보러."
"아, 그 쌍둥이? 저도 보러 가면 안 돼요? 갔다 와서 더 열심히 일할게요. 쌍둥이 언니라고 하니까 궁금해서 그래요."

궁금했는지, 그냥 심심했는지는 모른다. 나야 운전해 줄 사람이 생겼으니 좋은 일이었다. 나는 주영과 함께 생면부지의 땅 증평으로 내려갔다. 차창 밖으로 바르게 지나가는 자연경관을 보면서 애증 관계인 언니를 떠올렸다. 도대체 어떤 꼬라지로 살고 있나 궁금하기도 했고, 제대로 못 살고 있을까 봐 지레 화도 났다. 언니는 늘 큰소리만 쳤지 누군가의 도움 없이는 살 수 없는 사람이었으니까.

증평에 도착해서 언니가 살고 있다는 집을 찾았다. 그 젊은 남자친구라고 하는 사람과는 헤어졌고, 그 이후로는 언니 혼자 살고 있다고 했다. 제대로 된 세간이 거의 없다고 봐도 무방할 정도로 언니의 집은 형편이 많이 좋지 않았다. 얘기를 들어 보니 우리 집에 비해 정상적인 가정에서 나고 자란 언니의 남자친구는 생각보다 언니가 돈도 없고 직업도 없어 오래 함께하기엔 적합하지 못한 사람이라고 생각했던 것 같다.

하여간 언니는 사람을 질리게 하는 덴 도가 텄다 싶었다. 재력 있는 남

자를 골라내는 눈이라도 좀 키우든가, 아니면 자기 건사할 만큼의 노동이
라도 좀 해 보든가. 이도 저도 아니니 인생이 자꾸 이 모양 이 꼴이지.

"정란이 왔어? 이제 이 상무라는 사람은 너한테 다시 연락 안 오지?"
"응. 고마워. 언니 덕분이야."
"당연히 가족끼리는 돕고 살아야지. 너도 나 나중에 그런 안 좋은 일에
휘말리면 나처럼 할 거잖아."

하지만 언니에게 퉁명스러운 소리를 할 수 없었던 건, 다시 만난 언니는
웬일로 다정다감했다. 간만에 언니와 있으면서 '가족이구나' 또는 '나를 챙
겨 줄 친언니가 있긴 하구나'라는 걸 느꼈다. 그리고 씁쓸하게도 이런 상냥
한 모습은 그날 저녁에 알코올과 함께 산산이 깨졌다. 주영과 나와 언니가
둘러앉아 술을 마실 때였다.

"야 이년아. 내가 너 때문에 인생이 이렇게 거지 같아졌잖아. 그러게 은
우 오빠랑 눈은 왜 맞아? 마누라가 눈 시퍼렇게 뜨고 있는데 어떻게 그렇
게 대범하게 바람을 피울 생각을 해? 너 때문에 나도 이혼해서 고생하고,
너도 너대로 욕먹고. 이게 도대체 뭐냐?"

아니라고 골백번은 외쳤던 은우와 나의 사이를 또 맘대로 추측하고, 모
든 책임을 전가하면서 나에게 험한 말을 했다. 술에 절면 상대에게 의도치
않게 상처를 줄 수 있다는 걸 알고 있는 사람이라면 아예 술을 입에도 대
지 않아야 할 텐데, 수차례의 학습을 거쳐 알고 있을 술버릇이었음에도 언
니는 연거푸 술을 들이켜고 나에게 막말을 했다.

왜 언니의 다정한 모습에 왜 행복해했을까. 사람은 고쳐 쓰는 게 아니라

는 걸 알면서도. 나는 언제까지 동생을 욕보일 수 있을까 두고 보자는 마음으로 언니의 주정을 잠자코 들어 주었다.

"이 상무 말이 진짜였네. 주영 씨, 잘 기억해요. 정란이가 엄청나게 사치스러운 년이거든요. 내 전남편이랑 정란이랑 둘이서 눈 맞는 바람에 헤어졌는데도, 그 인간이 정란이한테 아직도 돈을 물 쓰듯이 하나 보더라고. 워낙 낭비벽이 심한 년이라는 걸 아니까 그러는 거 아니겠어요?"

언니는 저에게 불리한 진실은 의도적으로 숨겼다. 언니도 은우에게 생활비를 매달 받았다. 은우는 늘 돈을 형평성 있게 부쳐 주었다. 언니는 저보다 내가 은우에게 돈을 더 많이 받는 것이 못마땅했을 거다. 하지만 나야 딸의 교육비로 써야 할 돈이 많으니 그것까지 감안해서 더 받는 거였다. 물론 나 혼자 버는 것만으로도 어지간한 생활비를 모두 해결할 수 있었지만, 은우는 여자 혼자 애 키우는 모습이 못내 마음이 쓰여 매달 내게 돈을 쥐여 주었다. 대신 은우에게서 받은 돈은 무조건 용도에 맞게만 썼다. 언니 말대로 사치를 부린 적이 단 한 번도 없었다.

"나만 왜 이따위로 살아야 하는데? 왜 내 인생만 이렇게 시궁창인 거야? 너네, 나 시궁창에 빠진 거 구경하러 왔지? 다 알아. 다 안다고, 이 연놈들아!"

주영과 나는 그날 저녁에 언니의 집에서 나왔다. 정도를 모르고 날뛰는 언니를 감당하기 싫었다. 다행히도 나는 술을 마시지 않았고, 술을 마신 주영 대신 운전을 도맡겠다 했다. 수도권 바로 옆에 붙어 있는 곳이 충청도인데, 직접 운전해 보니 멀게만 느껴졌다. 나는 어릴 적부터 폐소공포증이 있었다. 운전대를 잡은 손에 땀이 배고, 호흡이 가빠졌다. 이대로 갔다간 사고를 당할 것 같았다.

결국 주영과 함께 모텔에 갔다. 사람이 갑자기 변하면 죽는다는데, 언니는 줄기차게 못된 사람이었다. 그걸 다시금 깨달으니까 기가 찼다. 그 수모를 겪고도 눈물이 나지 않았다. 정작 내가 집을 나간 이후로는 아차 싶어서 나한테 미안해하고 있을까 봐 신경이 쓰였지만, 생각하지 않으려 애썼다. 돌아가 봤자 좋은 소리를 듣지 못할 게 뻔했으니까.

오지 않는 잠을 청했다. 다음 날 아침에 다시 언니에게 전화를 걸었다. 언니에게 제대로 인사를 못 하고 증평 집을 나갔었다.

"언니가 어제 술을 너무 많이 먹어서 대화가 안 되더라고. 그래서 주영이랑 나왔어."
"집에 다시 와. 나 술 다 깼고 이제 멀쩡해. 아침 먹게 얼른 와."

그 꼴을 보고도 다시 갈 수 있나 싶겠지만, 또 자석에 끌리듯 언니의 집으로 갔다. 그리고 다 낡아빠진 냄비에 코팅이 벗겨진 프라이팬으로 언니와 함께 먹을 아침 식사까지 만들어 주었다. 언니는 평생에 요리를 제대로 해 본 적이 없었다. 혼자 있으면 라면이나 겨우 끓여 먹을까. 아니, 있는 돈 없는 돈 득득 긁어모아 비싼 밥을 사 먹으려나.

부산 오피스텔을 정리하고 언니 집으로 들어갔다. 부산 오피스텔보다 시설이 많이 낡아 있었지만 증평에서 지내는 것이 오히려 마음은 더 편했다. 살기 좋아서라기보다는 눈에 보이지 않으면 불안한 언니를 매시간 지켜볼 수 있었기 때문이었다. 이제 나를 스토킹하던 건협도 없었다.

"정연아. 방학식 끝났어? 이제 친구들이랑 신나게 놀겠네?"

"아니. 하나도 안 신나. 나 엄마 있는 데로 가면 안 돼?"

"왜 그래? 무슨 일 있어?"

"엄마 있는 데로 가고 싶어."

딸이 겨울 방학식을 하던 날이었다. 여름방학보다 기간도 더 길고 좋을 텐데 왜 딸의 목소리가 이렇게 축 처져 있나 하는 걱정이 앞섰다.

"왜 그래? 학교에서 누가 막 괴롭혀?"

"집에 가기 싫어."

정확한 얘기는 말해 주지 않고 계속 울먹거리기만 했다. 만나서 안아주고 달래 줘야겠다 싶어 가사도우미 장 여사에게 딸을 데리고 증평까지 택시를 타고 와 달라고 부탁했다. 언니의 집 앞에 도착한 딸은 나를 보자마자 말없이 내 품에 안겨 얼굴을 묻었다. 아무리 머리가 굵어도 아기는 아기였다.

겨울방학 동안은 나와 언니와 딸이 방 두 칸짜리 집에서 함께 생활했다. 혈육지간에 셋이서 살아본 게 처음이라 신기했다. 다 같이 한 집에 모여 산 적이 있긴 했지만, 그 당시에는 언니가 밖으로 나도는 시간이 워낙 많아서 한 번씩 놀러 오는 손님 같았다. 못난 엄마도 엄마라고, 딸도 증평에서의 생활이 꽤 만족스러운 모양이었다. 방학식을 마치고 증평으로 내려오던 날에 비하면 좀 많이 밝아진 게 보였다.

"다시 일산 올라가거든 공부 열심히 해. 증평에서 엄마랑 이모랑 재밌게 놀았지, 그동안?"

"나 그냥 여기서 계속 살면 안 돼?"

"응? 갑자기 그게 무슨 소리야?"

"그냥…… 일산 가기 싫어. 너무 싫어."

개학 전날이었다. 딸의 학업을 위해 아쉬운 마음을 뒤로하고 딸의 짐을 빠짐없이 챙겨 주고 있었다. 그런데 딸은 갑자기 가지 않겠다며 고집을 부렸다. 원인은 놀랍게도 아주 예외의 인물에게 있었다.

"장 씨 아줌마랑 살기 싫어. 나 그냥 여기 있으면 안 돼? 차라리 증평으로 전학을 올래. 나 거기서 도저히 못 살겠어. 너무 불편하고 눈치 보여."

분명 내 명의의 집인데도 딸은 눈치가 보인다는 말을 했다. 도저히 말이 되지 않았다. 딸이 울면서 말하는 장 여사의 이야기는 소동도 아닌 월권이자 만행에 가까웠다.

"내 집에 친구 데리고 온다는데 왜 친구 데려오냐고 나한테 막 뭐라고 혼내고, 반찬도 내가 좋아하는 거 안 해 주고 자기 딸 입맛에 맞게 차려 주잖아. 밥 먹는 거 가지고 그러는 게 제일 서러운 거 알지, 엄마두……. 나 그 집 진짜 가기 싫어. 무슨 못된 계모 밑에서 사는 것 같아. 싫어. 싫고 무서워."

내 사람이라는 생각이 들거나, 나를 도와주는 사람들에게는 항상 호의적으로 대했다. 장 여사도 내 집을 잘 가꿔 주고 일도 착실하게 하길래 매달 생활비로 쓰고도 남을 돈을 두둑이 입금해 줬다. 어쨌든 내가 고용한 입주 가사도우미고, 제 배 아파 낳은 딸과 생이별시킬 수도 없는 노릇이었으니 방을 하나 내어주어 모녀 둘이 함께 살게 했다. 그게 그렇게 화근이 될 줄은 몰랐다. 딸은 일산 집에서 외톨이나 다름없었다.

게다가 내 딸 태우고 다니라고 사준 소나타를 제 개인 차량인 것처럼 아무 곳이나 타고 다녔다. 그러느라 정작 내 딸은 버스를 타고 집으로 돌아오는 일이 잦았다. 내가 준 생활비로 매번 삼시 세끼를 고급으로 차리니까 잘 살겠거니 마음 놓고 살았는데, 밥만 해결된다고 다 해결되는 것도 물론 아니었거니와 호의를 권리로 착각한 장 여사의 속 보이는 행동 때문에 내 딸의 속이 곪고 있었다. 그걸 너무 뒤늦게 알아 버린 거다.

"엄마 없는 동안 많이 불편하게 지냈겠네."
"이제 알았어? 엄마 안 그래도 나보다 더 힘들 테니까 내가 좀 더 참자. 참으면 적응되겠지. 그러면서 계속 살았단 말이야."

가슴이 미어졌다. 결혼을 하고 아이를 낳아도 내 눈에 평생 아기 같을 딸이 나를 위해 그 설움을 참고 있었다니. 엄마가 돼서 딸의 고충을 까무룩 모르고 있었다는 게 너무 죄스러웠다. 딸은 미술 특기생이었고, 곧 미대 입시를 준비해야 할 나이라 제일 예민할 시기였다. 그런 상황에서 피 한 방울 섞이지 않은 입주 가사도우미가 제집인 양 딸에게 온갖 스트레스를 주고 있었다. 지쳐서 몸이고 마음이고 죄다 너덜너덜해진 것만 같았지만, 그럼에도 힘을 내서 내 딸을 지켜야 하는 때가 온 것이다.

딸은 증평에 남기로 했다. 그 이후로 한동안은 계속 나와 언니와 셋이서 살았다. 주영은 부산과 증평을 오가며 지냈다. 하지만 딸의 미대 입시 준비를 위해서는 결국 수도권으로 올라가야 했다. 건협을 마주치게 될 수도 있으니 일산에 가는 것은 무리였고, 은우도 절대 일산에 오지 못하게 했다. 애초에 부산으로 피신을 올 때 일산에 있는 가게들을 다 처분한 상태였으니 굳이 일산으로 가지 않아도 되는 상황이었다. 다행인 한편으로 분노도 일었다. 왜 그 미친놈 하나 때문에 정착할 동네를 제한받아야 하나 싶어서.

"이삿짐 다 옮겼어. 큰 집은 이삿짐센터가 다 옮겨 줬고, 이제 자잘한 짐만 풀면 돼."

"마포 좋아? 어떤 것 같아?"

"글쎄. 일산보다 좀 안 좋은 것 같기도 하고, 아닌 것 같기도 하고. 사람 사는 데가 다 비슷하지."

내가 일산에 없으니 은우도 더는 일산에 있을 이유가 없었다. 은우는 일산 집을 정리하고 마포의 아파트로 이사를 갔다. 건협의 눈을 피해 다니며 사는 것을 그만두고 싶었고, 사실상 한적한 것 빼고는 온갖 불편한 것투성이였던 증평에서 벗어나고 싶은 마음도 있었다.

"이모부 사는 그 아파트에 비어 있는 집 있는지 알아봐 주라."

"올라오는 거야, 이제?"

"어. 어차피 정연이 입시 때문에 올라가는 거, 이모부랑 같은 아파트 살면 그래도 마음이 좀 놓일 것 같아서."

"전화 끊는 대로 바로 부동산 가서 물어볼게. 있으면 바로 짐 싸서 와야 돼. 알았지?"

마포로 올라가기 위해 짐을 쌌다. 언니 혼자 적적하겠구나 하는 생각에 마음이 무거워졌지만, 짐만 싸고 미련은 두고 가기로 했다. 안 가면 안 되겠냐느니, 정연이만 보내고 나랑 같이 지내면 안 되겠냐느니 하는 애처로운 부탁을 줄곧 하긴 했지만, 이미 장 여사 때문에 딸이 스트레스를 받은 상황이었다. 언니의 상황만을 헤아릴 수는 없는 상황이었다.

"오늘 가는 거야?"

"응. 자주 놀러 올게."

"너라도 계속 증평에 있는 건 무리겠지?"

"또 그 소리 한다."

"혼자서 심심할 것 같으니까 그렇지."

언니의 증평 집에서 나오는 날 언니는 많이 아쉬워했다. 아마 딸이 없었으면, 아니, 딸이 입시 준비생만 아니었어도 계속 증평에서 같이 살자고 바짓가랑이를 잡고 늘어졌을 터였다. 하지만 언제까지나 부모는 자식의 편의대로 움직일 수밖에 없는 입장이었다. 자주 놀러 오겠다는, 장담할 수 없는 약속을 하고 이삿짐부터 모두 실어 보냈다. 몸은 주영의 차를 타고 서울까지 갔다.

그리고 예전에 상훈이 그랬던 것처럼 주영이 딸을 마포에서 일산까지 차로 등하교를 시켜 주었다. 학원을 보냈다가 늦은 밤에 데리러 가는 것도 주영의 일이었다. 그런 주영에게 고마운 마음을 담아 월급 개념으로 돈을 쥐여 주었다. 주영 덕분에 딸의 귀갓길이 위험하지 않았고, 나도 일에 전념할 수 있었다.

하지만 이놈의 사나운 팔자는 인간 안정란의 인생이 순항하도록 가만히 내버려두지 않았다. 카페에 한바탕 단체 손님이 왔다 갔고, 그럼에도 손님이 많다며 직원이 나에게 전화를 걸어 조금만 일찍 나와 달라고 부탁했었다. 출근하자마자 테이블에 남은 컵 자국을 행주로 정신없이 닦아 내고 있는 중이었다. 그때 언니가 전화를 걸어 왔다. 왜 하필 이렇게나 바쁠 때 전화를 했나 싶어 인상이 찌푸려졌었다.

"어, 언니 왜? 나 지금 바쁘니까 빨리."

"정란아. 나 아프대."

번번이 언니의 거짓말에 속았다. 하지만 미치지 않고서야 제 몸 상태에 대해 거짓말을 할 것 같지는 않았다. 심장이 쿵 내려앉았다. 그 한마디에, 며칠 쉬거나 근처 의원을 몇 번 드나드는 것으로는 나을 수 없는 병이라는 직감이 왔다. 처음에는 언니가 아프다고 전화를 걸어 올 때마다 주영과 함께 증평으로 내려가 인근 병원의 응급실로 데리고 갔었다. 응급실에는 워낙 위중한 환자들이 많아 어지간한 환자가 들어와도 의사들이 놀라우리만치 평온하고 무미건조하다고 들었던 것 같은데, 언니의 경우는 달랐던 모양이다.

"저번부터 응급실로 계속 오시는 것 같은데, 안희란 환자분은 응급실에서 해결할 정도가 아닌 것 같습니다. 집중적으로 치료를 받으시는 것을 권해 드리고 싶습니다."

언니는 계속 머리가 어지럽다고 했다. 송골송골 땀 맺힌 언니의 이마에 손을 대보면 불덩이처럼 절절 끓었다. 응급실에 가 보면 배에 소변이 차 있다는 얘기를 늘 들었다. 혼자 살다간 아무도 모르게 죽을 수도 있는 지경까지 와 있었던 거다.

언니는 왜 몸이 이렇게 망가지도록 아무런 조치를 취하지 않았던 걸까. 언니가 아플수록 마음이 더 어지러웠다. 그래도 어릴 때 내가 의지하던 유일한 사람이라 애착이 갔고, 언니 때문에 금전적인 데다 정신적으로까지 힘들었었다. 언니가 좋으면서도 싫었고, 언니가 아프고 나니 내가 언니를 싫어하는 게 마치 극악무도한 죄를 짓는 것처럼 느껴졌다. 언니가 아픈 게 속상했고, 그런 언니를 싫어하는 나에게 또 화가 났다. 그 양가감정을 이해했어야 했는데 한동안 그러질 못해 속을 썩였다.

언니는 딸이 명문 미대에 합격할 때까지도 살아 주었다. 대학 생활이야 이제 딸이 몸소 경험하면 되는 것이었으니 일단 부모로서 최소한의 도리는 마친 셈이었다. 더 이상 복작복작한 서울에 살지 않아도 되었다. 은우가 같은 아파트 옆 동에 살고 있었지만, 당시에는 얼굴 안 본 지도 오래되었고 통화나 가끔 했다. 굳이 내 거처가 마포가 아니어도 되는 상황이었다. 상대적으로 한산하고 인프라도 잘 구축된 곳으로 이사를 가고 싶은 마음도 있었다. 언니와 주영을 데리고 분당으로 집을 옮겼다. 딸에게는 학교 근처에 오피스텔을 하나 얻어 주었다. 언니는 청주에 있는 성모병원과 서울대학교병원을 다녔는데, 역시 주영이 언니를 차로 데리고 가 검사와 치료를 받게 했다.

"왜 하필 분당에 이사를 왔어? 나 또 길 건너다가 다칠 뻔했잖아!"
"구청에 건의를 한번 해 볼까?"
"몰라. 병 걸려 죽는 것보다 차에 치여 죽는 게 먼저면 다 너 때문이야."

사실 언니는 분당을 별로 좋아하지 않았다. 크고 작은 기업의 본사가 다수 모여 있는 분당은 워낙 길이 크고 넓었다. 걸음이 빠르지 않은 언니에게는 돌아다니기 좋지 않은 조건이었다. 횡단보도 초록불 신호도 어찌나 짧은지, 횡단보도를 다 건너기도 전에 빨간불이 되어 운전자들의 눈총을 한 몸에 받거나 아예 도로 한복판에 발이 묶이는 아찔한 상황을 수시로 겪었다. 혼자서는 위험할 것 같아 가끔 주영에게 언니를 데리고 동네 산책을 함께해 달라고 부탁하기도 했다.

주영에게는 고마우면서도 미안한 마음이 컸다. 혈기 왕성한 나이라 하고 싶은 것도 많을 텐데 언니가 아플 때마다 차를 끌고 서울을 수시로 들락거려야 하는 5분 대기조 역할을 맡고 있었으니까.

"누나, 저 이제 집 따로 얻어서 살아도 될까요?"

"왜, 무슨 일 있어? 혹시 부산 다시 내려가 봐야 하는 일이야?"

"저, 그게 말씀드리기 좀 민망하긴 한데… 저 여자친구 생겼거든요. 여자친구랑 같이 살고 싶어서요."

시간이 지나니 주영도 여자친구가 생겼다. 오랫동안 청춘을 썩히도록 붙잡아 뒀다는 생각에 미안해서 얼른 나가 살라고 했다. 그동안 수고했다고 이사 비용만큼의 돈을 더 쥐어 주기도 했다. 더 이상 주영에게 미안할 일은 없을 것 같아 마음의 짐이 좀 덜어 낸 듯 가뿐했다. 그리고 곧 아픈 언니를 혼자 간호해야 한다는 생각에 막막해졌다.

하지만 계속 간호만 하면서 살기에 나는 마냥 놀고먹는 성격이 못 되었다. 예전에 공부해서 따 놓은 종합미용자격증을 활용하여 증평에 미용실 하나를 조그맣게 냈다. 머리를 만지는 것은 물론 메이크업에 마사지, 네일 아트까지 모두 취급하는 곳이었다. 요즘에야 워낙 전문화가 되고 세분화가 되었지만, 오래전에 딴 종합자격증은 그 모든 것을 가능하게 했다. 장사 수완이 좋은 건지, 아니면 사업이 체질에 맞는 건지 다행히도 단골손님들이 금세 생겨났다.

"누나 안녕하세요. 오랜만이네요."

그날따라 언니가 몸이 아프다며 집으로 빨리 들어오라고 성화를 부려서 직원에게 마지막 손님의 염색을 맡기고 집으로 돌아가려던 참이었다. 문밖으로 나가려다가 한 남자에게 앞이 가로막혔는데, 부산으로 내려가 산다고 했던 주영이었다. 왜 돌아왔을까. 그간 무슨 일이 있었던 걸까. 알 수는 없었지만 묻지 않았다. 그냥 갈 데가 없었나 보다, 하고 말았다.

"잘 됐지, 그래. 나랑 언니랑 둘이서 사는 동안 얼마나 적적했는데. 언니 안 그래도 병원 계속 다녀야 하는데 운전해 줄 사람도 필요했고. 그리고 원래 같이 살았으니까 서로 잘 알 거 아냐. 잘 왔어. 예전처럼 같이 잘 지내 보자."

다시 돌아온 주영이 반가웠다. 든든한 지원군이 생긴 기분이었다. 계속 우리 자매와 함께 살았더라면 아마 느끼지 못했을 수도 있겠지만, 여자친구와 나가 살다가 다시 이전과 같은 생활을 하려고 하니 많이 답답한 눈치였다. 무슨 일이 있었던 건지 제가 타던 차도 팔아 버린 후였다.

"차는 어쨌어?"
"아… 그게, 사실은 사정이 생겨서 팔았어요."
"그래? 여기 안 그래도 지하철도 없고 버스만 다녀서 불편할 텐데. 네가 언니 데리고 병원 자주 다녀야 하니까 그냥 오늘부터 네가 내 차 키 들고 다녀."

언니를 병원에 데리고 다니느라 차를 제일 자주 타고 다니는 건 주영이었다. 내 차가 벤츠라는 것을 알게 된 주영은, 이후 내 차를 몰고 다니면서 조금 우쭐해진 듯 보였다. 고급 차 좋아하는 게 여느 또래 남자애들과 다를 바 없어서 귀엽게 느껴졌다. 그러면서도 표정이나 태도가 미묘하게 예전 같지 않다는 생각이 자꾸 들었다.

그때 내가 느낀 게 괜한 생각이 아니라는 걸 깨달았어야 했는데. 인생 선배로서 잔소리라도 해야 하나 싶었지만, 어떻게 운을 띄워야 할지조차 감이 오지 않았다. 하나 분명한 건, 아무리 잔소리를 해도 주영이 나를 떠나지는 않는다는 것. 주영은 보유하고 있는 기술이랄 게 조금도 없는 놈이었다. 그나마 쓸 만한 것이라곤 반반한 얼굴뿐이었다.

"주영아, 너 내일부터 내 가게 나오자."
"가게는 왜요? 작아가지고 청소할 것도 없어 보이던데."
"일단 나와 봐. 네가 좋아할 만한 일 가르쳐 줄 테니까. 너도 집에만 있기 답답하잖아."

주영에게 일단 가게로 출근해 보라고 했다. 예전 같았으면 말을 고분고분 들었을 주영은 대번에 싫은 기색을 내비쳤다. 그래도 언제고 나와 함께 살면서 운전 말고는 할 줄 아는 게 없는 사람으로 자라는 것보다는 뭐라도 배우게 하는 편이 나았다.

다음 날부터 주영에게 타투를 가르치기 시작했다. 타투 도안을 디자인하는 방법을 가르쳤고, 어느 정도 숙달이 되었다 싶을 때는 타투 기계 다루는 방법을 알려 주었다. 돼지 껍데기를 사 와서 그 위에다 직접 타투를 입혀 보는 실습도 함께했다.

"진짜 내가 그리는 대로 잉크가 입혀지네요? 진짜 신기하네."
"거 봐. 내가 할 수 있다고 했잖아."
"그러게요. 처음에는 뭔 소린지 모르겠어서 복잡하고 그랬는데, 하다 보니까 점점 느네요. 더 배우고 싶다는 생각도 들어요."
"욕심 생겨?"
"그럼요."

적성에 맞는 모양인지 주영은 제가 만들어 낸 결과물을 보며 뿌듯해했다. 좀 더 전문적으로 배워 보고 싶다고 해서 타투 학원을 끊어 주었다. 언니의 병원비로 적지 않은 돈이 나가고 있는 상황이었지만, 배우고 싶은 건 배워야 직성이 풀리는 성격이라 나도 주영과 같이 학원에 다녔다.

"우리 이따가 가게 하나 차릴까? 어떻게 생각해?"
"어유, 저야 좋죠. 누나 덕분에 이렇게 기술도 배우고 사람처럼 살게 됐는데. 여부가 있겠습니까? 누나가 하자는 대로 하는 거죠."

흔쾌한 주영의 대답이 마음에 들었다. 나야 사업을 확장하고 싶은 마음이 늘 있었고, 주영이 전문적인 타투 기술을 갖추게 된다면 같이 멀티숍을 차려 보는 것도 나쁘지 않겠다 싶었다. 주영의 실력이 가게에서 선보이기에도 손색이 없다는 판단이 섰을 무렵, 청주에 너른 점포 하나를 계약했다. 증평에 있는 미용실은 직원 한 명에게 맡기기로 하고 청주에서 개업을 준비하기 시작했다.

"주영이 왜 이렇게 하루 종일 안 보이지? 언니 주영이 어디 갔는지 알아?"
"걔 아까 잠깐 집 들러서 옷 갈아입고 다시 나갔어."

그때부터였다. 내 말이라면 죽는시늉도 하겠다던 주영이 이상해진 것은. 멀티숍 오픈이 머지않아 눈코 뜰 새 없이 바쁜 나날이 이어졌음에도 혼자서 천하태평이었다. 말도 없이 집에 안 들어오는 날이 많아졌고, 외박을 하고 들어와선 집에 잠깐 들러 옷만 갈아입고 나가곤 했다. 아픈 언니에게 주영을 붙잡아달라고 말하기도 뭣했다. 다 내 돈으로 여는 가게였지만 결국 둘 모두의 수익으로 돌아가는 일이었는데. 왜 나만 애쓰고 있는 건가 싶어 자괴감이 들었다.

"당장 이번 주가 오픈이야. 자꾸 밖으로 나돌 거야?"

"누나, 나도 내 생활이란 게 있잖아. 나 한창 연애할 나이예요. 모르겠어요? 누나도 이 나이 땐 그랬을 거 아니에요."

"여자친구는 여자친구고, 할 건 해야지. 너 지금 집에도 안 들어오잖아. 언니 병원도 안 데려다주고 매일 뭐 하는 거야? 언니 어제도 택시 타고 병원 간 거 몰라?"

"왜 이렇게 간섭해요. 나 그동안 희란 누나 뒤치다꺼리하면서 힘들게 살다가 이제야 여자친구 만난 거잖아요. 좀 놀게 냅두면 안 되는 거예요?"

여자친구를 만든 건 문제가 되지 않았다. 주영의 말마따나 한창 연애하고 싶을 나이였으니까. 하지만 나이를 불문하고 뱉은 말은 꼭 지켜야 하지 않는가. 알고 보니 언니를 태우고 다닐 때 쓰라고 준 차는 주영의 기를 살리는 용도로 더 많이 쓰였다. 그 말인즉, 술을 마시러 다닐 때에도 내 차를 끌고 나갔다는 뜻이었다. 외제차로 여자들의 환심을 사고, 그렇게 여자친구도 사귀게 됐겠지. 거기다 대리운전 비용으로 돈을 또 쓰고. 믿었던 만큼 실망감이 크게 번져 갔다. 하지만, 놀랍게도 지금까지 서술한 것들은 모두 양반 축에 속했다.

나와 말다툼을 한 이후에도 주영은 자주 집을 비웠다. 혼자 가게 오픈 준비를 하는 것이 버거워 외출하지 않고 집에만 있던 날이었다. 청소라도 해야겠다 싶어 청소기를 들고 방 이곳저곳을 돌아다녔다. 그런데 주영의 방문 앞에 선 순간 묘하게 싸한 기운이 감돌았다. 무슨 일이든 부정적인 방향으로 전개될 것 같은 예감이 들었다.

아니겠지. 새삼스레 마음속 안에 서는 촉을 무시하고 청소기를 돌렸다. 바닥에 놓인 주영의 까만 가죽가방이 청소기에 부딪혀 바닥으로 기울어졌다. 반쯤 열린 가방 사이로 보이는 건, 놀랍게도 돈다발이었다. 아직 멀티숍을 연 것도 아니었고, 언니를 차로 픽업해 주는 것에 대한 수고비는 다달이 통장에 입금을 해 줬었다. 그렇게 많은 액수를 현금화해서 들고 다닐 만한 입장도 못 되었을뿐더러, 여태 내가 준 월급을 한 푼도 쓰지 않아야 모을 수 있을 만한 돈을 그렇게 뭉텅이로 들고 다닌다는 것 자체가 말이 되지 않았다.

"저 절도죄 신고 접수하러 왔는데요."

이렇게까지 막장으로 치달을 줄은 몰랐는데, 정신을 차려 보니 경찰서였다. 생각해 보면 그간 꽤 오래 참았다. 신고감이 아니라서 참는 것 말고는 딱히 다른 대책이 있지도 않았고, 그래도 그간 정 주면서 함께 생활했던 동생이었으니 모질게 대처하는 건 최대한 피하고 싶은 마음이었다. 하지만 내 금고에, 그것도 거금의 돈을 말없이 가져갔다면 얘기는 달라진다. 부정할 수 없는 범죄였고, 신의를 저버리는 행동이었다.

"금고 열쇠나 비밀번호를 이분하고 공유한 적이 있었나요? 어떻게 금고에 있는 돈을 가져갈 수 있었는지 추측 가는 거 있으세요?"
"제가 금고 키를 스페어 차 키에다가 걸어 뒀었거든요. 근데 그게 맨날 그 자리에 그대로 있어서, 그걸 건드렸다는 생각은 절대 못 했죠. 워낙 아끼고 믿었던 동생이라…… 정말 상상도 못 했어요."

경찰서에 앉아 진술을 할수록 기가 찼다. 상처를 받았다기보다는 '터질 게 터졌구나' 하는 초연한 마음이었다. 싹수가 노란 놈은 아무리 애를 써도 바꿀 수 없다는 걸 주영이 몸소 알려 주었다. 회사에 들어가 일을 하지 않고 운전을 하는 것만으로도 짭짤한 보수를 주니까 내 옆으로 다시 온 거였고, 지출 없이도 외제차를 타고 다니며 타인의 동경과 부러움을 한 몸에 받을 수 있었으니 꽤나 짜릿했겠지. 그래도 창피한 건 아는지 조사를 받는 동안 고개를 숙인 채 질문에 성실하게 응했다. 교도소에 들어가면 나랏밥 먹으면서 당장 생활비 걱정은 안 해도 된다 이건가. 주영을 보면서 그런 매몰찬 생각이나 했다.

"남은 조사는 저희가 할 거고요. 결과 나오는 대로 선생님께 연락 다시 드리겠습니다. 조심히 들어가세요."
"감사합니다."

증거물이 확실함에도 고소는 기가 빨리는 일이었다. 한 사람의 피의 사실을 입증해서 전과를 만드는 것 자체가 그 사람의 인생에 큰 영향을 미치는 일이라, 피해 사실을 필사적으로 입증해야 하는 것이 첫 번째 이유였다. 그리고 얼굴 붉힐 일을 만든 사람과 직접적인 대화를 해야 한다는 것도 나를 힘들게 했다.

나 자신을 추스르기도 힘든 와중에 아픈 언니까지 돌봐야 한다는 사실이 벅찼다. 청주에 있는 멀티숍을 차린 지도 고작 1년이 지나고 있던 시점이었다. 미용실과 같은 단골 장사에겐 1년은 너무나도 짧은 시간이었다. 벌여 놓은 일도, 벌어진 일도 많아 정신을 차릴 수 없었다. 그냥 다 내버려 두고만 싶은 마음이 굴뚝같았다. 언니는 앞으로 어떻게 병원에 데리고 다니지? 멀티숍은 이제 어떡하지? 나 혼자 힘으로는 할 수 없는 일들이 자꾸만 겹치자 무력감으로 이어졌다.

"너한테 보답한답시고 해 준 게 잡일 많은 멀티숍 실장이 전분데, 이런 부탁을 해도 될지 아직도 모르겠어."

염치가 없었다. 하지만 달리 선택지도 없었다. 멀티숍 규모가 워낙 컸으니 접는 게 맞았다. 그걸 도와줄 사람이 절실했고, 믿을 만한 사람은 단 한 명밖에는 떠오르지 않았다.

"필요할 때만 연락하고 아쉬운 소리 하는 것 같아서 너무 미안해, 상훈아."

"아니에요. 제가 쓸 만한 데가 있다는 건 좋은 거죠. 정리는 언제부터 하면 될까요? 지금 가면 될까요?"

상훈은 어떤 걸 도와줘야 하는지를 알려 주지도 않았음에도 단박에 오겠다고 대답했다. 일말의 망설임도 없었다. 가게를 정리한다는 건 육체노동이 수반될 수밖에 없는 일이기 때문에 말하기도 미안하고 민망했다. 그래도 상훈은 당황하는 기색 없이 다 듣고는 알겠다고 했다. 내 일이라면 무조건 믿어 주겠다는 것처럼 느껴져서 든든했다.

"그때 너를 집에서 내보내는 게 아니었는데…… 미안하게 생각하고 있어."

"에이, 회포 풀다가 일 못 해요. 저 뭐부터 치우면 돼요?"

상훈은 변함이 없었다. 성격 자체가 호쾌했고, 뭐든 믿고 맡길 수 있을 정도로 손끝이 야무졌다. 일머리가 좋아서 일의 중요도를 따져 체계적으로 해낼 수 있는 능력도 갖추고 있었다. 상훈의 도움으로 멀티숍은 빠르게 정리가 되어 갔다. 구비해 뒀던 기계를 팔고, 간판을 뜯고, 청소를 했다. 그렇게 멀티숍 안을 채우고 있는 것들을 덜어내자 허전한 한편으로 속이 시원해지기도 했다.

상훈에게 해 줄 수 있는 건 돈을 쓰는 일뿐이었다. 멀티숍을 완전히 정리하던 날, 상훈을 데리고 고급 고깃집에 데리고 갔다. 멀티숍 정리는 어찌어찌 마무리를 했는데, 정작 또 다른 부탁을 하려니 입이 쉽사리 떨어지지 않았다.

"누나 오늘 왜 이렇게 못 드세요, 밥을? 오늘까지 고생 많으셨는데 많이 드셔야죠."

"응. 그건 그렇지……."

"안 드시면 제가 다 먹어요, 진짜."

"먹을 거야. 먹고 있어."

"소고기는 스피드가 생명이에요. 빨리 드세요. 다음 고기 또 구워 드릴게요."

내 표정을 읽은 건지, 상훈은 장난스러운 투로 내 기분을 풀어 주려 했다. 그래서 더 말하기가 미안했다. 계속 고생만 시켰는데 어떻게 또 부탁이란 걸 할 생각을 했을까. 아무리 상황이 상황이라지만 너무 염치없는 거 아닌가. 그런 생각에 웃음조차 지어지지 않았다.

"무슨 고민 있으시구나. 저 다 알아요. 제 눈에는 다 보여요."

말해도 좋다는 뜻으로 들렸어도 차마 말할 수는 없었다. 그래도 한 번 빚진 거 두 번은 못 지겠냐고 마음을 고쳐먹었다. 어쨌든 나 혼자는 벅찬 일이었고, 누군가의 도움은 필요했다. 게다가 상훈처럼 믿을 만한 사람이라면 더더욱.

"저기, 상훈아. 사실 우리 언니 상태가 계속 안 좋아. 병원 가는 횟수는 늘어나고 있고, 나 혼자 언니 데리고 서울에 있는 병원 왔다 갔다 하는 게 너무 버거운 상황이야.”

“아, 그거였어요? 난 또 뭐라고.”

상훈의 반응은 전혀 예상 밖이었다. 의도를 알 수 없어 멍한 얼굴로 상훈을 쳐다봤다. 내가 심란한 표정을 전혀 숨기지 못하고 있었구나. 그런 생각이 들자 부끄러워졌다. 그리고 너무 노골적이었나 싶어 상훈에게 미안한 마음이 들기도 했다.

“… 너 눈치채고 있었어?”

“아뇨.”

“그럼?”

“희란 누나 같이 돌보는 건 당연한 거라고 생각했던 거죠. 증평 내려왔으니까.”

상훈은 싫은 내색 한 번 없이 나를 향해 웃었다. 그 모든 부담을 ‘당연하다’고 말하는 상훈이 고마웠다. 고단한 인생, 너무 팍팍해지지는 말라고 하늘이 내려 준 사람이 바로 상훈이지 않을까 싶었다. 주영에게 단단히 데였고, 검증되지 않은 새로운 사람을 구하는 것이 겁이 나던 차였다. 상훈에게는 콩팥 하나를 망설임 없이 떼어 줄 수 있겠다 싶을 정도로 고마웠다.

나와 상훈은 증평에서 지내며 언니의 병간호를 했다. 특히 상훈은 언니가 갑자기 통증을 호소할 때마다 자다가도 벌떡 일어나서 차를 몰았다. 조금이라도 늦었다간 언니가 크게 잘못되기라도 할까 봐 늘 신속하게 움직였다. 그 바람에 과태료도 꽤나 물었다. 상훈에게 고마워 어쩔 줄 모를 때마다, 상훈은 자기가 언니의 목숨줄을 쥐고 있는 거나 마찬가지라며 믿음

직스럽게 대답했었다.

"병원 다녀왔어? 의사가 뭐래?"
"그래도 현상 유지는 계속했었는데, 이번에는 좀 악화가 더 됐나 봐요. 의사 선생님 표정이 좀… 안 좋으셨어요."

상훈은 얼굴에 드리워진 그늘을 애써 숨기려 노력했다. 하지만 언니의 병환에 대한 얘기를 숨길 수는 없었는지 사실대로 대답했다. 늘 언니의 마지막을 상상했지만, 그게 현실로 다가오는 건 다른 차원의 얘기였다. 나는 언니를 잃는 것이 두려웠고, 상훈은 내가 느낄 불안을 기꺼이 나눠 들어 주었다.

그렇게 5년을 언니 간호에만 열중했다. 증평에 있는 미용실도 더 이상 신경 쓸 깜냥이 못 돼서 접은 지 오래였다. 언니는 거의 사경을 헤매며 고생만 하다가 갔다. 상훈은 그 순간까지도 내 곁에 있어 주었다. 고마웠지만, 더 이상 상훈을 곁에 둘 수는 없었다. 상훈은 우리 자매의 인생을 보조해 주는 존재가 아니었다. 언젠가는 본인의 삶을 찾아 떠나야 하는 사람이었고, 그 시기가 생각보다 조금 더 늦어진 것뿐이었다.

"5년이나 잡아 둬서 미안해. 이제는 너도 네 인생 찾아. 그동안 도와줘서 고마웠어."
"고맙다고 돈까지 쥐여 주셨으면서 뭘 또 그렇게 말씀하세요. 일정하게 보수 받고 일한 거나 다름없었죠. 자꾸 그렇게 말씀하시면 저 서운해요."

상훈을 더 잡아 둘 수도 없었던 건, 상훈도 언니를 돌보면서 한 번 쓰러진 적이 있었기 때문이었다. 상훈은, 곤히 자다가도 언니가 아프면 나갈 채

비도 못 하고 일어나자마자 바로 차를 몰아야 했다. 그런 생활이 오랫동안 누적되면서 몸에 무리가 가다 못해 병까지 얻은 것이다. 병원에서는 뇌출혈이라고 했다.

"많이 불편하지? 아직 한창인데 내가 이렇게 만들어 놓은 것 같아서 미안하네."

"건강하다고 생각하고 관리 안 한 제 잘못도 있죠. 너무 마음 쓰지 마세요."

청주에 있는 성모병원이었다. 뇌출혈 이후로 상훈은 편마비가 올 정도로 차도가 좋지 않았다. 내가 병문안을 갔을 때도 힘겹게 말을 이어 나갔을 정도니 모르는 사람이 보기에도 상훈은 아주 위중했다. 서울대학교병원에 올라가서 수술을 한 다음 다시 언니와 내가 있는 증평에 내려와서 언니 간호를 2년가량 해 주고 갔다. 하지만 언니가 죽으면서 그 모든 것들이 다 소용없는 일이 되어 버렸다.

상훈은 정신을 도통 차리지 못하고 있는 나를 위해 유가족들이 할 일들을 나 대신 해 주었다. 떠들썩하게 얘기하고 다니지 않는 선에서 친척과 친구들에게 연락을 돌렸다. 그 덕에 언니는 생각보다 외롭지 않게 갈 수 있었다. 상훈도 정말 긴 세월 동안 많이 힘들었을 텐데, 끝까지 의리 있게 나를 도와주는 것이 생소하고도 좋았다. 그렇게까지 내 곁을, 군말 없이 오래도록 지켜 준 사람이 없었으니까.

"이제 됐어. 나는 이제 더 이상 신경 쓰지 말고 네 삶 살아. 이만큼 잡아 둔 것도 많이 잡아 둔 거야. 너 몸도 안 좋고, 또 언제 잘못될지 모르는 거잖아."

"그러면 누나는 누가 챙겨요? 전 누나가 아플까 봐 걱정돼요."

　나와 긴 세월 동안 언니를 돌보면서 말로는 표현할 수 없는 인간 대 인간으로서의 유대감이 생겼다. 함께 고생하면서 서로에게 힘을 북돋아 주는 사이라 헤어지는 것이 서운했다. 그래도 어쩔 수 없었다. 몸이 성하지 못한 내 옆에 있는 것보다는 여자친구의 옆에 있는 편이 상훈에게 더 이득이었다. 여자친구의 직업이 간호사라서 기본적인 응급처치 방법을 잘 알았다. 상훈이 사랑하는 사람과 함께 있는 시간을 더 늘린다면 몸도 마음도 편하겠구나 싶었다.

　다 늙어서 어머니의 보살핌을 받는 것이 얼마나 어머니에게 못 할 짓이냐며, 가지 않겠다고 하는 상훈을 설득하느라 진땀을 좀 뺐다. 자식이 부모보다 먼저 죽는 것은 상상하기도 싫을 정도로 슬픈 일이라 이를 일컫는 단어가 없다는데, 상훈이 엄한 장소에서 갑자기 요절이라도 해 버린다면 어머니가 얼마나 마음이 아프겠냐고. 그렇게 갖은 최악의 상황을 들어 가며 상훈을 설득했다. 그 결과 상훈을 겨우 집으로 돌려보낼 수 있었다.

　그리고 나니 곁에 남은 게 은우뿐이었다. 은우의 말은 늘 듣고 살았다. 내가 번 돈으로는 내가 배우고 싶은 것을 배우러 다녔고, 그 외에 용도를 정해 주며 은우가 나한테 보내 주는 생활비는 무조건 은우가 쓰라는 대로 썼다. 많은 인연을 거치며 여기까지 왔음에도 남는 사람은 따로 있구나 싶어 입안이 쓰기도 하고, 은우와는 정말 관짝 닫을 때까지 보는 사이가 된 것 같아 좀 징그럽기도 하다. 현재까지 남아있는 인연을 소중히 여기고, 지나간 인연들은 오래도록 기억해야겠다는 생각이 든다.

꼴뚜기

: 박 씨 할아버지 자식들
(영순 위주) 이야기

나도 나지만, 박 씨 할아버지네 사 남매의 인생도 참 기구하다. 딱하다는 말로도 표현할 수 없는 비극이라고 보는 게 맞을 것이다. 아마 주변 사람들의 인생까지 싹 다 꼬아 놓는 팔자이지 않았을까, 하는 생각이 들기도 한다.

꼴배는 얼마 전에 술을 많이 먹고 길거리에서 객사를 했다. 결혼을 했으면 가장으로서 모범을 보여야 하는데, 꼴배는 실속 없이 허풍만 떨었다. 돈을 버는 족족 경마에 다 때려 부었다. 그 꼴값을, 꼴배의 부인은 참아 줄 수 없었다. 이혼을 한 이후로는 더 정신을 못 차리고 살았다. 아마 그때부터 꼴배의 말로는 정해져 있던 게 아니었을까 싶다.

본인의 인생만 망치면 차라리 다행이었다. 꼴관은 운전을 하다가 사람을 치어 죽게 했다. 가난해서 집성촌의 왕따였던 집안의 자식이 합의금 낼 돈이 없는 건 당연했다. 교도소에 들어가 몸으로 때우고 빨간 줄 하나와 함께 출소한 꼴관은 부인과도 이혼한 후였다. 오갈 곳 없어 염치 불고하고 찾아간 자식들은 아버지를 문전박대했다. 심지어 경찰에 신고까지 했다.

"유일하게… 유일하게 남은 존재들이라고 생각했는데, 나만의 착각이었나 봐. 아무리 못나도 그렇지, 어떻게 지 애비를 경찰에 신고할 수가 있어? 난 이제 누구랑 같이 살 부대끼고 살아야 해? 이제 남은 건 아무것도 없어. 사람도 돈도 뭣도 없어."

꼴관은 말로 형용할 수 없는 충격에 빠졌다. 회생 불능 상태에 다다른 꼴관은 제초제를 마셨고, 죽었다. 이 세상에서 저를 필요로 하는 사람이 없다는 걸 알게 되었을 때의 충격이 얼마나 아득할지, 아마 평생 동안 모르고 살 것 같다.

꼴두는 저를 낳아 준 어머니이자 나에게 둘도 없는 할머니를 죽게 만들었다. 그 당시에 박 씨네 집성촌에서는 마을 사람들이 안녕과 행복을 빌어 주는 제사를 매년 지냈었다. 꼴뚜기가 애를 배고 있던 때였고, 할머니는 어린 나이에 사고를 친 꼴뚜기도 소중한 딸내미라고 제사상 차리는 일을 도왔다. 제사를 지내고 남는 음식을 싸 들고 와서 꼴뚜기에게 먹일 요량이었다. 할머니는 콕콕 쑤시는 허리를 부여잡고 열심히 제사상 차리는 일을 도왔다.

"아유, 딸내미 밥 챙겨 먹이느라 고운 얼굴 다 상하겠어."
"그만큼 손주 얼굴도 예쁘겠지. 그거 하나 기대하면서 살아."
"그래. 손주 보는 재미가 제일이지. 부럽다. 우리 아들내미는 언제 손주 안겨 주나? 기왕이면 아들놈으로 떡하니 하나 낳아 주면 좋을 텐데."

제사에 참여한 꼴두는 술을 거나하게 퍼마셨다. 운전을 할 줄 몰랐던 할머니는 꼴두에게 집에 가자고 했고, 꼴두는 술에 전 상태로 핸들을 잡았다. 옛날 시골에서는 음주운전을 하는 것이 아무렇지 않았다. 사고만 안 나면 그만이라고 생각했다. 집으로 돌아오던 꼴두의 차는 가로수를 들이박고 그대로 도랑에 떨어졌다. 할머니는 그 자리에서 바로 숨이 멎었고, 꼴두는 응급실로 실려 갔다. 음주운전으로 할머니를 죽게 만들어 놓고 저는 살았다.

"아이고, 이게 무슨 일이래… 엄마. 나 왔어, 엄마…… 왜 한 달이 다 가도록 우리 엄마 죽었다는 얘기를 하는 사람들이 아무도 없어? 바보처럼 병상에 누워서 우리 어머니 임종도 못 지켜 드리구, 이게 뭐야……."
"오늘내일하는 양반한테 그런 말 해서 뭐해. 그리고 지금 네가 잘했어? 뭘 잘했다고 울어. 너 때문에 엄마 돌아가신 건 생각 안 해?"

꼴두가 할머니의 죽음을 알게 된 건, 할머니가 돌아가신 지 한 달이 지난 무렵이었다. 꼴두는 왜 자기한테 말을 안 해 줬냐고 다른 형제들을 원망했고, 형제들은 꼴두를 책망했다.

박 씨 자식들 중에 정상은 없었다. 별로 사람에게 붙이기 좋은 이름이 아님에도 내가 영순을 끝까지 꼴뚜기라 부르는 이유도 그것이었다. 국민학교도 제대로 나오지 않은 꼴뚜기는 자식들의 교육에 신경 쓰지 않았고, 손주를 학대하다시피 했다. 꼴뚜기는 첫 번째 남편을 만나 기형과 기정을 낳았고, 두 번째 남편과는 예진과 영준을 낳았다. 자식을 낳기 이전에 사람부터 되어야 하는데, 그런 사람이 자식을 넷이나 낳은 것이다.

하긴, 그게 꼴뚜기 나름의 생존방식이었다. 남자를 홀리는 끼가 다분했던 꼴뚜기는 이 남자 저 남자하고 자고, 그에 대해 대가를 받았다. 꽃뱀이나 다를 바 없었다. 보통 돈이나 금품을 주게끔 유도를 한다는데, 꼴뚜기는 쌀이나 식료품을 받는 조건으로 남자와 잠을 자는 '생계형 꽃뱀'에 가까웠다. 기형이 낳은 아들 시원을 데리고 산다는 명분으로 여기저기서 받은 생활비는 다 제 이익만을 위해 쓰였다.

"내가 이렇게 사는 건 다 이유가 있다고. 전남편이 나를 때리지만 말았어 봐. 정란이 너 내가 얼마나 오빠들한테 맞고 살았는지 다 봤지? 그래서 이제 누가 내 앞에서 손만 올려도 무서운데 전남편이 그렇게 죽자고 패봐. 매 앞에 장사 있어?"

시원을 봐주러 갈 때마다 꼴뚜기는 이혼의 잘못을 전남편의 책임으로만 전가했다. 하지만 머지않아 알았다. 전남편이 이혼을 결심한 건 꼴뚜기의 외도였다. 그것도 한 침대에서 몸을 얽고 있는 모습이 발각되고 만 것이다. 기형과 기정은 꼴뚜기의 전남편이 데리고 간 후, 새 남편을 만나 낳은 예진과 영준은 제 품에 끼고 키웠다. 머리에 든 것 없이 키웠어도 먹을 것 하난 잘 챙겨 주었다. 그 모습을 보고 있으려니 할머니의 인생이 겹쳐 보였다. 사실 크게 다를 건 없었다.

"이제 남자 좀 그만 바꿔. 애들 보기 민망하지도 않아? 애들이 뭘 보고 크겠어?"

"나는 나고 애들은 애들이지. 내 인생인데 애들 눈치 봐 가면서 살아야 돼? 지들 알아서 살겠지."

"그럴 거면 자식 왜 낳았어? 낳았음 책임지고 잘 키워야 할 거 아냐."

"안 떼고 태어나게 만든 것만으로도 나한테 감사해야 할 일이지. 그리고 자꾸 다른 아저씨가 집 놀러 오는 거 어떠냐고 물어봤는데 괜찮다고 했거든?"

재혼을 하고도 꼴뚜기는 천성을 바꾸지 못했다. 자꾸만 새로운 남자들을 만나며 몸을 함부로 굴렸다. 그렇게 해서 얻어 낸 것들로 밥상을 차려 준다는 걸 자식들이 알게 된다면 퍽이나 좋아하겠다 싶었다. 하지만 이미 많은 것을 내려놓기로 한 모양인지, 예진과 영준은 꼴뚜기의 애인이 바뀌는 족족 아빠라고 불러 주었다.

언니도 꼴뚜기를 많이 도와주었다. 친척들에게 언니는 물주였으니까. 돈이 필요할 때마다 꼴뚜기는 언니부터 찾고 봤다. 그렇게 괴롭혔던 사람들에게 도와달라는 말을 할 정도로 꼴뚜기는 뻔뻔했다. 그래도 훗날 터를 잡을 때 언니가 증평을 택한 걸 보면 언니도 꼴뚜기가 퍽 의지가 되었던 것 같다. 언니도 그저 필요에 의해 꼴뚜기를 찾은 것일지도 모르겠지만.

증평에 발을 들이기 시작한 건 언니 때문이었지만, 나도 꼴뚜기의 부탁을 시작으로 증평에 쭉 터를 잡고 살게 되었다. 미용실을 차릴 즈음에 꼴뚜기가 나를 찾아왔었다. 평소와는 다르게 조금은 선한 눈빛을 띄고.

"야. 정란아. 우리 예진이 이제 내년이면 성인이잖아. 근데 그 나이 되도록 아무 기술도 없고… 너무 불안해 죽겠어. 네가 기술 좀 가르쳐 주면 안 될까?"

양심이 없었다. '이런 부탁해서 미안하지만'이라든가, '너한테 그렇게 못 되게 굴었던 거 사과할게'라든가 하는 말을 조금도 하지 않았다. 생각 같아선 꼴뚜기의 딸이 굶어 죽든 말든 나 몰라라 하고 싶었다만, 나도 딸을 키워 보니 어떤 마음으로 한 부탁인지 알 것 같았다. 오죽했으면 그렇게 죽어라 싫어하던 나를 찾아왔겠어, 하고 생각하면서. 분당에 있던 나는 예진의 학교로 가 아이가 취업했다고 거짓말을 하고 취업계를 써 주었다. 그리고 예진을 데리고 분당에 올라와 반년 동안 내 새끼처럼 길렀다. 학원도 내 돈으로 보냈다.

예진이 기술을 그럴싸하게 익혔다는 생각이 들었을 즘 증평으로 내려가 미용실을 차렸고, 예진을 미용실의 직원으로 일하게 했다. 그래도 제 엄마와는 다른 인생을 사는 모양인지, 예진은 혼자서도 일을 곧잘 했다. 나는 주말에만 증평에 한 번씩 내려가 예약된 손님을 받아 주고 일요일 저녁에 다시 서울로 올라갔다. 예진에게 아예 전적으로 맡겨도 괜찮겠다 싶었다.

"난 이제 할 만큼 했어요. 저 더 이상 그 여자랑 못 살겠습니다. 바람피우는 걸 내가 몇 번이나 봐줘야 합니까?"

꼴뚜기의 잦은 외도에 지친 예진과 영준의 아버지는 참다못해 애들을 데리고 할머니의 집으로 들어갔다. 그의 말에 의하면 할머니도 꼴뚜기의 외도를 눈감아 주고 장단을 맞춰 줬단다. 아무리 팔이 안으로 굽는다지만, 그래도 잘못은 잘못이고 따끔하게 혼쭐을 내야 하는데, 그것도 딸이라고 매몰찬 소리를 못 한 모양이었다.

꼴뚜기는 그 당시에도 다른 남자와 동거를 하고 있었다. 20평 남짓의 공간에 인구 밀도가 상당히 높았다. 꼴뚜기와 그의 애인, 그리고 무슨 이유에선지 다시 집으로 돌아온 기형·기정 형제, 그리고 기형의 아들 시원까지.

"대가족 밥 짓기 힘들 텐데 나와. 오늘은 외식하자."
"지난주에도 그랬잖아. 우리 입 많은데, 괜찮겠어?"

증평의 미용실 때문에 주말마다 내려오면 마땅히 잘 곳이 꼴뚜기의 집뿐이었다. 그 좁은 데서 자기가 미안하기도 하고, 밥 짓는 데 시간을 모두 허비하느라 손목이 시큰거릴 꼴뚜기를 위해 외식을 자주 했다. 한두 번이야 괜찮았다. 특히 잘 먹지 못해 빼빼 마른 시원이 우걱우걱 먹는 모습을 보면 돈 버는 보람이 느껴지기도 했다. 하지만 그 많은 입들을 배불리 먹이는 건 생각보다 많은 비용이 드는 일이었다. 그래서 증평에 언니와 함께 살 집을 구한 것이다.

"시원아, 잘 놀았어? 엄마가 오늘은 할머니가 반찬 뭐 줬어?"
"야. 밖에선 할머니라고 하지 마."

시원을 데리고 꼴뚜기와 동네 한 바퀴를 돌던 날, 가소로운 사실을 알게 되었다. 제가 처음으로 낳은 아들 기형이 아들이랍시고 데려온 것이 시원이었으니 시원의 할머니는 꼴뚜기가 맞았다. 그런데도 꼴뚜기는 주변을 급히 살피면서 내 입을 단속시켰다. 할머니뻘이라기엔 나이가 많지도 않은데 다 큰 아들에 손주까지 있다는 사실이 창피한 모양이었다.

"너 누가 이렇게 밥 깨작깨작 먹으래? 어? 이거보다 더 세게 맞고 싶어?"
"으아앙……."

나와 언니에게 향했던 꼴뚜기의 폭력은 손주 시원에게 고스란히 전해졌다. 그 조그만 애가 때릴 곳이 어디 있다고, 온몸이 새빨개지도록 무자비하게 손찌검을 했다. 그러면 아이는 대성통곡을 하며 할머니에게 잘못했다고 빌었다. 기형은, 제 자식이 그렇게 맞고 있는데도 모르고 있었다. 주말에만 잠깐 왔다 갔고, 그마저도 술 퍼마시는 데에 시간을 허비했으니까.

꼴뚜기가 제 손주를 어떻게 기르고 있는지 지켜봐야겠다고 마음먹었다. 일부러 애매한 시간에 아침 겸 점심을 먹고 꼴뚜기의 집으로 놀러 갔다. 오롯이 시원을 위해 밥상을 어떻게 차리는지가 궁금했다. 얼마 지나지 않아 점심때가 되었는데, 어쩐 일로 시원은 제 할머니에게 배가 고프단 소리를 하지 않았다. 한창 뛰놀고, 그래서 한창 배고플 나이 아니던가.

"고모. 내가 좀 도와줄까?"
"아냐, 금방 해. 놀고 있어."

웬일인가 싶었다. 조금이라도 본인이 힘든 걸 못 견디는 사람이 혼자 밥상을 차린다니. 고개를 빼꼼 내밀어 꼴뚜기가 들어간 부엌을 들여다보았다. 제 몸집보다도 더 큰 솥에서 우거짓국을 퍼낸 꼴뚜기가 테이블에 찬밥과 함께 나란히 놓았다. 그러고는 냉장고에서 애 얼굴만 한 반찬통 하나를 꺼냈다. 뚜껑을 열자 쉰내가 풍겼다. 설마.

"시원이 어여 와서 밥 먹어!"

여섯 살배기의 입맛을 조금도 고려하지 않은 밥상이었다. 게다가 삼첩 반상에도 김치는 포함을 시키지 않을 정도로 김치는 정말 기본적인 것이다. 그렇게 따지면 반찬은 우거짓국 하나가 전부였다. 시원은 그것들을 억지로 삼켜 내면서 한 번씩 헛구역질을 했다.

"프라이라도 좀 부쳐 줘. 애기 밥상인데 너무 자극적이지 않아?"
"시원이는 우거짓국이랑 김치, 그런 것들만 좋아해. 햄이랑 계란 같은 건 안 좋아해."

말이 되는가. 꼴뚜기의 말을 듣는 시원의 눈망울만 봐도 사실이 아니었다. 한눈에 보기에도 꼴뚜기는 시원의 입맛을 고려한 적이 없었다. 그리고 솥의 크기만 봐도 시원은 삼시 세끼를 저놈의 우거짓국만 먹고 있겠구나 하는 게 짐작이 갔다. 하지만 내 손주도 아니니 잔소리를 계속할 수는 없는 노릇이었다.

더 기가 찼던 건, 당시 고등학생이었던 영준이 아침 7시까지 등교를 하는데, 초등학교 1학년짜리인 시원을 그 시간에 함께 학교를 보냈다는 것이다. 게다가 하교 시간이 끝나면 집 대신 돌봄센터를 보내서 저녁 8시까지 가족의 온정을 느끼지 못한 채 센터 선생님들하고만 시간을 보내게 했다.

꼴뚜기는 손주가 걱정도 안 되는지 집에서 천하태평하게 빈둥거리기만 했다. 저녁 8시에 기진맥진한 채로 시원이 돌아오면 또 우거짓국에 저녁밥을 먹이고, 숙제를 시키고, 책을 읽게 하고, 일기를 쓰게 했다. 가방끈이 짧아 애 교육에 조금의 관심도 없었으면서.

"시원이 왜 자꾸 밖으로만 나돌게 해? 이제 여덟 살이야. 아직 애기라고."

"낳은 건 기형인데 왜 자꾸 나한테만 지랄이야? 네가 키울 거야?"

꼴뚜기가 그렇게 나오면 나도 할 말을 잃었다. 그때까지만 해도 남의 자식을 키운다는 게 용기가 나지 않았다. 딸을 키우면서 크고 작은 시행착오를 겪었기 때문에 애를 키우는 것 자체가 힘들다는 걸 잘 알고 있었다.

하지만 시원을 나처럼 자라게 할 수는 없었다. 신경을 끄면 그만이었지만, 그 어린아이가 감내하기에는 처한 현실이 너무나도 가혹했다. 예진도 제 엄마를 똑같이 빼다 박아서 시원을 괴롭혔기 때문이다. 예진은 꼴뚜기의 분부대로 시원의 공부를 대신 지도했다. 하루가 멀다고 저를 괴롭혔던 사람이 갑자기 공부를 가르쳐 준다고 나섰으니 시원의 입장에선 당연히 달갑지 않았겠지.

영준은 그래도 양반인 듯싶었다. 시원을 매일 밤 제 방으로 데리고 들어가 그 방에서 같이 잤다. 나는 꼴뚜기의 집에서 자는 날이면 언니와 함께 마루에 드러누워 잠을 잤다.

"너 왜 시키는 대로 안 했어! 너 진짜 혼나 보고 싶어? 엉덩이 터질 때까지 맞고 싶어?"

거동이 불편한 언니를 데리고 미용실로 느지막이 출근을 했다. 그곳에서 아침부터 시원은 꼴뚜기에게 속수무책으로 맞고 있었다. 감기에 걸렸는데 약을 챙겨 먹지 않았다는 게 이유였다. 얼굴이 빨간 게, 딱 봐도 열이 절절 끓는 눈치였는데.

꼴뚜기: 박 씨 할아버지 자식들(영순 위주) 이야기

"애기한테 왜 이래! 말로 해, 말로!"

당시 시원의 부모인 기형 내외는 시원의 양육권을 두고 법정 싸움을 벌이던 중이었다. 그러니 그 모진 학대를 받아도 숨어들 곳이 없었던 것이다. 시원이 딱해서 눈물이 다 나려고 했다. 아픈 언니도 걱정이었지만 시원이 특히 걱정이 많이 되었다.

"기형아. 잠깐 와 봐. 할 얘기 있어. 중요한 얘기니까 빨리 와."

기형에게 시원의 학대 사실이라도 알려야겠다 싶어 급하게 불렀다. 기형을 앉혀 놓고 나니 무슨 얘기를 어떻게 해야 좋을지 감이 오지 않았다. 애초에 자식에게 크게 관심도 없던 놈에게 말한다 한들 먹히기나 할까. 그래도 양육권을 두고 법적 소송을 진행 중이라고 하니까 좀 다를 수도 있겠다는 희망이 어느 정도는 있었다.

"시원이, 그냥 시원이 엄마한테 보내. 계속 이대로 뒀다간 애가 이상해질 거야."
"애가 이상해지긴 왜 이상해져요? 다달이 양육비도 보내 주고 그러는데."
"돈만 준다고 애가 잘 크니? 그리고 네가 생활비로 고모한테 준 거, 시원이한테 쓰는 거 한 번도 본 적 없어. 장담하는데 한 푼도 안 썼을 거야."

기형의 눈빛이 흔들리기 시작했다. 당연하다 싶으면서도, 이 사실을 왜 이제 알았냐며 책망하고 싶은 마음도 함께 들었다. 나는 기형의 손을 꼭 붙잡았다.

"누가 뭐래도, 애는 엄마가 키워야 해."

"근데 지금 좀 애매해요. 시원이 엄마가 다른 남자랑 살림 차렸거든요."

"그게 무슨 소용인데? 그래도 시원이 엄마라는 사실이 바뀌어?"

지금 어른들의 이해관계를 따질 때가 아니었다. 나라도 이제 용기를 내야 할 순간이 다가온 것을 느꼈다. 결단과 희생이 필요했다.

"그럼 시원이 초등학교 졸업할 때까지만 봐줄게. 그전까지 네 마누라랑 법정에서 싸울 거 다 싸우고 정리해 놔. 알았어?"

기형은 기뻐했다. 아마 시원을 두고 양육권을 네가 갖네 내가 갖네로 싸우고 있었으니 시원의 존재 자체가 피로했을지도 모른다. 하지만 이제 꼴뚜기의 처지가 문제였다. 시원을 빌미로 기형과 전남편에게 생활비를 받고 있었는데, 시원을 내가 키우게 되면 지원을 받을 명분이 사라지는 것이니까.

"네 엄마한테 가서 기분 안 나쁘게 얘기 좀 해 봐. 시원이 저대로 자라게 둘 거야? 아니잖아."

"다녀올게요."

기형은 내 예상보다도 금방 왔다. 꼴뚜기네에 정말 얼굴만 잠깐 비추고 왔나 싶었다. 사실 기형도 성인이 될 무렵까지 꼴뚜기와 함께 살지 않아 데면데면했다. 기형이 시원을 데리고 꼴뚜기의 집으로 들어오게 된 것이 동거의 시작이었다. 부모 자식 간 살가운 대화를 해 보긴 했을까. 아닐 거라고 단언할 수 있다. 그날도 그랬을 것이다.

"엄마가 그러더라. 앞으로 너 이제 자식 취급 안 할 거니까 네 맘대로 하

꼴뚜기: 박 씨 할아버지 자식들(영순 위주) 이야기

라고."

꼴뚜기가 그렇게 화를 낸 건 당연히 생활비가 끊겼기 때문일 것이다. 아무리 돈으로 못 하는 게 없는 세상이라지만, 또 그놈의 돈 때문에 제 자식에게까지 그렇게 매몰차게 대할 수 있다는 게 신기했다. 점차 파국으로 치닫는 상황에 내가 나서기로 했다. 시원을 키우기로 마음먹은 이상 빠른 시일 내로 시원을 내 집으로 데리고 와 키우는 편이 나았다.

"고모, 이제 고모도 그만해. 손주 있는 것도 창피스럽다고 그랬고, 그 어린 것 건사하는 것도 힘들고… 스트레스받을 바에 그냥 내가 키울게. 어때?"

꼴뚜기의 눈에는 내가 제 돈을 가로채는 마귀쯤으로 보였을 거다. 꼴뚜기에게 시원은 곧 돈벌이 수단이었으니까. 하지만 아이는 응당 아이답게 자라야 성인으로서의 수십 년을 잘 이겨 낼 수 있다. 시원을 키우겠다고 한 것도 꽤 굳은 다짐을 했기에 내린 결정이었다. 그런데, 꼴뚜기는 나를 향해 눈을 형형하게 떴다. 그때 한 말은 아직도 토씨 하나 안 틀리고 그대로 기억한다.

"씨발년아, 그런 말 하지 마. 그런 말 할 거면 오지도 마."

불똥은 집에 있던 예진에게 튀었다. 방에 있다 화장실로 가려는 예진을 붙든 꼴뚜기가 씩씩대며 으름장을 놓았다.

"예진아 너 내일부터 가게 나가지 마. 그냥 집에 있어."

언제는 제 딸내미 좀 먹고살게 해 달라고 부탁할 땐 언제고 인제 와서 이렇게 팽시키겠다는 것인가. 화가 났지만 어찌어찌 꾹 참았다. 예진이 출근하지 않는다면 미용실을 당장 닫아야 하는 상황이었기 때문에 나도 조심스러웠다.

"예진아. 오늘 가게 나올 거야?"
"죄송해요. 엄마가 나가지 말라고 그러네요……. 오늘부터 못 나갈 것 같아요."

그 엄마에 그 딸이었다. 어쨌거나 미용실은 예진의 직장이었고, 부모가 나가지 말라고 하든 말든 출근은 언제까지나 제 의지로 결정해야 하는 것인데, 엄마의 말 한마디에 예진은 직장을 하루아침에 그만둬 버렸다. 기껏 내 돈과 시간을 써 가면서 기술을 가르쳐 났는데. 죽 쒀서 개 준 꼴이나 마찬가지였다.

그래도 참았다. 꼴뚜기를 마지막으로 봐야 할 일이 있었다. 시원의 짐을 가지러 집에 가야 했다. 장대비가 쏟아지던 날, 시원을 학교에 보내 놓고 곧바로 꼴뚜기의 집으로 향했다. 도착해 보니, 웬걸. 마당이 가관이었다. 아무렇게나 던져 놓은 시원의 책과 옷가지는 온통 흙탕물을 머금고 있었다. 비가 온다는 걸 알고 일부러 그렇게 해 놓은 것이다. 험한 말이 절로 튀어나왔다. 시원의 옷가지를 챙기고, 이미 찢기고 구겨져 못 쓰게 된 책들도 꾸역꾸역 챙겼다. 그래야 할 것 같았다. 다시 사 주는 한이 있더라도.

"우리 시원이, 오늘 저녁 뭐 먹고 싶어? 뭐든 말해 봐. 다 해 줄게."
"우거짓국 말고요…… 우거짓국만 아니면……."
"음, 뭐가 맛있을까… 우리 시원이 돈가스 튀겨 줄까?"
"네."

시원이 내 집으로 들어온 날부터는 딸을 키울 때처럼 똑같이 예뻐해 주었다. 아침이 되면 잠 깨라고 밥에 김을 싸서 입안에 넣어 주었고, 잠에서 깨면 TV로 만화영화를 틀어 주었다. 학교도 매일 차로 데려다주고 끝나는 시간에 맞춰 데리러 갔다. 그런 애정 어린 손길이 낯설었던 시원은 고장난 로봇처럼 굴었지만, 처음에나 그랬지 금방 적응을 했다. 더디게나마 바뀌는 시원의 모습이 기특했다. 하교 후에는 언니가 시원에게 공부를 가르쳐 주었다. 고등학교를 자퇴해서 그렇지, 언니는 공부를 잘하는 편이었다.

시원의 부모가 법적 공방을 갖는 시간이 점차 길어졌다. 양육권 문제였고, 아이의 의사도 중요했기에 시원은 한 번씩 법원에 소환되었다. 거짓말을 할 줄 모르는 아이는 할머니랑 살지 않고 고모와 산다고 얘기를 해 버렸고, 이때부터 난리가 났다. 법정에서는 친할머니와 사는 건 되지만 고모와 사는 건 안 된다고 했다. 법정에서 아이에게 처음으로 이 사실을 듣게 된 시원의 엄마는 분노에 휩싸였다. 아마 내가 제 시어머니인 꼴뚜기와 한통속이라고 오해한 듯싶었다.

"저기요! 이봐요! 문 열어 봐요! 빨리 문 열라고! 경찰 부르기 전에 빨리 열어요!"

어느 날 누가 문을 부서질 듯 두드렸다. 문을 열어 보니 시원의 엄마가 도끼눈을 뜬 채 나를 노려보고 있었다. 갑작스럽게 소란에 휩싸인 나는 시원의 엄마를 가만 쳐다보는 것 말고는 달리 방도가 없었다.

"우리 애를 옥상에서 키운다면서요? 그 어린애를 데리고 어떻게 옥상에서 키울 수가 있어요? 애 뼈에 바람 들어서 허약하게 크면 어쩌려고 이러세요!"

옥상이라는 단어의 정의를 잘못 알고 있었던 건지, 말이 헛나왔던 건지. 시원의 엄마가 한달음에 내 집으로 달려온 건 시원의 말실수 때문이었다. 나도 딸 가진 엄마였으니 원인을 듣고 나니 이렇게 찾아와 화를 내는 것이 이해가 되었다.

직접 집 구경을 시켜 주어 불안을 잠재우는 것이 좋겠다고 판단했다. 나는 순순히 시원의 엄마를 집 안으로 안내했다. 잔뜩 경계심을 갖고 사방을 째려보던 시원의 엄마는, 막상 집 상태가 깔끔하고 잘 꾸며져 있는 것을 보고 조금씩 표정을 누그러트리기 시작했다. 특히 시원의 방은 아이의 정서에 맞게 아기자기한 인테리어까지 곁들였으니 시원의 엄마도 보고 많이 놀란 눈치였다. 시원의 방을 보고 나서야 시원의 엄마가 안도하는 게 보였다.

"그쪽 시어머니 안 볼 각오하고 시원이 데리고 온 거예요. 시원이가 좀 맛있는 거 먹어서 살도 찌우고, 그 나이 또래 애들처럼 만화도 보고, 예쁨도 받고 그러려면 내가 데리고 가서 키워야겠더라고요. 시어머니 밑에선 그렇게 못 컸거든요."

"……."

"그러니까 나 너무 이상한 사람 취급하지 마세요. 그래도 나름 애정 갖고 살도 많이 찌워 놨는데."

그 이후로 시원의 엄마는 주말마다 아이를 보러 왔다. 아이가 방학이 되면 방학이 끝날 때까지 아예 쭉 데리고 있기도 했다.

그렇게 시원이 자라는 걸 잠자코 지켜봤다면 얼마나 행복했을까. 꼴뚜기는 또 이름값을 했다. 우리 자매가 모자지간인 꼴뚜기와 기형을 의절시켜 놓았다는 것이다. 이런 소모적인 짓을 할 시간에 차라리 나가서 돈을 버는 게 더 이득이었을 텐데. 최대한 동요하지 않으려 애쓰며 시원의 성장에만 신경 썼다. 하지만 기형이 자꾸만 훼방을 놓는 바람에 시원의 엄마는 전처럼 시원을 자유롭게 데리고 다닐 수가 없었다. 여기서 또 중재자의 입장이 될 수밖에 없었다.

"어차피 시원이 초등학교 때까지만 엄마가 키우고, 중학교 때부터는 기형이 네가 키우기로 판결 났다며? 그전까지는 돈 열심히 벌면서 기다렸다가 중학교 입학할 때부터 네가 키우면 되지. 안 그래?"

기형은 한참을 뻗대고 있더니 결국 수긍했다. 오지랖을 부린 결과는 생각보다 분주하고 피로했지만, 그래도 상황이 조금씩 나아져 가는 것 같아 마음이 놓였다.

"기형아."
"......"
"기형아, 너 울어?"

다시 걷잡을 수 없는 소용돌이에 빠진 건 시원의 엄마가 시원을 데리고 새로 살림을 차린 집으로 데리고 갔을 즈음이었다. 새벽에 나에게 전화를 건 기형은 한동안 말없이 서럽게 울기만 했다.

일단 눈물은 그칠 때까지 흘려 줘야 한다고 생각했기 때문에 기형이 눈물을 그칠 때까지 기다려 주었다. 10분 정도 지났을까. 기형은 입을 열었다. 기형의 입에서 나온 말들은 믿고 싶지 않을 만큼, 아니, 이 얘기를 들었던 귀를 썰어내 버리고 싶을 만큼 충격적이었다.

"영준이 그 새끼가 우리 시원이한테 몹쓸 짓을 했대요. 매일 지 방으로 데리고 가서…… 애가 싫다는데도 강제로 막 덮쳤나 봐. 그 어린애를. 엄마한테 사실대로 다 말했는데, 그냥 못 들은 척해요. 씨발, 다 죽여 버리고 싶어. 죽여 버릴래."

점차 격앙되어 가는 기형이 안타까워 어쩔 줄을 몰랐다. 조금도 도움이 되지 않는 말들로 기형을 어쭙잖게나마 위로했고, 꼴뚜기에게 한없이 화가 났다. 새벽에 걸려 온 기형의 전화를 받기 며칠 전에 꼴뚜기가 나를 찾아왔었다. 그리고 먹고살아야 하는데 일자리가 너무 없다고, 우리 집 도우미로 써 달라는 부탁을 했다. 언니는 건강이 좋지 않아 서울대학교병원에 입원을 한 상태였고 집에는 나 혼자 사는데 무슨 가사도우미를 운운하는지, 기가 막힐 따름이었다. 그래도 그게 뭐가 예쁘다고 언니의 간병인으로 고용을 시켰었다. 그렇게 또 착실하게 꼴뚜기의 돈줄이 되어 주고 있었는데. 영준이 그 어린것에게 성폭행을 저질렀다는 걸 알면서도 묵인한다는 것에 소름이 끼쳤다. 제 자식을 싸고돌고 싶은 마음이야 이해한다만, 이러한 중범죄에서는 그래선 안 되는 것이었다.

"기형이 만나서 얘기 들어. 그리고 손이 발이 되도록 빌어. 여차하면 영준이 고소당하게 될 거야. 그냥 이번 한 번만 굽히고 들어가."
"죽어도 기형이 그놈한테 빌 마음 없어. 감방? 참나. 가라고 해. 영준이 감방 가든 말든 난 상관 안 해."

꼴뚜기는 그때까지만 해도 사태 파악을 조금도 하고 있지 않았다. 꼴뚜기에게 기형은 이미 눈 밖에 난 자식이었다. 계속 연락 없이 지내다가 시원을 낳자마자 불쑥 들어온 것도 마음에 들지 않았는데, 기형이 저를 엄마 취급도 해 주지 않으니 그냥 미운 거다. 영준이 감방에 가도 상관없다고까지 말하는 사람이었는데, 어쩌겠는가. 그냥 일 다 해결되면 보자고 해 놓고 한동안 꼴뚜기의 집에 발길을 끊었다.

"저, 기형아. 고모 만나서 물어봤는데, 신고하든 말든 상관 안 한다고 그러더라."

"그래요? 그럼 신고해야죠. 해 달라고 아주 발악을 하는데 그거 하나 못해 주겠어요? 지금 내 새끼는 그 일로 정신과 치료까지 받고 있는데 재판서는 것쯤이야 아무것도 아니에요."

기형이 바란 건 꼴뚜기와 영준의 진심 어린 사과였다. 꼴을 보아하니 정말 영준이 감방에 들어가기라도 할 것 같았다. 기형은 영준에게 시원을 부탁한다는 말을 수시로 했었기 때문에 배신감은 이루 말할 수 없이 컸다.

"그렇잖아도 처음에 영준이 불러서 부탁했어요. 우리 시원이 꼭 좀 잘 보살펴 주라고. 적은 액수지만 돈도 쥐어 줬어요. 시원이 맛있는 거 사 먹이고 남는 돈으로 용돈 하라고요. 그러면 그 새끼는 또 걱정하지 말라고, 지가 잘 돌보겠다고 그랬어요. 그래 놓고 뒤에서 내 새끼한테 더러운 짓 하고 있었던 거잖아요."

쩔쩔매 가며 영준을 다시 말렸다. 내가 다시 꼴뚜기를 설득할 테니 한 달만 기다려 달라고. 그땐 고모라고 부르기도 싫어서 기형의 앞에서도 그냥 '영순이'라고 했다. 고모를 격 없이 막 불러 대는 것으로는 기형의 마음을 달래 줄 수는 없었겠지만, 그래도 기형의 마음을 조금이라도 풀어 주고 싶은 마음에 앞에서는 의식적으로라도 말을 험하게 했다.

"고모, 제발 영준이 데리고 가서 기형이 다시 만나 봐. 요즘 아동 성폭행

기준 세져서 진짜 실형 살아. 전자발찌까지 찬다니까, 이러다가?"

"저번에 말했을 텐데. 나는 영준이 감방 가든 말든 내 알 바 아니라고."

두 번의 간곡한 설득에도 꼴뚜기는 완강했다. 결국 기형은 고소장을 쓰러 갔고, 영준은 실형을 살게 됐다. 미성년일 때 저지른 범죄라 형량은 2년으로 짧은 편이었다. 오래전 일이라 영준이 잡혀가지 않을 거라고 예상했던 모양인지 꼴뚜기는 그때부터 여기저기서 돈을 모아 2천만 원을 빌려왔다. 공탁금으로 그 돈을 내고 영준의 형량을 반으로 깎겠다는 거다. 하지만 기형은 돈이 중요한 게 아니었다. 끝까지 진정성이라곤 찾아볼 수 없었던 꼴뚜기의 행동에 기형은 또 한 번 충격을 받아야 했다.

증평은 소도시다. 특히 내가 살던 동네는 오며 가며 얼굴을 익혀 암묵적으로는 다 아는 사이라 봐도 무방할 정도였다. 소문이 삽시간에 퍼지자, 창피한 건 알았는지 좀 더 외진 시골로 이사를 갔다. 영준이 감옥에서 2년을 살고 나왔을 시기에도 얼굴 한 번 마주친 적이 없었다. 그러다 수입 옷 가게를 차리고 얼마 지나지 않아 재회했다. 마스크를 쓴, 늙은 여자가 가게로 들어왔다. 나는 그저 손님이라고만 생각했다.

"어서 오세요. 찾으시는 거 있을까요?"

"…… 오랜만이다."

마스크를 벗자 드러나는 건 바로 꼴뚜기의 얼굴이었다. 심적 고생이 얼마나 심했는지 못 알아보게 늙었다는 생각이 들었다. 다른 손님도 있으니 기다리라며 의자를 내어 앉혀 놓고 커피를 타 주었다. 오랜만에 만난 꼴뚜기는 또 돈 얘기로 시작해서 돈 얘기로 끝을 맺었다. 그러고는 가게를 나가기 전에 한참을 울다 갔다. 그게 내가 본 꼴뚜기의 마지막 모습이다. 언니가 죽은 이후로는 아예 다른 친척들과도 인연을 끊고 살았다.

수장

: 가게 운영 이야기

어디에서건 다수를 통솔하고 보듬어줘야 하는 것은 리더의 역할이다. 카페와 멀티숍을 운영하면서 직원들을 여럿 거느렸고, 그들이 느끼기에 부족했다고 생각할 수는 있겠지만 나름대로 애정을 갖고 직원들을 대했다. 나는 그들이 필요한 보수를 두둑이 주고, 그들은 서비스 품질을 향상하기 위해 항상 고뇌하고. 그 기본적인 것만 잘 이뤄지면 그만이라고 생각했다.

하지만 개중에는 내 인생에 덫을 놓는 사람들도 있었다. 주영이 그랬고, 청주의 멀티숍에서 타투이스트로 일하던 서아와 누리가 그랬다. 둘 다 타투 학원에서 만난 사이였고, 학원의 전 과정을 다 수료하면 가게를 차리겠다고 하자 너 나 할 것 없이 오겠다고 해서 직원으로 데리고 왔다. 서아는 여자애였고, 평범한 얼굴이었으나 큰 키에 육감적인 몸매를 자랑했다. 누리는 160㎝도 되지 않는 작은 키에 볼품없는 생김새를 갖고 있었다. 타투 실력 하난 월등했지만, 누리는 늘 숍 직원들 사이에서 따돌림을 당했다.

서아는 기혼이었다. 하지만 몸매가 좋은 탓인지 늘 남자와의 염문설을 휘몰고 다녔다. 같은 숍에 출근하는 타투이스트 중에서도 사귀었던 사람이 있다고 했다. 그 남자하고는 덜컥 임신이 되어 낙태까지 했었다고, 서아가 제 입으로 말했다. 서아는 누리와 함께 한집에서 살았다. 성인 남녀가 동거를 하는 것에 대해 좋지 않은 시선을 갖고 있는 사람들도 아직 더러 있지만, 나는 그 당시에도 일만 잘하면 그뿐이라 생각했다. 어떻게 살든 간에 사생활에 대해서는 관심을 갖지 않았다. 요즘 애들이 문란하게 생활한다는 걸 지나가는 말로 들은 적도 있어 잔소리를 했다간 나를 꼰대처럼 여길까 봐 말을 아낀 것도 있었다.

"누나, 오픈 축하해! 멀티숍 되게 넓고 좋다."
"인테리어 하느라 고생했겠네."

"원래 인테리어가 내 전문이었잖아. 몰랐어?"

"와, 진짜? 누나 완전 팔방미인이네."

멀티숍을 오픈하는 날, 많은 사람들이 나를 축하해 주러 왔다. 언니가 자주 다니던 호스트바의 선수들도 왔다. 우리 자매가 호스트바에 갔으니, 의리 내지는 비즈니스 차원에서 호스트들도 다른 가게들을 제쳐 두고 내 가게에 오는 것이었다. 호스트 바 선수들은 대체로 타투를 자주 했으니 고정 고객으로 두면 좋은 사람들이었다.

"오늘은 어디 가는데?"

"오늘 청주. 이따가 같이 점심 시켜 먹자."

선수들을 잔뜩 데리고 와 준 언니에게 고맙기도 했고, 언니가 거동이 불편해 내가 없으면 집에서 혼자 누워만 있으니까 어딜 가든 언니를 항상 데리고 다녔다. 청주 멀티숍에 언니를 앉혀 놓으면, 서아의 남편도 멀티숍으로 들어와 자리를 잡고 앉는다. 서아가 워낙 남자들하고 헛짓거리를 많이 하고 다니니 감시하려는 것이 목적이었다. 그 둘이 붙박이처럼 한자리에 앉아 시간을 보내고 있으면, 같이 끼니를 때우고 나서 나는 마저 일을 하고 그 둘은 다시 자리에 앉아 멀티숍 안을 둘러보았다.

"사장님. 저 근로계약서를 써야 마음이 편하겠는데요. 근로계약서 좀 써 주세요."

일을 시작하고 며칠 지나지 않아 서아가 그랬다. 나는 서아에게 근로계약서를 원하는 대로 직접 써 오라고 했다. 서아가 움직이면 늘 누리도 세트로 움직였고, 둘은 똑같은 내용의 근로계약서를 갖고 왔다. 지금 생각해 보면 정말 말도 안 되는 내용들이었다.

'멀티숍 내에서 을이 해가 가는 행동을 했을 때 천만 원을 배상하고 그
만둬야 하며, 사장의 경우 이유 없이 해고를 했을 경우 천만 원을 배상해
줘야 한다.' 둘 다 천만 원을 아주 우습게 알고 그렇게 표기를 해 둔 것이다.
내 성격에 이유 없이 해고할 이유도 없었다. 2년 일한 직원들의 퇴직금까
지도 다 챙겨 주었다. 그런 귀책 사유들이 일절 일어나지 않을 거라고 확
신했었다. 그래서 사인을 했는데, 그게 화근이 된 것이다.

"야. 을이 유리한 대로 근로계약서를 쓰는 데가 어딨어? 무슨 천만 원
같은 소리를 하고 있어. 천만 원이 무슨 옆집 개 이름이야? 이건 아무리 도
장 찍었어도 유효한 내용 아니니까 얼른 근로계약서 가져와. 사장님이랑
나랑 다 보는 앞에서 폐기할 거니까."

멀티숍에서 실장으로 일하고 있던 상훈은 서아와 누리를 불러 혼을 냈
다. 상훈은 나와 직원들이 보는 앞에서 그 근로계약서를 찢을 거라고 했다.
그런데 서아도 누리도 며칠을 버티며 가져오지 않았다. 알아서 폐기하겠
다고 하면서.

"누나. 누나 너무 바쁘게 살았잖아. 서울 지점에서 우리 다 같이 재밌게
놀자. 실장님이랑 직원들이랑 다 오라고 해."

멀티숍에 타투를 하러 자주 들르던 선수들이 서울로 나와 언니와 직원
들을 모두 초대했다. 이제는 내가 비즈니스 차원에서 방문을 해야 한다는
것을 의미했다. 선수들이 멀티숍에서 값나가는 타투를 많이들 하고 갔기
때문이었다. 자리를 빨리 잡을 수 있도록 모든 직원들이 힘써 주고 있으니

고마운 마음도 들었고, 그만큼 직원들에게 양질의 음식과 술을 먹이고 싶기도 했다.

"사장님. 누리는 안 간대요. 그 재밌는 데를 왜 안 가려고 해? 나랑 같이 올라가서 놀자."

"됐어. 난 그냥 안 가고 싶어. 누나나 가서 실컷 놀아."

"아, 재미없어 진짜."

누리는 무슨 이유에서인지 서울에 가지 않겠다고 했다. 누리와 친하게 지내는 서아는 누리를 두고 서울에 올라가겠다고 했다. 서울 지점의 호스트바에 도착하자 선수들은 모든 직원들이 널널하게 앉을 수 있도록 큰 방하나를 내어주었다. 바쁘게 사느라 술을 마실 일이 많지 않았던 나조차도 그날은 취하도록 마시고 싶었다. 운전자라는 이유로 상훈을 못 놀게 할 수는 없었고, 술자리를 한 날 바로 차를 타고 내려가는 것이 체력적으로도 부담일 것 같아 모텔방 두 개를 얻었다. 그래서 더 마음 놓고 놀 수 있었다.

"사장님 벌써 나가시는 거예요? 에이. 오늘 같은 날이 어딨다고요. 같이 놀아요!"

"나도 그러고 싶은데, 오늘은 더 먹으면 안 될 것 같아. 다들 마저 놀다가 알아서들 자."

몇 잔 마시지도 못하고 금방 취했다. 온몸이 의자 밑으로 푹 꺼지는 기분이 들어 잠을 자지 않고는 배겨 낼 수 없었다. 술자리에 남아 있던 직원들이 얼마나 오래 놀았는지도 파악하지 못한 채 먼저 잠이 들었다. 아쉬웠지만, 그래도 다음날 증평에 내려와 평상시 컨디션대로 일을 할 수 있어서 좋았다.

어김없이 언니도 나와 함께 청주로 출근을 했다. 업무를 보던 중 염색약의 일부가 다 떨어져 간다는 걸 알았고, 업무에 차질이 없으려면 얼른 다녀와야 했다. 나는 상훈과 급히 재료를 사러 갔다. 점심쯤이라 밥을 먹고 복귀하려고 근처 분식집에 들렀다. 수저를 놓을 때쯤 언니에게서 전화가 왔다. 그때까지만 해도 '또 이 언니가 무슨 수작으로 전화를 했나' 싶었다.

"… 왜 그래. 무슨 일 있어?"

그런데, 전화를 받자마자 들린 건 언니의 흐느끼는 소리였다. 뭔지는 몰라도 예삿일이 아닌 것 같았다.

"아파서 우는 거야?"
"아니. 그런 건 아닌데……."
"그럼 뭐야? 뭐 때문에 그러는데?"
"나 너무 서러워. 직원 애들이 나를 유령 취급해."

언니의 말이 이해되지 않았다. 언니를 매일같이 데리고 다녔지만 그런 기미를 한 번도 느껴 본 적이 없었다.

"나 보고도 못 본 척하고, 내가 먼저 용기 내서 커피 마시자고 해도 그냥 단답으로 '필요 없어요!' 이러고, 자기들끼리만 얘기하고……."

부아가 치밀었다. 나와 한 배를 탔고, 가게가 망하는 한이 있더라도 함께 걸어가고 싶은 동료들이었다. 그런데 걸음도 제대로 못 걸어서 의료기구 보조기의 힘을 빌려 움직이는 내 언니를 그런 식으로 따돌렸단다. 나는 그 길로 이성을 잃고 가게로 뛰어 들어갔다. 직원들 모두가 나를 아무것도 모른다는 얼굴로 쳐다보고 있었다.

"이 싸가지 없는 것들이. 너네 인성이 이렇게밖에 안 돼? 내가 그러라고 너네 뽑아서 월급 주고 그러는 줄 알아? 이딴 식으로 할 거면 다 그만둬!"

목구멍이 따가워지도록 호령했다. 그러곤 언니를 데리고 집으로 들어갔다. 겨우 눈물을 그친 언니를 앉혀 놓고 더 자세한 이야기를 들어 보려 했다.

"그날, 서울 올라가서 놀았던 날 있잖아. 나랑 서아랑 서아 파트너랑 셋이 있었거든. 근데 방을 따로 잡고 싶다는 거야, 파트너랑. 근데 네 돈으로 방 잡은 거고 그 시간에 따로 방 잡는 것도 애매한 것 같고… 그래서 그냥 이 방에서 자라고 뭐라 했지. 잠깐 놀러 온 건데 뭘 그렇게 재고 따지냐고, 그냥 아무렇게나 자고 가라고."

언니의 말을 들어 보니 서아가 빈정이 상했을 법한 이야기였다. 함께 있던 파트너가 마음에 들었다면 충분히 밤도 함께 보내고 싶었을 테니까. 나를 깨워서 방을 하나 더 잡아 달라고 말한 게 아닌 이상 크게 문제 될 일은 아닌 것 같았다.

"언니. 그건 누구의 잘못도 아닌 것 같아. 언니도 이해되고 서아도 이해 돼. 너무 마음 쓰지 말고 잊어. 그게 언니한테도 좋을 거야."

다음 날 사과를 하려고 서아와 누리를 앉혀 놓았다. 누리도 언니와 서아의 다툼을 알고 거리를 두는 게 보여서였다. 내가 전날에 불같이 화를 냈으니 나를 대하는 태도가 데면데면한 건 당연했다.

"언니 말만 듣고 그만두라고 해서 미안해. 처음부터 양쪽 말 다 들어보고 판단했었어야 했는데 언니가 갑자기 울어서 나도 놀라서 그랬어. 미안해 서아야."

"아뇨. 죄송해하지 마세요. 저 사장님 말씀대로 진짜 그만둘 거거든요."

서아는 내 가게에 일말의 미련도 없는 듯했다. 사과하는 건 당연한 거고, 계속 내 가게를 다닐지 그만둘지는 서아가 결정하도록 두는 게 맞다고 생각했기 때문에 존중할 생각이야 당연히 있었다. 서아가 그 얘기를 꺼내기 전까지는.

"그때 제가 드린 계약서에 사인하신 거 기억하시죠? 그거 아직 폐지 안 했어요. 그러니까 그때 약속했던 천만 원 주시죠."

요즘 애들이 영악하다는 말은 들었지만 이 정도일 줄은 몰랐다. 너무나도 말이 안 되는 내용이었고, 폐지한다고 말까지 했었기에 알아서 없앴을 줄 알았는데, 서아는 꼬투리 잡을 날을 기다렸던 것이다. 같은 계약서를 갖고 있던 누리도 계약서를 가져오겠다고 했다. 천만 원. 마련이야 할 수 있는 돈이지만 그 영악한 직원들에게 주고 싶지 않았다.

"나 지금부터 녹음할 거야. 거짓말하면 안 된다. 너희 둘, 계약서 파기했다고 너네들 입으로 말하지 않았어? 근데 어떻게 그 계약서를 운운할 수가 있어? 이건 사기죄나 마찬가지야. 그래도 돈을 받아야겠어?"

"…… 네."

실시간으로 남고 있는 녹취에 서아와 누리는 바로 찔끔했다. 당당하게 요구할 땐 언제고 목소리가 점차 기어들어 갔다.

"왜? 그렇게까지 돈을 받고 싶어?"

"네. 저도 가게 차릴 거거든요……."

"나는 너희들한테 돈 줄 생각 없고, 길바닥에 내 전 재산 다 버릴지언정 너네한테 십 원 한 장 못 줘. 그렇게 알아."

나도 살아온 세월만큼 당해 온 것이 있고, '이렇게 해선 안 되는구나'를 배운 것이 있다. 서아나 누리 같은 풋내기들에게 손쉽게 당해 줄 리 없었다. 내 단호한 태도에 둘은 꼬리를 내렸고, 그다음 날부터 나오지 않았다. 아무리 계약서가 남아 있다 해도 안 되는 건 안 되는 거라는 걸 알았으니 처신하는 것에 어려움을 느끼지는 않았다. 먼저 계약서에 대해 문제를 제기해 준 상훈에게는 고맙다고 비싼 고기를 사 먹였다.

그렇게 다시 좀 조용히 사는가 했다. 나는 며칠 후에 저장되어 있지 않은 전화번호로 걸려 오는 전화를 받았다. 팔자가 요란해지려면 어떻게든 요란해진다는 걸 그날 깨달았다.

"안정란 씨 핸드폰 맞습니까? 안정란 씨를 성추행으로 고소한 분이 있어서요. 경찰서로 와 주셔야겠습니다."

전화를 받자마자 고소인이 짐작이 됐다. 고소인은 누리였다. 막연하게 '또 서아랑 누리가 딴죽을 걸지도 모르겠다'는 생각만 하고 있었다. 죄목이 성추행이라니. 나의 어떤 행동을 성추행으로 걸고넘어지는지 짐작조차 할 수 없었다.

성범죄는 경찰서가 아닌 검찰청에 가서 조사를 받아야 된다고 했다. 떳떳했기 때문에 검찰청을 몇 번이고 드나들었다. 그 수준 이하의 사람들에게 내가 힘들여 번 돈을 주기 싫었다. '네가 아무리 날고 기어 봐라. 너만 손해지. 나는 끝까지 결백하니까.' 그런 마음으로 귀찮은 걸 무릅쓰고 검찰청을 오갔다.

"아, 저… 선생님. 이제 안 나오셔도 될 것 같습니다."
"그게 무슨 말씀이시죠?"
"김서아 씨가 왔다 갔다 하는 게 힘드셔서 증언하는 걸 그만하겠다고, 다 이누리 씨가 시켜서 한 일이라고 실토했습니다. 이누리 씨도 고소를 취하하시겠다고 하네요."

사실 여부를 떠나 피의자에게 떨어지는 시선은 좋지 않다. 말은 하지 않았지만, 내가 피의자라는 표딱지를 붙이게 된 것 자체가 스트레스였다. 나를 담당하던 형사들도 어이가 없는지 헛웃음을 치거나 내 눈치를 봤다.

"여태까지 피의자 신분으로 조사받으셨지만, 피해자 신분으로 고소하실 수도 있습니다. 이런 경우에는 무고죄로 고소가 가능하십니다."
"……."
"고소하시겠습니까?"

고소야 하면 그만이었다. 하지만 내가 역으로 고소를 다시 한다면 또 그 보기 싫은 얼굴들과 조우해야 하는 것이 치가 떨리게 싫었다. 고소 자체가 힘이 빠지는 일이라는 걸 잘 알고 있었기 때문이기도 했다.

"아, 나가기 전에 마지막으로 묻고 싶은 게 있는데요."
"예. 말씀하십쇼."
"나 이누리 그 자식이 어깨 주물러 주고 그랬을 때 불편했었는데, 그것도 성추행이 되나요?"

감정을 실어 물었다. 그저 아무런 증거 없이 고소인의 말만 듣고도 사람을 수없이 오가게 만든 검찰에게도 화가 나서.

"네. 본인이 수치심을 느끼는 것이 기준입니다."
"그럼 제가 개한테 성추행을 당한 거나 마찬가지네요?"

내 딸보다도 어린 직원이었으니 늦게까지 남아 작업을 하고 있는 게 기특하면서도 안쓰러워서 격려해 준 게 전부인데 그걸 고소하는 데 쓸 줄은 몰랐다. 이렇게 치졸하게 나올 줄 알았다면 차라리 내가 먼저 협박죄로 고소를 해 버릴 걸 그랬나.

담당 형사는 조금 난처해진 얼굴로 나를 달랬다. 나는 인사도 없이 검찰청을 휙 나와 버렸다. 미성숙한 직원들 때문에 허비했던 시간과 마음이 아까웠다. 아직도 인생을 살아가면서 배워야 하는 게 많구나. 이 나이가 되었는데도, 또 언제 발생할지 모르는 변수에 대해서 끊임없이 학습을 해야 하는구나. 그걸 깨닫자 다시 머리가 지끈거렸다.

현재 이야기

수입 옷 가게를 운영하고 있는데도 여전히 형부는 나에게 생활비 명목으로 돈을 부치고 있다. 언니가 여태 살아 있었더라면 이 사실을 가지고 나를 아주 죽어라 괴롭혔을 것이다. 대신 내가 아버지한테 주는 생활비 때문에 그렇게 금전적으로 이득을 보고 있는 건 아니다. 형부가 주는 생활비가 곧 아버지 생활하라고 주는 돈인 거나 마찬가지인 셈이기도 하다.

"잘 지냈어?"
"어. 1년 만인가?"
"벌써 그렇게 됐어?"

형부하고는 여전히 연을 이어오고 있다. 형부가 살고 있는 마포 오피스텔의 다른 동으로 이사를 갔다. 예나 지금이나 형부는 밖으로 잘 나가지 않는다. 나 외에 사람들을 거의 만나지 않는다. 대인기피증도 있고 결벽증도 있는, 워낙에 예민한 성향이었다. 그런 와중에 내가 상경했으니 반가운 게 당연했을 거다. 짐을 옮겨 주겠다고 찾아오더니 그 이후로 3일을 연달아 놀러 왔다.

우리 집에 놀러 와서 하는 일은 대단할 게 없었다. 그저 TV를 틀어 놓고 같이 보며 웃다가, 밥때 되면 밥을 먹고, 잠이 오면 잠을 잤다. 처음 은우를 알고 지냈을 적으로 되돌아간 것 같다는 착각도 가끔 들었다. 내가 처한 현재 상황을 깡그리 잊고 지금처럼만 지내고 싶다는 생각도 했다. 하지만 젊은 시절의 향수에 젖으려 할 때쯤 꼭 은우가 요동치는 감정을 주체하지 못하고 나에게 화를 냈다.

상훈은 나와 함께 형부의 울화를 받아 주는 존재였다. 언니의 픽업과 간호를 도와주던 남동생 상훈에게는 죽기 직전까지도 고마움과 미안함을 느낄 것 같다. 언니가 아프기 시작하면서 혼자 언니를 챙기기 버거운 나머지 염치 불고하고 연락했고, 상훈은 고맙게도 한달음에 달려와 줬다. 하지만 언니의 눈에도 상훈이 영 마음에 들지 않았었나 보다.

"너, 상훈이 걔한테 호구 잡혀 있다는 생각 안 해?"
"무슨 말이야? 상훈이한테는 더 못 해 줘서 매번 미안한데."
"등신아. 그만하면 돈 많이 쓰는 거지. 걔가 뭐 때문에 좋은 날 다 버려 가면서 여기 붙어 있는 것 같냐? 저거 저거, 또 순진해 빠져 가지고."

웃겼다. 호구는 언니한테, 그것도 아주 오랜 시간 동안 잡혀있었는데. 언니가 아플 때마다 낮이고 밤이고 신속하게 차로 병원까지 데려다주고 치료가 끝나면 다시 데리고 집으로 돌아오는 일이 언니의 눈에는 껌으로 보였나 보다. 상훈이와 나는 언니를 위한 24시간 대기조라고 봐도 무방했다. 나도 하던 일을 그만둬야 했고, 상훈이도 집에 늘 상주하면서 언니의 상태를 확인했다.

사장과 직원에서 어느새 친한 누나 동생 사이가 된 상훈은 긴 시간 동안 불평불만 없이 언니를 지키고 나를 도와줬다. 처음 부탁한 건 차로 병원까지 픽업해 주는 것까지였지만, 내가 힘에 부쳐 허둥거리고 있는 것을 보고 수발도 함께 들어 주었다. 아픈 사람의 손과 발이 되어 주는 건 생각보다 힘든 일이며, 그렇게나 지랄 맞은 성격을 받아 주는 건 물론, 언니처럼 하루가 다르게 상태가 악화되어 가는 환자는 더더욱 돌보기 버겁다. 상훈에게 고마움을 느낄 때마다 다짐했다. 상훈이가 원하는 건 무조건 다 해 주고 싶다고. 다 해 줘야겠다고.

"그 상훈이라는 친구, 내보낼 수는 없어?"

웬일로 은우와 언니의 의견이 맞았다. 상훈 때문이었다. 은우는 아예 애초부터 상훈이 우리 집에 들어오는 걸 못마땅하게 여겼던 것 같다. 어떻게 하면 책잡아서 혼을 낼 수 있을까 생각했던 것도 같다.

"상훈 군은 뭐 갖고 싶은 거 있어?"

나와 언니에게 선물을 사 주겠다던 은우는 내 옆에 앉아 있는 상훈에게도 선물을 사 주겠다고 했다. 다 같이 있는 자리에서 상훈만 쏙 빼고 물어보기는 제 체면도 안 살고 상훈도 머쓱해할 거라는 건 어느 정도 사회화가 된 인간이라면 다 알 수 있는 사실이었다. 다분한 장난기로 간호에 지친 나를 웃게 해 주던 상훈은 은우를 향해 한 마디를 툭 던졌다.

"저요? 저 헬리콥터요."
"헬리콥터? 지금 그걸 말이라고 해?"

상훈이를 잘 아는 나에게 그 정도는 그냥 농담으로 웃어넘길 수 있는 수준이었다. 너무나도 허무맹랑하기 때문에 어지간한 사람들은 다 장난으로 받아들었을 터였다. 하지만 은우는 그 말에 불같이 화를 내며 길길이 날뛰었다.

"내 돈이 저런 놈 지갑에 꽂힌다고 생각하니까 참을 수가 없어. 지원이고 뭐고 다신 안 할 테니까 그렇게 알아. 그리고 저놈도 내보내. 내 눈앞에서 당장 치워!"

가늠할 수 없는 감정의 폭이 당황스럽기만 했다. 은우는 내가 뭐라고 해명하기도 전에 집을 뛰쳐나가 버렸다. 상훈의 입장에서는 은우가 은혜를 원수로 갚는 셈이었으니 기분이 나쁘고도 남았을 거다. 상훈에게 너무 미안해서 몸 둘 바를 몰랐다. 하지만 결국 상훈을 내보낼 수밖에 없었던 건, 내가 은우의 행동대장이라고 해도 과언이 아닐 정도로 은우의 말을 무조건적으로 들었기 때문이었다. 언니가 죽고 나서 상훈이를 집에서 내보냈다. 형부의 마음을 조금은 이해할 수 있을 것도 같아 내린 결정이었다.

'지쳤다'. 당시 형부의 심정을 가장 잘 표현할 수 있는 단어가 아닌가 싶다. 우리 자매와 엮이면서 겪지 않아도 될 일까지 다 겪어 버렸으니까. 왜 하고많은 여자들 중에 하필 우리 자매와 얽혔나 싶은 생각이 들 때도 있었다. 모진 풍파를 함께 뚫고 나와 웬만한 힘든 일에는 동요조차 되지 않을 정도로 초연해진 요즘에는 숨김없이 표현을 자주 하긴 한다. 좋아한다든가, 사랑한다든가, 고맙다든가. 소소하지만 표현하지 않으면 잘 느낄 수 없는 그런 감정들.

"정란이 너 그거 알아? 예전보다 나한테 소홀하게 대하잖아."
"에이. 내가? 아니야. 나도 양심이 있지. 절대 안 그래."
"거짓말하지 마. 내가 모를 줄 알아? 다 느껴져. 나도 무딘 사람 아니라 다 느낀단 말이야. 내가 너한테 해 준 게 얼만데 나를 그렇게 대해?"
"그런 거 아니라니까. 몇 번을 말해야 돼?"

가끔은 나와 언니가 형부의 감정을 망가트려 놓았나 싶었던 때도 있다. 사막의 밤낮 온도 차처럼 감정 기복이 심해서, 도대체 언제 어떻게 기분이 상했는지 가늠조차 안 될 때가 많았다. 예전에는 그런 모습을 한 번도 본 적이 없었다. 하지만 예고 없이 화가 나는 형부는 나를 대하는 태도에 존중이란 없었다. 제 성질대로 나한테 모진 말을 해서 상처도 숱하게 줬다. 언니는 아예 기억 속에서 흔적을 아예 지워 버리기로 마음먹은 건지 은우의 입에서 언니의 이름을 한 번도 듣지 못했다.

언니가 죽고 나서 형부와는 한동안 전화 통화만 하고 지냈을 뿐 대면하지 않았다. 형부는 입버릇처럼 나한테 잘하겠다고 말했지만, 그것도 기분이 좋을 때뿐이었다. 수틀릴 때마다 형부는 나한테 함부로 대했고, 나는 매번 참고 넘어갔다.

"이모부. 잘 지내고 있어? 저녁은 먹었구?"
"몰라. 내가 굶든 말든 무슨 상관이야. 애초에 그게 중요한 적이 있었어, 너한테?"
"음… 밥 잘 챙겨 먹는 건 당연한 거니까?"
"알아서 먹겠다고."
"왜 또 그렇게 화가 났어."

하지만 나도 사람인지라 참는 데도 한계가 있었다. 아무리 과거의 일로 내게 억하심정이 쌓여 있다는 걸 알고 있어도 나를 감정 쓰레기통 취급하는 걸 사사건건 참을 수 있을 정도로 성인군자는 못 되었다. 하루는 화난 형부를 받아 주다가 하루는 화를 내서 맞불을 놓은 적이 있었다. 언니가 죽은 지 3년 정도 지난 시점이었다.

"이모부 진짜 도대체 왜 그래? 내가 뭘 얼마나 어떻게 해 줘야 하는데?"
"내가 너한테 뭐 해 달라고 했어? 그냥 자꾸 화가 나는 걸 나더러 어쩌라고? 너희 언니 때문에 내가 돈을 얼마나 썼는지 알아? 안희란이 나한테 타 간 돈만 환산해 봐도 그게 다 얼만지 아냐고. 그 돈으로 강남 아파트 한 채 사고도 남았을걸?"
"……."

"할 말 있어?"

언니 얘기가 나오면 나는 입을 다물 수밖에 없었다. 언니가 형부의 돈으로 흥청망청 산 게 전부 내 탓이라는 것처럼 말하는데도. 앞서 말했듯 나도 사람이다. 형부가 화를 내는 게 짜증이 나면서도 사람 대 사람으로서 이해가 됐다. 그래서 형부에게 고마운 마음을 항상 갖고 있었고, 형부가 돈 얘기를 하면 뭐라 반박할 말이 없었다. 지금 생각해도 존경스럽기까지 한 사람이다. 나를 처음 알게 된 그 순간부터 지금까지 나를 향한 마음이 한결같다는 게 느껴졌다. 나를 향해 퍼붓는 미움의 감정도 사랑하니까 느낄 수 있는 감정이었다.

그리고 나에게 함부로 대할 때가 있는 은우라 해도 매몰차게 연락을 끊을 수 없는 이유가 따로 있었다. 은우는 원래 폐쇄적인 사람이었고, 사람들 중 유일하게 만나고 소통하는 사람이 나 하나였다. 가족들도 잘 보지 않는다고 했다. 집 밖으로도 잘 나오지 않아 내가 은우의 집에 놀러 가곤 했다. 지금 돌이켜 생각해 보면 반포 아파트에 함께 살 적에 은우가 내 친구와 어울려 놀 때 말고는 사람들하고 어울리는 모습을 본 적이 없긴 했다. 지금은 아예 나 말고 사람들 자체를 만나지 못한다.

아무리 고마운 사람이라지만, 함께하는 시간이 길어질수록 서로에게 해만 되는 사이가 있다. 형부와 내가 바로 그런 사이는 아닐까 싶었다. 나에게 잘하겠다고 말했던 건 다른 인격이기라도 했었던 것처럼 수틀리면 전화도 안 받고 나에게 한동안 전화도 하지 않았다. 지원금도 말없이 끊어버렸다. 형부를 볼 때마다 그런 생각을 했다.

형부가 나를 생각하는 마음이 아무리 한결같다는 걸 알아도 부정적인 감정까지 다 나에게 쏟아 낼 때면 버거웠다. 형부도 나를 보면서 자꾸만 울컥한다면, 내가 형부의 앞에서 사라져 주는 게 맞지 않나 싶기도 했다. 이미 인생의 반절을 지나왔지만, 남은 반절은 좀 홀가분하게 살 수 있도록.

아니, 얼굴을 안 보는 한이 있더라도 내 마음이 어떤지를 은우에게 다 쏟아 내고 싶다는 생각이 들었다. 여차하면 은우를 붙들고 내가 얼마나 힘들었는지를 미주알고주알 다 늘어놓고 싶었다. 그리고 기회는 생각보다 빠르게 찾아왔다. 은우의 집에서 시간을 보내다가 딸의 전화를 받았던 날이었다.

"누구한테서 온 문자야?"
"정연이. 외주로 삽화 그리는 일 했는데 페이가 계속 지급이 안 되고 있다 그러네."
"일을 시켜 놓고 그러면 돼?"
"그러는 데가 많나 보더라고."

모든 것을 내려놓고 편하게 살고 싶지만, 딸을 생각하면 여전히 중압감을 느꼈다. 내가 조금이라도 기력이 있을 때 딸에게 뭔가 더 해 줘야 했다. 프리랜서인 딸의 수입은 매달 들쭉날쭉이며, 집값은 잡히질 않고 천정부지로 오르기만 한다. 약한 심장으로 언제까지 살 수 있을 거라는 보장조차 없으니 딸의 이름으로 된 집을 하나 정도는 꼭 해 주고 싶었다.

"아래층 이사 가더라."
"다른 더 좋은 집 가나 보지.
"그 집 정연이 사 줄까?"
"뭐?"

은우의 표정이 매섭게 돌변했다. 은우에게 내 딸의 집을 해 달라고 말할 정도로 양심이 없지는 않았다. 도대체 어느 포인트에서 화가 난 건지 이해되지 않아 화조차 낼 수 없었다.

"왜 그래? 집값 오르기 전에 하나 사두는 것도 나쁘지 않잖아."

"그럼 지금 사는 집은? 그 집은 어쩔 건데? 거기도 넓잖아? 모녀 둘이 사는데 그런 호화스러운 펜트하우스 산다고 할 때부터 마음에 안 들었는데, 뭐? 마포에 오피스텔을 사?"

"다른 사람들은 대출해서까지 하나라도 더 사려고 하는데 뭘. 도대체 왜 이렇게까지 화를 내는 거야? 그리고 증평에 있는 집은 세 주면 되잖아. 아무 생각 없이 정연이 집 사 준다고 그러는 것 같아, 내가?"

"야. 내가 일산에서 지금까지 돈을 얼마나 썼는지 알아? 보증금, 권리금에 생활비까지. 그것들 다 모아 보면 강남 아파트를 사겠다. 너 때문에 난 재산 손실이 얼마고, 낸 세금이 얼마인지 알면 너 내 앞에서 집 사겠다는 얘기 못 해."

에둘러 표현하고 있었지만, 결론을 한 줄로 내자면 굳이 돈을 쓰지 말라는 것이었다. 일산에 이사 가면서부터가 아니라 그전부터 은우는 계속 나를 위해 돈을 썼다. 나와 언니를 만나고부터 밑 빠진 독처럼 돈이 줄줄 새어 나갔을 거다. 이 정도면 아예 은우의 사주에도 나와 언니를 만나 금전적으로 큰 손실을 겪는다는 내용이 들어가 있을 거라는 생각이 든다.

"언제 죽을지도 모르는데 하루를 살아도 좀 해피하게 살아야지. 내 생각은 그래. 언제 갈지 모르니까 딸한테 해 주고 싶은 걸 최대한으로 해 주고 싶은 거란 말이야."

"사람이 어디 그렇게 쉽게 죽는 줄 알아? 명줄 길어. 네 노후 준비에나 신경 쓰라고. 정연이는 알아서 잘 살겠지. 그리고 내가 그동안 너한테 해 준 게 얼만데 내 얘기를 귓등으로 들어? 네가 어떻게 나한테 그럴 수 있어?"

언성은 정도를 모르고 높아져 갔다. 조금이라도 늦은 시간대에 싸웠더라면 아마 옆집에서 시끄러우니 조용히 해 달라는 민원을 들었을지도 모를 정도였다. 은우가 나에게 많은 도움을 준 건 사실이었다. 존경심을 넘어 경외감까지 들 정도 나를 아껴 주었다. 하지만 그 사실을 가지고 계속 나를 멋대로 주무르고 휘두르려 한다면 나도 더 이상 그 도움을 받을 마음은 없었다.

"누가 해 달랬어? 누가 나한테 돈 달랬냐고. 이모부는 나 죽을 때까지 이럴 거야? 도대체 언제까지 이럴 건데?"
"너 지금 말 다 했어? 다른 사람은 몰라도 나한테 이러면 안 되는 거 아니야?"
"그 생각으로 나도 그냥 참고 버텼어. 근데 있잖아 이모부, 나도 사람이야. 언제까지 싫은 소리 들으면서 허허실실 웃어넘길 수 없는 사람이라고."
"…… 너 나 이제 평생 안 보고 살 거야?"

어차피 나를 외면해 봤자 소외되는 건 은우뿐이었다. 은우와는 달리 나에게는 딸 정연이도 있고, 많지는 않지만 어릴 적부터 지금까지 연락하고 지내는 친구들도 있다. 지독하리만치 혼자 지내는 은우에게 인간의 도리를 다하는 마음으로 늘 웃으며 먼저 연락을 했는데, 자꾸 이렇게 나와 버리니 그간의 은혜고 뭐고 다 저버리고 싶었다.

"그래. 내가 그렇게 꼴 보기 싫다는데 어쩌겠어. 모녀 둘이 살기 넓은 증평 집으로 내려갈게. 됐지? 내려갈게. 다신 나한테 연락하지 마."

이 말만은 하지 않으려 했다. 내가 매몰차게 돌아서면 은우는 한 치 앞도 모르는 어둠 속에 홀로 떨어진 것 같은 암담함을 느낄 테니까. 그걸 알면서도 참을 수 없이 화가 났고, 더 이상 참고 싶은 마음도 없었다. 나는 뱉은 말대로 다시 증평에 내려갔다. 다시 옷 가게 일에 열중했고, 은우를 챙길 기력으로 딸을 더 살뜰히 챙겼다. 원철이 나에게 준 유일하면서도 소중한 선물이 바로 딸이구나 싶었다. 때려죽일 놈인 건 변함이 없지만.

한동안 증평을 벗어나지 않았다. 생각을 비우고 가게 일과 집안일에만 열중했다. 은우가 걱정되었지만, 그냥 쓸데없는 오지랖이라고 치부해 버렸다. 왜 평범하게 사는 게 제일 행복한 거고, 동시에 제일 어렵다고들 하는 건지 새삼 실감이 났다. 간만에 느끼는 한적한 평화가 좋았다.

"누구세요?"

배달 음식을 시킨 것도, 도착할 택배도 없는데 초인종이 울렸다. 거실에서 출판사에서 의뢰받은 삽화 작업을 하고 있던 딸이 밖에 누가 서 있는지를 확인했다. 부엌에서 차를 우려 마시다가 한 박자 늦게 거실로 나갔다. 딸이 내 눈치를 보는 게 느껴졌다.

"이모부 왔는데."
"이모부라고?"

딸은 내가 은우가 다퉜다는 걸 알고 있었다. 홧김에 증평으로 내려온 날, 은우와 있었던 일을 딸에게 하소연했었다. 이모부가 나빴다며 대신 욕을 해 준 딸이었다. 하지만 어릴 적에 아빠보다도 더 저를 챙겨 주던 사람이 이모부였으니 쫓아낼 엄두도 못 냈다. 딸은 어색하게 웃는 얼굴로 나를 돌아보았다.

"문… 열까? 어떡할까?"

크게 흔들렸다. 다툼이 잦았지만 증평까지 내려와서 화해를 청한 건 그날이 처음이었다. 멀리 지방까지 내려온 사람을 문전박대하는 것도 못 할 짓이지 않은가. 내 마음이 약해진다는 걸 알고 일부러 증평을 찾아왔다는 생각도 들었다. 이렇게 뒤늦게 와서 사과하지 말고 애초에 좀 잘하든가. 다시 화가 왈칵 치밀었다. 누가 보면 내가 나쁜 년인 줄 알겠다 싶었다.

"엄마가 열게. 너 잠깐만 방에서 작업 좀 할래?"
"… 응. 혹시라도 나 필요하면 말해."

딸도 이제 알 거 다 아는 나이가 되었다. 하지만 딸 보는 앞에서 굳이 싸우는 모습을 보여 주고 싶지는 않았다. 은우는 늘 화를 낸 다음에 매번 연락을 일방적으로 끊어 버렸다. 연락하고 지내는 사람이라곤 나 하나뿐일 텐데 걸핏하면 이렇게 잠수를 탄다. 특히 내가 입바른 소리를 할 때마다 그런다. 한 번은 내가 지금 통화하기 힘드니 나중에 연락하라고 했을 때가 있었는데, 그 나중이 1년이 된 적도 있었다.

"안 들어올 거야? 표정은 또 왜 그래?"
"아니… 들어갈 거야."

제가 증평까지 찾아와 놓고 왜 우물쭈물하는 건지. 아직도 가라앉지 않은 화는 은우를 삐딱한 시선으로 보게 만들었다. 은우와 나는 인생의 시작점부터가 달랐다. 은우는 유복한 가정에서 태어나 애초부터 손에 쥐고 태어난 것이 많았다. 나는 찢어지게 가난한 집에서 태어나 아버지한테 용돈한 번 못 받고 잡초보다도 대우받지 못하며 자랐다. 어머니 없이, 박 씨 할아버지의 자식들과 새엄마들에게 모진 핍박과 구타를 겪으면서도 죽지 않고 살아남았다. 그런데 금전적인 도움을 좀 받았다고 해서 은우의 감정이 오락가락하는 걸 곧이곧대로 받아들이고 참아 줘야 할까. 반감이 들었다. 도대체 언제까지 이럴 거냐며 멱살이라도 잡고 싶은 심정이었다.

"정연이는? 아까 정연이 목소리 들리는 것 같은데."
"방에 들어가 있으라고 했어. 이모부랑 얘기하는 거 보여 주기 싫어서. 우리가 지금 좋은 얘기를 나눌 수 있는 상황은 아니잖아?"
"……."
"우리 싸우는 거 정연이한테 보여 주고 싶어?"

은우는 말없이 고개를 저었다. 결국 나밖에 없으면서. 나 없이 외로움을 버티면서 살 자신도 없으면서. 은우를 마주 보고 있는 것만으로도 머리가 아팠다. 해묵은 감정들을 마구 토해 내고 싶었다. 딸이 들을까 봐 목소리를 낮춰야 했지만.

"난 이모부 만나서 인생 다 조졌어. 상처받을 수도 있는데, 조졌다는 표현만큼 적당한 게 없어. 지금도 내 인생 조지려고 온 것 같고, 이모부가 너무 족쇄처럼 느껴지고 그래."
"미안해. 할 말이 없다."
"언제까지 이러고 살아야 해? 지긋지긋하다는 말로도 도저히 표현이 안 된다, 진짜."

언니보다 나를 사랑했던 사람. 하지만 나를 기다리지도 않고 나와 닮은 언니와 혼인신고를 한 인내심 없는 사람. 애초에 재력을 갖고 있지 않았더라면 거들떠보지도 않았을 남자였다. 이렇게까지 미련을 질질 흘려 가면서 내 곁에 머물 거였다면 그 옛날에 왜 그런 선택을 했던 걸까. 분노는 연쇄적으로 터져 나왔다. 생각보다도 더 오래전부터 은우란 사람은 나에게 스트레스를 안겨 줬다.

"나는 이모부랑 반포 아파트 들어간 순간부터 지금까지 다 후회돼. 아니, 이럴 줄 알았으면 그냥 이모부가 우리 집으로 과일 바구니 들고 온 날 우리 집에 들이지 말았어야 했다고."

"정란아."

"들어. 더 들어 봐. 나 지금 소리 지르고 싶은 거 정연이 때문에 간신히 참고 있으니까."

불같이 타오른 울화는 다른 기억에도 불을 붙였다. 언니가 아무리 돈을 빼돌리고 바람을 피우고 헛짓거리를 했어도 은우가 본인의 선택으로 결혼했고, 이날 이때껏 사랑하고 있는 여자의 친언니였다. 뇌척수액이 새어 나오고, 핏줄이 기형적으로 뭉쳐 생긴 심근경색이 불치의 병으로 진행되어 숨이 끊어질 때까지도 은우는 언니를 소 닭 보듯 했다.

"아무리 미워도, 내 언니잖아. 내가 그렇게 개고생하면서 언니 간호해 줄 때 나 도와준 적 한 번이라도 있었어? 이모부가 해야 하는 거 상훈이가 다 대신했어. 그런데 이모부 그때 뭐라고 했어? 맘에 안 드니까 상훈이 걔 내보내라고 그랬지? 걔 내보냈음 이모부가 걔 몫까지 간호해 줬을 거야? 아니잖아."

"간병해 줄 사람을 데리고 오면……."

"또, 또. 돈으로 해결한단 소리나 하지? 돈 얘기 참 잘 꺼냈다. 내가 뼈

빠지게 언니 간호할 때 이모부가 뭐라 그랬어? 정연이 엄마한테 재산 다 물려주겠네 어쩌네 하면서 온갖 사탕 발린 말 다 했지? 근데 그 돈이 아까웠어? 입 싹 닫고 아무 말도 안 하더라?"

참았던 것이 한번 터지고 나니 서운했던 일들이 연달아 떠올랐다. 어차피 말해 봤자 바뀌지 않을 거, 내가 얼마나 힘들었는지를 다 알려 주고 싶었다. 시간이 지난 만큼 조금은 무뎌졌을 줄 알았던 감정은 더욱 나를 격양되게 만들었다.

"정연이 초등학교 때랑 중학교 때 기억나? 나 이모부랑 언니랑 같이 살다간 병나겠구나 싶어서 정연이 데리고 집 얻어서 나갔던 적 있었잖아. 그때도 지금처럼 잘못했다고 싹싹 빌어 놓고, 어? 집안일 도와주시는 여사님한테 울고불고 난리 치면서 정연이 엄마 잡아달라고까지 말했다며. 그렇게 내가 떠나는 게 싫고 아쉬우면 옆에 있을 때 좀 잘하란 말이야. 내 신경 좀 그만 건드리고."

은우는 잠잠해졌다. 또 이렇게 저자세로 나에게 미안한 모습을 보이면 어영부영 화해가 된다는 걸 잘 알고 있는 거다. 여기서 무슨 말을 더 얹는 것보단 차라리 입 꾹 닫고 내 말을 듣고만 있는 편이 나았으니까. 내 얘기를 넘겨짚고, 알지도 못하면서 섣불리 화를 내고, 내가 참다 참다 화를 내면 그제야 내가 떠날까 봐 불안해하며 매달리는 것. 가끔은 연례행사인가 싶을 정도로 뻔하디뻔한 은우와 나의 패턴이었다.

나를 감정적으로 대하는 게 싫어 그냥 연락을 콱 끊어 버리고 싶다가도, 연락이 닿지 않으면 무슨 일이라도 일어난 건지 걱정이 되는 사람이다. 그리고 내가 은우를 생각하는 마음이 퍽 애틋한 편이라는 걸 자각하면 나 자신이 이해가 되지 않았다.

그렇게 참아 준 보람을 지금에서야 조금씩 느끼고 있다. 은우는 이후 나를 찾아와 손을 꼭 붙들고 제 마음을 절절하게 표현했다.

"내가 무조건 잘못했어. 반성해. 너한테 그동안 정말 많이 상처 줘 놓고 어떻게 지금에 이르러서야 잘못됐다는 걸 느끼는지… 면목이 없어. 내가 이제 무조건 잘할게. 너 없이는 숨을 쉴 수가 없어. 정말이야……."

그날의 은우는 나를 놓치면 큰일이 날 것 같아 보였다. 숨조차 못 쉰다는데 어떡해. 내가 옆에서 숨통이라도 틔워 줘야지. 그런 마음으로 은우와 잘 지내고 있다. 몇십 년 동안 꾸역꾸역 이어 오던 드라마의 마지막 화를 보는 듯한 행복과 안도감을 느끼며 살고 있다.

"정란아. 아빠가 지금 가스비를 내야 하는데 돈이 없어."
"그것 때문에 전화하신 거예요?"
"아니, 안부도 물을 겸. 겸사겸사."

딸아이 대학도 보내고 취업하는 것까지 지켜봤다. 남은 소임은 아버지가 죽을 때까지 생활비를 지원하는 것이었다. '자식들 다 키웠다'는 말에는 '비로소 내 짐을 덜었다'는 의미이기도 하거늘, 여남은 삶도 즐기지 못한 채 아버지에게 다달이 생활비를 부쳐야 한다는 것이 나를 힘 빠지게 했다. 그렇다 보니 너무 아까운 거다. 언니와 형부 사이에서 내내 휘둘려 살아왔던 세월이. 온전히 내 삶을 누리지 못했던 그 긴 시간들이. 그렇게 지지고 볶고 했으니 끝을 봐야 속이 시원할 것 같았고, 허무할 것 같지 않았다. 그게 아직도 형부와 연을 이어오고 있는 이유다.

은우가 날뛰는 걸 참아 줄 인내심은 애초에 바닥났다. 상황을 타개하는 건 은우에게 솔직하게 마음을 털어놓는 것이었다. 더는 은우의 기분을 헤아리기 싫었고, 내 마음이 이렇게나 썩어 문드러져 있으니 더는 나를 힘들게 하지 말라는 얘기를 문자로 적어 보내기로 했다. 이제 더는 요란할 것도 없는 여생이니까 초연한 심정으로 말할 수 있는 내용들이었다.

'내가 죽을 고비를 몇 번 넘기고 나니까 내가 언제 죽을지 정말 모르겠더라. 당장 장 보러 밖으로 나갔다가 차에 치여서 허무하게 죽을 수도 있는 게 인생이니까. 나는 아직 눈만 감아도 끝까지 수술만 받다가 간 언니가 떠올라. 마지막을 그렇게 아름답지 않게 마무리하는 건 별로라고 생각해. 그래서 난 내가 죽을병 걸리면 수술이고 뭐고 그냥 바로 요양병원에 들어가서 살 거야.'

진심을 기반으로 내용을 썼다. 진심과 더불어 내 마음을 제대로 바라봐 줬으면 하는 바람을 담았다. 내가 이렇게나 삶에 미련이 없다는 것. 그래야 은우가 나에게 마음 깊이 미안한 감정을 품게 될 것 같았다. 답장은 생각보다도 늦게 왔다. 무슨 말을 어떻게 써서 전달해야 할지 고민한 흔적이 역력했다. 보고 느낀 게 좀 있긴 했나 보지.

'내가 어리석었다. 나 하나 보려고 증평에서 올라왔을 텐데 그런 식으로 욱해서 화만 내는 추한 모습이나 보이고… 너무 미안하다. 이제 다시는 그런 모습 보이지 않을게. 용서해 줘.'

원하는 답이 돌아왔다. 하지만 말뿐인 문자로 내 마음은 쉽사리 돌아서지 않았다. 이만큼이나 구질구질한 관계가 있을까. 권태기를 겪는 연인들보다도 더 지난하고 힘 빠지는 관계가 아닐까. 그럼에도 나는 은우를 놓을 수 없고, 은우도 나 아니면 세상과 단절된다. 나는 그런 은우가 걱정돼서, 은우는 외롭고 싶지 않아서 서로를 붙잡는다.

은우를 놓기엔, 그가 이미 내 인생의 너무 많은 지분을 갖고 있다. 은우는 나에게 형부이자, 이모부이자, 남자친구였다. 한때는 서로를 평생의 반려자라고 생각하며 신혼 생활을 했고, 언니와 결혼을 해서 나의 형부가 되어 주었다. 그리고 딸에게 혼란을 주지 않기 위해 부르기 시작했던 이모부라는 호칭은 아직까지 내 입에 붙어 있다. 언니보다도 내가 더 은우에 대해 잘 안다고 자부할 수도 있다고 볼 수 있을 정도로 생사고락을 함께 맛봤다.

이 책을 쓰는 계기가 되어 준 은우에게 묻고 싶다. 서로를 구질구질하게 붙들고 늘어져 있는 이 관계가 어때 보이냐고. 나와 너의 관계를 개선하려면 어떻게 해야겠냐고. 하지만 대답을 바라지는 않는다. 또 의기소침해지고 말 것이 뻔하니까. 그냥 이 글을 읽고 깊게 생각해 줬으면 좋겠다. 미울 때가 많지만, 마냥 당신을 미워할 수 없는 사람이라고. 나만큼 너를 걱정하는 사람도 없다고. 그러니 얼마 남지 않은 세월 동안만이라도 서로를 배려해 가면서 살아 보자고 말이다.

끝자락

—⋯⋆❦⋆⋯—

: 현재 이야기 2

"엄마. 엄마한테 부고 문자 왔어?"

은우를 보러 서울에 올라간 지 보름 되었을 무렵에 딸에게서 받은 전화였다. 암만 결혼식보다 장례식 갈 일이 많아진 나이라고 해도 주변 사람이 망자가 되었다는 소식을 무심코 넘겼을 리는 없는데. 딸과의 통화를 스피커폰으로 돌려놓고 새로 온 문자메시지가 없는지를 살펴보려 했다.

"그 사람 있잖아. 엄마가 이 상무라고 부르던 사람."

건협이었다. 삶을 놓아 버리고 싶다는 생각까지 들게 만들었던 남자. 내 귀한 딸에게까지 위협을 가했던 남자. 건협을 피해 도망을 다니는 동안 건협이 죽었으면 좋겠다는 생각을 수도 없이 했었다. 상상이 실제로 일어난다면 '잘 죽었다' 하며 비웃을 줄 알았는데, 실상은 그렇지 않았다. 오히려 마음 한편이 헛헛했다. 사람의 생사가 참 쉽게도 좌우되는구나. 그렇게 득달같은 기세로 나를 평생 우악스럽게 쫓아다닐 줄 알았던 남자도 죽음 앞에서는 한없이 나약하구나. 건협은 나에게 여러모로 무력감을 느끼게 하는 남자였다.

딸에게서 연락을 받자마자 까만 옷을 갖춰 장례식장으로 향했다. 예순둘. 인생은 60부터라는 말이 있을 정도니 한창 활기차게 살아갈 나이였다. 건협은 한창일 때 죽었다. 내가 없는 이후의 건협은 도대체 어떤 인생을 살아간 걸까. 무시하려고 노력했던 그 남자의 여남은 순간들이 궁금해졌다.

방명록에 이름을 쓰고 조의금을 넣었다. 건협의 영혼이 그런 나를 지켜보고 있다고 생각하니 기분이 묘해졌다. 왜 이제야 나타났냐고 원망하고 있을까. 아니면 그동안 미안했다고 울부짖고 있을까. 어느 쪽이든 기분이

썩 좋지는 않았다.

절을 하려고 영정사진과 마주 보고 섰다. 이렇게 될 줄 알고 미리 영정사진을 찍어 둔 모양이었는지 사진에 최근 모습이 담겨 있는 듯했다. 정확히 알 수는 없었지만, 예순이 넘도록 살다 간 건협의 얼굴에서 그간의 세월이 묻어 났다.

"안녕하세요. 와 주셔서 감사합니다."
"상심이 크시겠습니다. 고인의 명복을 빕니다."

짧은 인사말과 함께 상주와 악수를 나누었다. 상주가 건협과 어떤 관계인지 생각할 겨를이란 없었다. 혹시라도 누군가가 나에게 건협과의 관계를 물어볼까 봐 노파심이 들었다. 하지만 슬픔에 잠긴 유가족들은 나에게 별다른 질문을 하지는 않았다. 인사치레를 어느 정도는 끝냈다고 생각했고, 얼른 그곳을 빠져나가려 했다. 그런 나를 붙잡은 건 장례식장에서 음식을 나르는 직원 아주머니였다.

"시장하시잖아요. 아침 드시고 가세요."
"아… 저는 괜찮습니다."
"급하게 오시느라 끼니도 거르고 오셨을 텐데. 한 그릇 드시고 가세요."

급하게 온 티가 났다. 그래도 나에게 결코 좋은 기억으로 남아 있는 사람은 아니었으니 한달음에 달려온 것처럼은 보이지 않았으면 했다. 알량한 자존심이었다.

거부감이 느껴지지 않는 선에서 아주머니가 내 손목을 살포시 그러쥐었다. 못 이긴 척 빈 테이블에 앉아 내 앞에 놓이는 일회용 종이 그릇을 내려다보았다. 김이 나는 쌀밥과 육개장이었다. 나는 그것들을 가만 내려다보았다. 수저를 뜰 때까지도 시간이 조금 걸렸다. 다른 반찬들도 함께 놓였지만 먹을 생각은 못 했다. 송편이고 편육이고 모두 목구멍으로 넘어갈 것 같지 않았다. 입안이 깔깔했다. 나조차 내가 느끼는 감정을 읽을 수 없었다.

밥을 한 덩이 떠서 육개장 안에 넣었다. 숟가락을 꾹꾹 눌러 밥을 말다가 대충 입안에 욱여넣었다. 한술 뜰 때마다 건협이 나에게 가했던 위협들이 떠올랐다. 시간이 지나 무뎌진 걸까, 아니면 언니가 죽고 나서 받았던 정신과 치료를 계기로 마음 정돈하는 방법을 배운 걸까. 이상하게도 분노가 치밀거나 하지는 않았다. 그가 안겨 주었던 그 끔찍한 기억들을 이 자리에서 모두 희석시킨다는 기분이 들었다. 이 빨간 육개장 국물에 말아서.

내 생각은 틀리지 않았다. 보잘것없는 목숨을 파리목숨이라고들 표현하지만, 누구냐에 관계없이 사람의 목숨은 죄다 파리목숨이다. 언제 갈지 모르니 애쓰며 살 필요 없다. 그러니 그저 내 인생을 가만히 내려놓고 물 흐르듯 흐르는 내 인생을 관전이나 하자. 그동안 너무 오랫동안 애써 왔으니까.

큰고모가 돌아가셨다. 내 아버지하고도 터울이 꽤 나는 편이었으니 슬펐어도 '때가 되었다'는 생각이 가장 먼저 들었다. 하지만 다시 인생무상을 느끼게 하는 부고가 또 들려왔다. 주영의 여자친구가 죽었다는 것이다. 서른을 겨우 넘긴 나이였다.

주영은 나를 상대로 범죄를 저지르려 했던 놈이었으니 용서할 필요도 그럴 마음도 없었다. 그녀가 주영의 여자친구라는 사실을 떠나 너무나도 이른 나이에 가 버렸으니 인간으로서의 연민을 느낀 것이다. 건협의 마지막도 배웅해 줬는데 주영의 여자친구인들 못 해 주랴. 안면을 꽤 오랫동안 트고 지냈으니 인간으로서의 도리를 지킨다는 생각으로 조문을 갔다. 언니가 여태 살아 있었다면 나를 호구라고 욕했을지도 모르겠다. 하지만 나이를 먹으면서 매번 느끼는 건 마음이 편한 게 최고라는 거다. 내 남은 인생도 마음 가는 대로 흐르지 않을까 싶다.

콱 죽어 버렸으면 싶었던 원철은 재혼한 여자와 합이 잘 맞는 모양이었다. 여태 갈라서지 않고 잘살고 있으며, 아들 쌍둥이를 낳아 기르고 있다. 카카오톡 프로필 사진으로 본 두 번째 아내의 얼굴이 어쩐지 많이 앳되어 보이더라니, 무려 열 살이나 어린 여자였다. 그 프로필 사진을 본 것이 꽤 오래전이었으니 아들 쌍둥이는 지금쯤 중학생 정도의 나이가 되었을 거다.

완전히 남의 편이 되어 버린 전남편 원철은 나와 살 때처럼 개차반은 아닌 모양이었다. 아내가 골프를 치는 모습도 스토리에 올렸다. 잘 지내는 모습을 처음 보게 되었을 땐 '왜 네깟 게 잘살고 있는 거냐'며 소리를 지르고 싶었지만, 시간이 많이 지난 지금 생각해 보면 정말 인연이란 건 따로 있는 것 같기도 하다. 나하고는 인연이 그냥 거기까지였던 거지. 점차 초연해지는 것이 바로 나이 들어 가는 과정인 것도 같다.

"그 사람 카톡은 왜 또 들여다보고 있어? 나도 아빠 취급 안 하는 사람인데."
"그냥 보이길래 봤지."
"차단을 해. 꼴 보기 싫지 않아?"

현재는 증평에서 딸과 둘이 살고 있다. 늘 잘못된 선택을 하며 살아왔다 생각했지만, 유일하게 후회하지 않는 선택 중 하나는 딸을 지우지 않고 낳은 것이다. 딸이 없었다면 마음의 병을 이겨 내기까지 더욱 오랜 시간이 걸리지 않았을까 싶다. 매일 딸보다 먼저 일어나 밥을 짓고, 아침을 먹지 않고 더 자겠다는 딸을 억지로 깨워서 식탁에 앉히느라 티격태격하는 매일의 일과가 정겹게 느껴진다. 진작 이렇게 살았더라면 좋았을 거라고, 오늘도 니트로글리세린을 혀 밑에 넣으면서 생각해 본다.

집 안에 생기가 더 감도는 건 가족이 하나 더 늘어난 덕분이다. 딸이 신촌 오피스텔에 살면서 데리고 있던 강아지를 늦둥이라 생각하며 키우고 있다. 집도 넓은 데다 딸이 프리랜서로 집에서 일을 하는지라 분리불안을 느낄 새도 없을 것이다. 우스갯소리로 강아지에게 "너는 제일 복 받은 강아지야. 감사한 줄 알아."라며 엉덩이를 토닥여 준다. 그러면 알아듣기라도 하는 모양인지 꼬리를 맹렬하게 흔들며 애교를 부린다.

늘 안정감을 느끼려 할 때쯤 뜻밖의 풍파가 찾아왔었다. 옛날 드라마에서 여자 주인공들이 '너무 행복해서 이 행복이 깨질까 봐 눈물이 난다'며 훌쩍이는 장면이 나오는 것을 더러 청승맞다고 조롱하는 사람들이 더러 있었는데, 나는 그 감정을 십분 이해한다. 이젠 웬만한 일에는 놀라지도 않는 수준에 이르렀다고 할 수 있을 정도로 별의별 일에 다 휘말렸었다. 비로소 평온한 일상을 지내 오고 있지만, 또 언제 무슨 일이 생길지는 모르는 일이다. 걱정해 봤자 달라질 것 없으니 그냥 하루를 잘 살아 냈다는 것에 만족하며 살아가려 한다.